A DAMA MAIS *apaixonada*

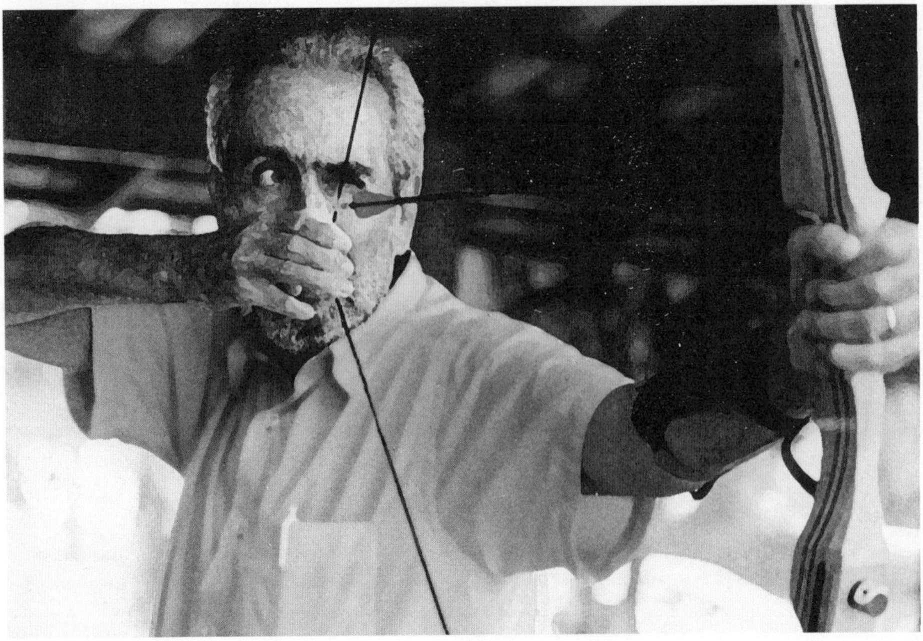

O Arqueiro

Geraldo Jordão Pereira (1938-2008) começou sua carreira aos 17 anos, quando foi trabalhar com seu pai, o célebre editor José Olympio, publicando obras marcantes como *O menino do dedo verde*, de Maurice Druon, e *Minha vida*, de Charles Chaplin.

Em 1976, fundou a Editora Salamandra com o propósito de formar uma nova geração de leitores e acabou criando um dos catálogos infantis mais premiados do Brasil. Em 1992, fugindo de sua linha editorial, lançou *Muitas vidas, muitos mestres*, de Brian Weiss, livro que deu origem à Editora Sextante.

Fã de histórias de suspense, Geraldo descobriu *O Código Da Vinci* antes mesmo de ele ser lançado nos Estados Unidos. A aposta em ficção, que não era o foco da Sextante, foi certeira: o título se transformou em um dos maiores fenômenos editoriais de todos os tempos.

Mas não foi só aos livros que se dedicou. Com seu desejo de ajudar o próximo, Geraldo desenvolveu diversos projetos sociais que se tornaram sua grande paixão.

Com a missão de publicar histórias empolgantes, tornar os livros cada vez mais acessíveis e despertar o amor pela leitura, a Editora Arqueiro é uma homenagem a esta figura extraordinária, capaz de enxergar mais além, mirar nas coisas verdadeiramente importantes e não perder o idealismo e a esperança diante dos desafios e contratempos da vida.

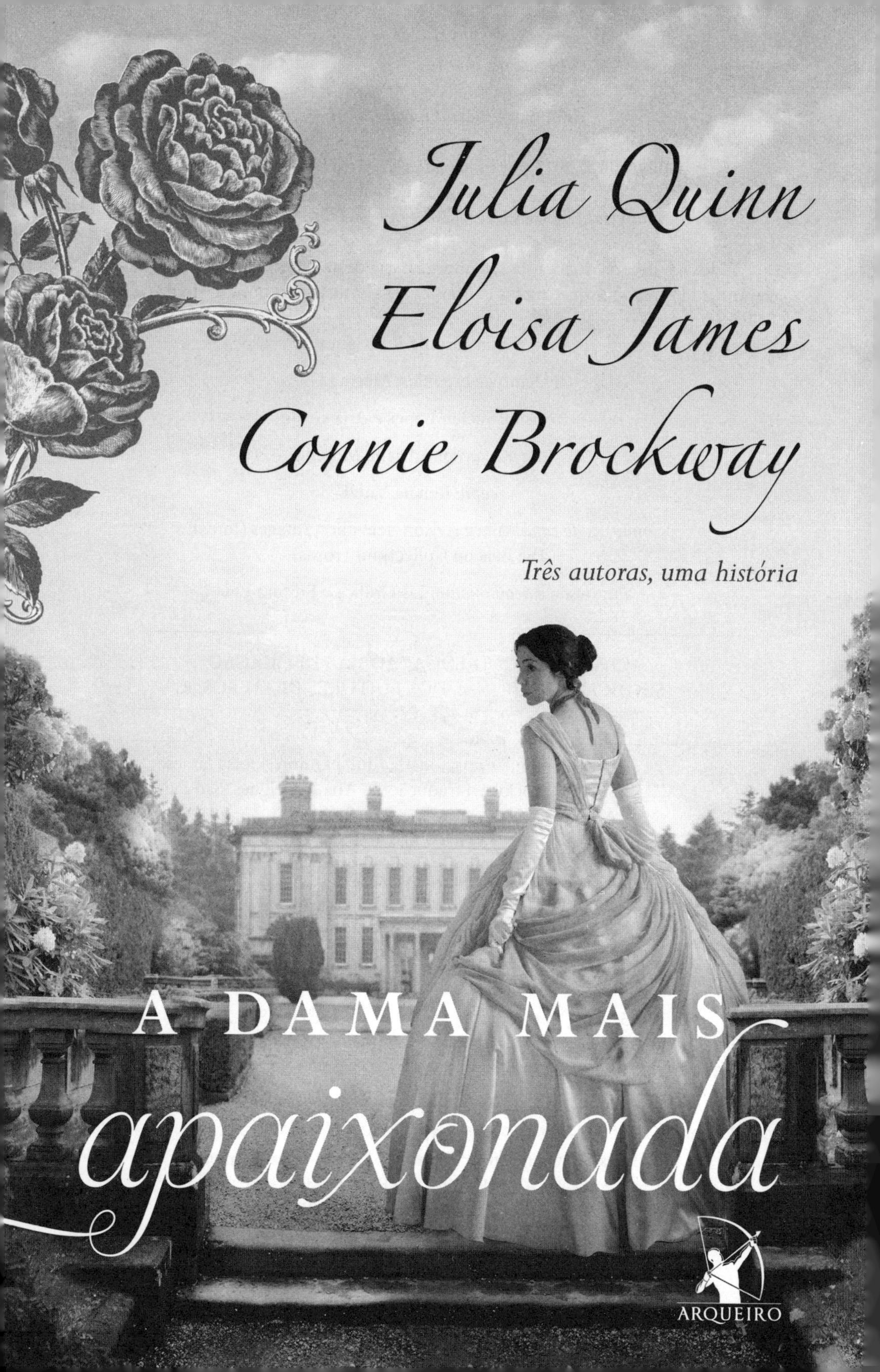
Julia Quinn
Eloisa James
Connie Brockway
Três autoras, uma história
A DAMA MAIS
apaixonada
ARQUEIRO

Título original: *The Lady Most Willing*

tradução: Ana Rodrigues

preparo de originais: Marina Góes

revisão: Suelen Lopes e Ana Grillo

diagramação: Adriana Moreno

capa: Renata Vidal

imagens de capa: © Lee Avison/Trevillion Images (fotos);
The Beacon Collections (rosas)

impressão e acabamento: Lis Gráfica e Editora Ltda.

CIP-BRASIL. CATALOGAÇÃO NA PUBLICAÇÃO
SINDICATO NACIONAL DOS EDITORES DE LIVROS, RJ

Q64d Quinn, Julia, 1970-
A dama mais apaixonada / Julia Quinn, Eloisa James, Connie Brockway; tradução de Ana Rodrigues. São Paulo: Arqueiro, 2019.
288 p.; 16 x 23 cm.

Tradução de: The lady most willing
ISBN 978-85-306-0021-1

1. Romance histórico. 2. Romance americano. I. James, Eloisa. II. Brockway, Connie. III. Rodrigues, Ana. IV. Título.

19-58145 CDD: 813.081
CDU: 82-311.6(73)

Todos os direitos reservados, no Brasil, por
Editora Arqueiro Ltda.
Rua Funchal, 538 – conjuntos 52 e 54 – Vila Olímpia
04551-060 – São Paulo – SP
Tel.: (11) 3868-4492 – Fax: (11) 3862-5818
E-mail: atendimento@editoraarqueiro.com.br
www.editoraarqueiro.com.br

SUMÁRIO

Para nossos maridos...

... Paul. Ele talvez não arremesse troncos,
mas basta lhe dar uma tesoura
e é capaz de fatiar uma vespa em pleno voo.
Nos dias de hoje, isso é o equivalente
a matar dragões.
— J.Q.

... Alessandro, porque nos conhecemos em um encontro às cegas,
e, embora não tenha sido em um castelo na Escócia,
pode-se argumentar que nossos personagens
se encontraram em uma situação igualmente feliz.
— E.J.

... o bom Dr. Brockway, a quem perdoo
por não ter engordado um quilo sequer desde o dia em que nos casamos.
E essa é a maior prova de amor que uma mulher pode dar.
— C.B.

PRÓLOGO

Alguns diziam que a lendária tempestade de 1819, que veio do norte com grande alarido, trouxe a loucura em sua esteira. Outros, que a única loucura vista naquela noite nasceu em uma garrafa de uísque contrabandeada. E havia ainda os que alegavam que a magia se adiantou à neve, varrendo os corredores do castelo Finovair e provocando ares de grandeza em seu proprietário...

Ou algo assim.

O que se sabe com certeza é que era um dia frio de dezembro quando Taran Ferguson levou os homens de seu clã até o cume de uma colina, de onde podiam ver o castelo Bellemere cintilando como uma joia na noite escura das Terras Altas. Como seus homens contaram mais tarde, o vento soprou o tartã xadrez que cobria os ombros de Taran, enquanto ele forçava seu magnífico corcel a empinar e logo retornar à posição inicial.

Ele quase se desequilibrou da montaria, verdade seja dita, mas isso foi parte do milagre: mesmo tendo bebido uma garrafa de uísque, Taran permaneceu em cima da sela.

– Esta noite, temos diante de nós uma tarefa sagrada e gloriosa – bradou ele. – Nossa causa é justa, nosso propósito é nobre! Lá embaixo está o conde de Maycott... o conde *inglês* de Maycott!

Os homens responderam com brados. E talvez um ou dois arrotos.

– O conde fica lá, sentado entre suas taças de ouro e sua porcelana elegante – continuou Taran, falando com pompa –, chamando as famílias mais elegantes das Terras Altas para irem comer e dançar com ele, na expectativa de cair em nossas graças.

Os homens de seu clã o encararam, carrancudos: nenhum deles, incluindo Taran, havia sido convidado ao castelo do conde. Não que desejassem, ou pelo menos era o que diziam a si mesmos.

– Mas nenhum intruso inglês vai seduzir uma moça escocesa enquanto eu estiver no comando – gritou Taran. – A Escócia é para os escoceses!

Houve outro brado de aprovação dos homens.

– Vocês sabem muito bem que venho lançando sementes por aí desde que minha querida esposa faleceu, cerca de vinte anos atrás – continuou Taran. – Mas, lamentavelmente, vocês também sabem que nenhuma delas deu frutos, já que é necessário um campo muito fértil para nutrir uma semente tão poderosa quanto a de um Ferguson. – Taran teve o bom senso de não reparar em como aquela declaração foi recebida. – Minha linhagem está ameaçada de extinção. Extinção! E para onde, eu lhes pergunto, para onde vocês irão quando eu me for? Como ficarão seus filhos sem um Ferguson para ser senhor de suas terras e cuidar de seu bem-estar?

– Um lugar melhor do que este em que estamos agora – murmurou um dos homens, envolvendo-se mais no tartã para se proteger do vento uivante.

Taran o ignorou.

– No entanto, nem tudo está perdido! Vocês sabem que tenho dois sobrinhos, filhos das minhas irmãs mais novas.

A declaração gerou murmúrios de desagrado. Uma das irmãs de Ferguson havia se casado com um refugiado da Revolução Francesa, um nobre sem um tostão no bolso. A outra fora desposada por um conde, sujeito que acabou se mostrando não apenas desagradável como também inglês.

Taran ergueu a mão para silenciar os resmungos.

– É o sobrinho meio francês, Rocheforte, que vai herdar meu castelo. – Ele fez uma pausa dramática. – Pensem nisso, camaradas. Se meu sobrinho francês se casar com uma escocesa, o filho dele será um de nós... um verdadeiro escocês! – Taran brandiu a espada com tanta veemência que quase caiu, mas no último instante conseguiu se equilibrar. – Ou praticamente isso. E o mesmo vale para meu sobrinho inglês.

– Lamento dizer, mas seu sobrinho inglês está comprometido com uma inglesa! – gritou um dos homens. – O primo da minha esposa mora em Londres e escreveu para ela falando a respeito.

– Oakley ia casar – retrucou Taran bruscamente –, mas flagrou sua prometida ensaiando com seu professor de dança passos que jamais seriam vistos em um salão de baile. – Ele fez uma pausa dramática. – Seu professor de dança *francês*!

– Não acabou de dizer que seu outro sobrinho é francês? – perguntou um dos homens, esfregando as mãos no kilt para se aquecer.

Taran descartou a pergunta com um gesto.

– Lamento dizer, mas não se pode confiar em nenhum dos dois rapazes para encontrar uma noiva digna de Finovair. E eles devem se casar, ou nossos direitos de nascimento virarão pó.

– Falta pouco para isso... – murmurou alguém.

– É nossa incumbência... – Taran fez uma pausa, tão satisfeito com o termo que achou que valia a pena repeti-lo – ... é nossa *incumbência*, meus caros companheiros, nos certificarmos de que meus dois sobrinhos se casem com escocesas ou ao menos com alguém com determinação o bastante...

– Vá direto ao ponto, pelo amor de Deus! – gritou alguém com os dedos congelados e com uma esposa esperando em casa. – O que estamos fazendo aqui?

Ninguém poderia culpar Taran por deixar escapar uma boa deixa.

– O que estamos fazendo? – perguntou ele de volta. – *O que estamos fazendo?* – Taran ficou de pé nos estribos e, novamente brandindo a grande espada dos Fergusons acima da cabeça, gritou: – Estamos indo buscar as noivas!

CAPÍTULO 1

Castelo Finovair
Kilkarnity, Escócia
Dezembro de 1819

– Refresque minha memória: *por que* estamos aqui?

Byron Wotton, conde de Oakley, deu um bom gole no uísque e empurrou a cadeira para mais perto da lareira. Castelos eram ambientes reconhecidamente difíceis de aquecer, mas estava *congelante* em Finovair. Ele sabia que o tio se encontrava em situação econômica difícil, mas com certeza alguma coisa poderia ter sido feita em relação à brisa polar que se insinuava pela sala de estar como uma cobra.

– Creio que você tenha deixado uma mulher no altar – disse seu primo, Robin, com uma das sobrancelhas arqueadas.

– Estávamos a um mês do casamento – retrucou Byron, perfeitamente consciente de que havia mordido a isca de Robin. – Como você bem sabe.

Ele poderia ter argumentado que havia surpreendido a noiva nos braços do professor de dança, mas, sinceramente, de que adiantaria? Robin já conhecia toda a história.

– Quanto a mim – disse Robin, inclinando-se para a frente e esfregando as mãos diante do fogo –, estou aqui pela comida.

Qualquer outra pessoa talvez encarasse aquela resposta como desdém ou ironia, mas Byron sabia que não era bem assim. Sem nada em seu nome a não ser um título francês praticamente inútil, Robert Parles (Robin para todos, menos para a mãe) muito provavelmente havia *de fato* ido a Finovair pela comida.

Uma rajada de ar frio atingiu o rosto de Byron e ele se conteve para não praguejar.

– Alguém deixou uma janela aberta? – perguntou, olhando ao redor com a expressão severa.

O sol havia se posto horas antes, levando com ele sua patética ilusão de calor.

Byron ficou de pé, irritado, e atravessou o salão para inspecionar as janelas. Várias estavam rachadas. Lá fora, a tempestade piorava. Haveria alguém no jardim? Não, ninguém seria tão louco a ponto de...

– O que aconteceu com tio Taran? – perguntou Byron de repente.

– Como assim? – perguntou Robin, sem abrir os olhos e com a cabeça no encosto da cadeira.

– Não o vejo desde a ceia. E você?

Robin bufou e endireitou a postura.

– Você perdeu o espetáculo. Depois que saiu para Deus sabe onde...

– Para a biblioteca – murmurou Byron.

– ... Taran subiu na mesa, de kilt. E, se me permite dizer – Robin estremeceu –, *não* é um kilt que se queira espiar por baixo.

– Ele subiu na mesa? – Byron estava chocado; o gesto era excêntrico até para o tio.

Robin deu de ombros.

– Alguns vassalos apareceram para beber com ele depois da ceia e, quando me dei conta, tio Taran estava em cima da mesa, batendo no peito e vibrando com as glórias do passado, quando os homens eram homens e os homens escoceses eram três vezes mais homens do que qualquer outro homem. Então ele pediu a espada e de repente todos foram embora.

– Você não pensou em perguntar para onde estavam indo? – Seria a primeira coisa que Byron faria.

Os olhos de Robin encontraram os dele, e havia a ligeira sombra de um sorriso.

– Não.

Byron se preparava para comentar algo, mas foi interrompido pelo som bem-vindo do tio deles berrando lá fora.

– Falando no diabo – disse, com certo alívio.

O tio era um enorme aborrecimento, mas nenhum dos dois desejava encontrá-lo com o rosto enfiado em um monte de neve.

– É melhor irmos até lá e o arrastarmos para perto do fogo para descongelá-lo – falou Robin, pousando o copo. – Garvie disse que teremos três dias de neve.

Eles saíram do grande salão, abriram a enorme porta da frente e se depararam com uma pequena aglomeração dos homens do clã do tio perambulando pela fortaleza, batendo no peito e dando tapinhas nas costas uns dos outros. Vestiam a indumentária completa das Terras Altas, com kilts e capas de pele, e as chamas das tochas tremulavam sob a neve que caía cada vez mais pesada. Taran estava no meio do grupo, sorrindo como um louco.

– Meu Deus, quantos joelhos... – murmurou Robin.

– De quem é aquela carruagem? – perguntou Byron, ao ver um veículo preto brilhante parar bem no ponto onde a luz das tochas dava lugar à escuridão.

Taran abriu caminho entre seus homens.

– Trouxe noivas para vocês! – gritou ele por cima do ombro para os sobrinhos. – Venham aqui, moças! – Ele abriu a porta da carruagem com um floreio.

Um rosto jovem e belo apareceu por um momento, e depois uma mão esguia segurou a maçaneta interna.

– Não há nenhuma noiva aqui – apressou-se em dizer a moça.

E a porta foi fechada com força.

Byron encarou a cena chocado.

– Maldição! – sussurrou. E olhou para Robin, que ergueu as sobrancelhas e fez surgir um sorriso no belo rosto. – Isso não tem graça, Rob. Era uma *dama* ali dentro.

– Com certeza é uma dama – bradou Taran. – Uma dama espirituosa. Consegui três delas. Todas com patrimônio, berço e boa aparência. – Ele apontou um dedo nodoso para Robin. – Você vai escolher uma, sobrinho, ou farei isso eu mesmo e trancarei os dois em um quarto até que você seja obrigado a se casar. – Taran se voltou para Byron. – Você pode escolher uma também – acrescentou, magnânimo.

Byron começou a descer os degraus com um gemido.

Taran abriu novamente a porta da carruagem com um puxão e uma jovem de cabelos escuros cambaleou para fora.

– Rapazes, esta primeira dama é... – Ele parou e encarou a mulher. – Catriona Burns, que diabo está fazendo aqui? – perguntou.

– Você me raptou! – retrucou a jovem dama de cabelos escuros, com as mãos na cintura.

– Ora, se eu fiz isso, foi por engano – disse Taran, e então se dirigiu a Byron e Robin: – Nem pensem nessa aqui, rapazes. É uma boa moça, mas sem dinheiro.

Byron ouviu o som de ultraje que ela emitiu acima da risada incontida de Robin.

– Chegue para o lado, Catriona. O restante das moças, venha cá – bradou Taran, e espiou dentro da carruagem. – Meu sobrinho precisa dar uma boa olhada em vocês antes de escolher qual será sua noiva.

– Não acredito que você submeteu essas jovens damas a um ultraje dessa natureza – declarou Byron, lançando um olhar assassino para o tio.

Taran era um homem vigoroso, calejado pelo tempo, mas ainda muito musculoso, os cabelos negros entremeados pelos mesmos fios prateados que coloriam a barba. Embora obviamente abalado, não demonstrou.

Byron alcançou a carruagem bem a tempo de oferecer o braço à dama que apareceu à porta aberta. Sob a luz das tochas, viu flocos de neve grudados nos fios escuros, ruivos como rubi, dos cabelos dela.

– Essa é uma das boas! – anunciou Taran. – Fiona Chisholm. Já está há algum tempo disponível, mas eu também trouxe sua irmã mais nova, caso queira uma carne mais tenra. Todas têm sólida fortuna.

– Peço sinceramente que perdoem a loucura do meu tio – falou Byron, inclinando-se sobre a mão da Srta. Chisholm, depois que ela desceu da carruagem. – A senhorita deve estar quase histérica de medo.

Havia mais divertimento do que terror nos olhos da jovem.

– Como já conheço seu tio há muito tempo, não estou tão assustada. Já o senhor é novidade para mim – disse ela, fazendo uma mesura.

– Byron Wotton, conde de Oakley.

– É um prazer conhecê-lo, lorde Oakley.

– Este é meu sobrinho mais novo, que vive na Inglaterra – explicou Taran. – Nosso Robin aqui é o herdeiro de Finovair. É com ele que a senhorita deve se casar.

Robin havia atravessado o pátio e agora estava parado ao lado de Byron.

– Robert Parles, conde de Rocheforte – apresentou-se, animado. – Mas, por favor, me chame de Robin. Prazer em conhecê-las, Srta. Burns e Srta. Chisholm.

Byron entregou a Srta. Chisholm aos cuidados do primo e estendeu a mão para ajudar uma terceira dama a descer. Era menor, com cabelos castanhos encaracolados, feições delicadas e olhos castanho-escuros e brilhantes.

– A filha de Maycott – disse Taran com orgulho. – Lady Cecily. É a melhor do grupo: vale uma fortuna e é linda como uma moeda recém-cunhada. No entanto – ele abaixou a voz –, é inglesa. Mas a essa altura também já passou por algumas temporadas sociais e não está mais tão seletiva.

A dama arregalou os olhos.

– Tio, eu lhe imploro que cale a boca – pediu Byron. – Lady Cecily, não tenho palavras para me desculpar pela terrível imposição feita a vocês.

Lady Cecily parecia prestes a responder quando Robin afastou Byron, pegou a mão da jovem e se inclinou em uma mesura.

– Ah, acho que não consigo pedir desculpas – disse. – Ninguém jamais sequestrou uma dama para mim antes, mas a verdade é que – continuou ele, com um sorriso malicioso – ninguém jamais precisou fazer isso.

Os olhos da jovem se arregalaram de novo, e mesmo sob a luz fraca da tocha foi possível perceber o rubor que coloriu seu rosto. Por um segundo, Robin ficou paralisado, encarando-a. Então desviou o olhar abruptamente, soltou a mão da moça, passou por ela e espiou dentro da carruagem.

– Há mais alguém ali dentro, tio? Uma das moças do rei Jorge VII? Sempre tive vontade de me casar com alguém da realeza.

– O assunto é sério! – disse o tio, carrancudo. Seu antigo tenente assentiu com ar grave. – Só resta uma, eu acho. A irmã de Fiona.

Byron cerrou os dentes.

– Robin, por favor, acompanhe as senhoritas Burns e Chisholm e lady Cecily até o castelo. Está congelante aqui e nenhuma delas está de capa.

– Não tiveram tempo para isso – afirmou Taran, em um tom animado. – Arrebatei todas elas direto do salão de baile. Marilla Chisholm, não adianta se esconder dentro da carruagem!

A última dama apareceu, fazendo uma pausa dramática no alto dos degraus da carruagem. Era muito jovem, muito loira, muito linda, e cambaleou ligeiramente.

– O que está acontecendo? – perguntou, hesitante. – Ah, Deus. O que vai ser de nós?

– Fique tranquila, Srta. Marilla – garantiu Byron, e estendeu a mão para ajudá-la a descer. – Sou lorde Oakley. Peço as mais sinceras desculpas e lhe dou minha palavra de cavalheiro de que a senhorita será rapidamente devolvida à sua família.

– Não, não será – falou Taran. – A neve já bloqueou o acesso e deve demorar uns dois ou três dias até que alguém consiga passar por lá. – Ele fechou a porta da carruagem. – Vamos entrar. Aqui fora está frio como a teta de uma bruxa, e já terminamos.

A porta da carruagem foi aberta de novo e uma bela bota masculina pousou com determinação no chão. Uma voz grave e irritada bradou:

– Ainda não!

Byron ficou boquiaberto.

Robin se virou para ver o que estava acontecendo e exclamou:

– Santo Deus, tio, você raptou o duque de Bretton!

CAPÍTULO 2

Catriona Burns era uma jovem prática. Precisava ser, já que vivia nas Terras Altas da Escócia. Em meados de dezembro, quando o sol mal aparecia e a temperatura pairava em algum lugar entre o congelante e o fatal, era preciso estar preparada para qualquer coisa.

Mas não para *aquilo.*

Eram duas horas da manhã, ela havia perdido completamente a sensibilidade de pelo menos oito dedos dos pés e estava parada sobre dez centímetros de neve. Com um conde inglês. E um conde francês. E um *duque.* Que fora sequestrado.

– Taran Ferguson, seu canalha insuportável – praticamente gritou Catriona. – O que *pensa* que está fazendo?

– Bem, entenda... – Ele coçou a cabeça e olhou de relance para a carruagem, como se fosse possível receber algum conselho do veículo, e por fim deu de ombros.

– Você está bêbado – acusou ela.

Sua boca se contorceu tanto para a direita que parecia querer puxar a cabeça.

– Só um pouquinho.

– Você sequestrou o duque de Bretton!

– Ora, bem... isso foi um erro... – Taran franziu a testa e se virou para seus servos leais. – *Como* foi que ele acabou vindo junto?

– É exatamente o que estou querendo saber – enfatizou o duque, irritado.

Em uma situação normal, Catriona não o teria achado terrivelmente assustador. Era um sujeito de ótima aparência, com cabelos escuros, olhos profundos, mas sem nada muito indomável ou feroz em sua atitude.

Dito isso, quando o duque de Bretton encarou Taran Ferguson com uma expressão furiosa, até Catriona recuou um passo.

– O que você estava fazendo dentro da carruagem? – quis saber Taran.

– Esta carruagem é *minha*! – vociferou o duque.

Houve um momento de silêncio (exceto pelo conde francês, que não conseguia parar de rir), até que Taran finalmente disse:

– Ah.

– Quem é você? – perguntou o duque.

– Taran Ferguson. Peço perdão pelo erro. – Ele gesticulou na direção de lady Cecily, também indicando as irmãs Chisholms. – Nossa intenção era trazer apenas as mulheres.

Marilla Chisholm deixou escapar um gritinho delicado de nervoso, o que levou Catriona a soltar outro grunhido nada delicado de irritação. Catriona conhecia Marilla fazia 21 anos, ou seja, desde que ela nascera, e sabia muito bem que não havia a menor possibilidade de a outra estar nervosa. Marilla se vira presa em uma carruagem com um duque e então desembarcara diante de dois outros cavalheiros com títulos de nobreza.

Pelo amor de Deus, aquele era o sonho mais louco de Marilla que se tornara realidade e depois engolira as demais damas. Catriona olhou para a irmã mais velha de Marilla, Fiona, mas, fosse o que fosse que a jovem estivesse pensando, estava muito bem escondido por trás dos óculos.

– Bret – disse um dos homens, o que estava tenso e sério e já se desculpara seis vezes.

O duque virou rapidamente a cabeça, e Catriona viu seus olhos se arregalarem.

– Oakley? – perguntou, parecendo sinceramente chocado.

Lorde Oakley indicou Taran com a cabeça e falou:

– Ele é nosso tio.

– *Nosso*? – repetiu o duque.

Lorde Rocheforte... ou seria Sr. Rocheforte? Catriona não sabia; ele era *francês*, pelo amor de Deus, por mais que parecesse britânico. Bem, fosse quem fosse, claramente não via gravidade alguma na situação, pois apenas sorriu e estendeu a mão.

– Olá, Bret – disse em uma voz alegre.

– Santo Deus – resmungou o duque. – Você também?

Catriona olhou de um homem para outro. Os três tinham aquele ar... de quinhentos anos de berço e de sócios do White's, o clube de cavalheiros de Londres. Não era preciso ir muito além nas Terras Altas da Escócia para saber que quando se chegava a certo nível social todos se conheciam. Aqueles três provavelmente tinham dividido um quarto no dormitório de Eton.

– Eu não sabia que você estava na Escócia – disse o *Sr. lorde* Rocheforte ao duque.

O duque praguejou baixinho e comentou:

– Esqueci que vocês dois eram parentes.

– Isso também ainda me choca com frequência – disse lorde Oakley, em tom irônico. Então pigarreou e acrescentou: – Devo pedir perdão em nome do meu tio. – E virou a cabeça irritado para Taran. – Aparentemente, ele...

– Posso falar por mim mesmo – interrompeu o tio.

– Não – rebateu lorde Oakley –, não pode.

– Não fale assim comigo, rapaz!

Oakley se virou para Taran com tamanha fúria que suplantava a do duque.

– Seu discernimento...

– Ele estava adormecido dentro da carruagem – deixou escapar Catriona, aproximando-se. Os homens ficaram em silêncio por tempo o bastante para encará-la, por isso ela acrescentou rapidamente: – Quando o senhor e seus homens nos jogaram dentro do veículo, Sua Graça já estava lá, dormindo.

– Ele acordou? – murmurou o Sr. lorde Rocheforte.

Catriona não sabia se deveria de fato responder. Teve, contudo, a sensação de que, se não assumisse o controle da conversa, os outros três homens acabariam trocando socos, por isso falou:

– Não imediatamente.

– Foi tudo muito fácil – gabou-se Taran. – Simplesmente entramos na carruagem, puxamos as damas para dentro e partimos. Ninguém fez estardalhaço.

Lorde Oakley soltou o ar longamente, a expressão sofrida.

– Como isso é possível? Com certeza seus pais...

– Acho que os convidados pensaram que era tudo parte da festa.

Rocheforte começou a rir de novo.

– Como você pode achar isso engraçado? – perguntou lorde Oakley, irritado.

– Como você pode não achar? – retrucou Rocheforte, ainda rindo.

– Acho que vou desmaiar – disse Marilla, numa voz que mais parecia um piado.

– Não vai, não – falou Catriona, irritada.

Porque a verdade era que a situação já estava ruim o bastante sem as tolices de Marilla.

Marilla expressou ultraje, e Catriona não teve dúvidas de que ela teria sibilado algo monstruosamente ofensivo se não estivessem diante de uma plateia de homens solteiros.

– Podemos entrar? – perguntou o duque de Bretton, cada sílaba afiada como uma navalha.

– É claro – apressou-se a responder lorde Oakley. – Vamos, todos nós. Vamos resolver essa situação e fazer com que todos *voltem para suas casas* – ele encarou o tio com irritação ao dizer a última parte – o mais rápido possível.

– Não podemos voltar para casa – disse Catriona.

– Como assim?

– As estradas estão intransitáveis.

Lorde Oakley a encarou.

– Já é um milagre que tenhamos chegado até aqui – falou ela. – Com certeza não será possível retornar esta noite. Não há lua e... – Catriona ergueu os olhos para o céu – vai nevar de novo.

– Como sabe? – perguntou lorde Oakley, com o que pareceu certo desespero.

Ela tentou não encará-lo como se ele fosse um idiota, mas os cabelos loiros quase brancos de lorde Oakley praticamente cintilavam na noite e, com a boca ainda aberta de espanto, o homem parecia uma coruja traumatizada.

– Morei aqui a minha vida inteira – disse ela finalmente. – Sei quando vai nevar.

A resposta dele foi algo que jamais deveria ser pronunciado diante de uma dama de boa família, mas, dadas as circunstâncias, Catriona optou por não se ofender.

– Vamos entrar – resmungou ele por fim.

E, depois de um instante de hesitação, todos entraram no castelo.

Catriona já estivera em Finovair, é claro – Taran Ferguson, e seu castelo em péssimo estado, era o terceiro vizinho mais próximo da família Burns.

Mas ela nunca estivera ali tão tarde da noite, depois que a maior parte do fogo das lareiras já se extinguira. Estava tão frio que o ar parecia morder a pele, e nenhuma das damas usava capa ou uma peliça. O vestido de Catriona tinha mangas longas para garantir o decoro, assim como o de Fiona, mas a roupa azul-clara de lady Cecily tinha manguinhas bufantes e Marilla estava praticamente com os ombros nus.

– Há uma lareira acesa no salão de visitas – avisou lorde Oakley, apressando todo o grupo para lá.

Era difícil acreditar no parentesco dele com Taran. Os dois não se pareciam em nada, e, quando passaram pelas velas acesas nas arandelas, Catriona viu que as feições de lorde Oakley eram tensas e severas de um modo incomum.

Ao contrário do Sr. lorde Rocheforte, que tinha um daqueles rostos que parecem não saber como *não* sorrir. Ele estava rindo enquanto todos atravessavam o grande salão cavernoso, e Catriona o ouvira dizer ao duque:

– Ah, vamos, Bret, você com certeza consegue ver a graça da situação.

Catriona apurou os ouvidos, mas não conseguiu escutar nenhuma resposta de "Bret". Não ousou lançar um olhar na direção do duque, não quando estavam todos tão próximos. Havia algo nele que a deixava desconfortável, e não era apenas pelo fato de ele com certeza ser o indivíduo com o título de nobreza mais alto a quem já fora apresentada.

Só que ela *não fora* apresentada a ele. Apenas o observara do outro lado do salão de baile dos Maycotts, assim como o restante dos plebeus locais. O conde de Maycott era um dos homens mais ricos da Inglaterra, e só Deus sabia por que ele desejara ter seu próprio castelo na Escócia. Mas foi o que aconteceu, e o desejo foi tão grande que o conde gastou uma fortuna para reformar Bellemere até deixar o lugar tão magnífico como Catriona tinha certeza de que nunca fora, mesmo no auge de sua suposta glória.

Quando a reforma terminou, os Maycotts decidiram dar um baile. Convidaram alguns amigos de Londres, mas a maior parte dos convidados era da aristocracia local. Apenas o número necessário para que o primeiro Baile de Gelo anual fosse arrasador.

Ou ao menos era o que dizia a fofoca local. E por mais que soubesse que não deveria acreditar em tudo o que ouvia, Catriona *sempre* ouvia.

As Chisholms foram levadas para conhecer o duque, é claro. Eram herdeiras, muito provavelmente as únicas que aquele canto da Escócia já vira, e cada uma participara de uma temporada social em Londres. Mas não Catriona. O pai dela era um proprietário de terras local, e a mãe era filha de um proprietário de terras local. E como Catriona tinha toda a intenção de um dia se casar com um proprietário de terras local, não via muito sentido em implorar para ser apresentada a um aristocrata em visita.

Até que...

Catriona ainda não sabia bem como acabara sendo raptada junto com lady Cecily e as irmãs Chisholms, mas havia sido a primeira a ser jogada dentro da carruagem. Aterrissara em cima do duque, que primeiro reagira bufando, para logo depois pousar uma mão abusada no traseiro dela.

Então a chamara de Delilah e começara a enfiar o nariz no pescoço dela!

Catriona saiu de cima dele de um pulo, antes de ter tempo de pensar que fora uma sensação bem agradável, e logo o duque voltou a adormecer.

Alguém, concluiu Catriona, havia consumido muito do bom conhaque dos Maycotts.

Catriona teve apenas um minuto sozinha com o duque adormecido antes que três outras damas fossem jogadas na carruagem, o que *obrigou* o homem a acordar de vez. Ela estremeceu ao pensar quanto ele teria que ter bebido para conseguir dormir no *caos* que se instalou. Marilla berrava, lady Cecily socava o teto e Fiona gritava com Marilla, tentando fazê-la se calar.

As Chisholms podiam até ser irmãs, mas nunca houvera qualquer amor entre as duas.

O duque tentou fazer todas ficarem quietas, mas nem mesmo ele foi capaz de fazer cessar o barulho até soltar um berro:

– Silêncio!

Foi nesse momento que Catriona percebeu que as outras damas ainda não haviam se dado conta da presença do duque na carruagem. Lady Cecily ficou tão surpresa que sua boca parecia incapaz de voltar a se fechar. E Marilla (que Deus a perdoasse, mas Catriona nunca gostara dela) foi imediatamente jogada no colo dele por um solavanco fictício.

E Catriona também percebeu, agora com certa satisfação, que o duque não havia apertado o traseiro de *Marilla*.

Ela não sabia quanto tempo eles haviam ficado presos na carruagem que se adiantava rapidamente. Noventa minutos no mínimo, talvez duas horas. Tempo suficiente para que o duque anunciasse que ninguém deveria dar um pio até que chegassem a qualquer que fosse o destino. Então, voltou a dormir.

Ou, se não dormiu, fez uma excelente imitação. Nem Marilla ousou perturbá-lo.

Mas qualquer bom senso que restasse a Marilla desapareceu quando ela desceu da carruagem, porque agora a jovem tagarelava sem parar com o duque, fazendo-se de ultrajada e agarrando o braço dele – o braço do duque! – enquanto repetia que isso era "chocante", que aquilo era "insuportável".

O duque tentou se desvencilhar discretamente, mas Marilla não tinha intenção de soltar a presa. Catriona só conseguia pensar que ele decidira que o calor da mão dela valia o aborrecimento.

Não o condenava. *Ela mesma* teria se aconchegado a Marilla se isso lhe garantisse um pouco mais de calor para combater o frio horroroso. As únicas pessoas que pareciam não tremer sem parar eram os dois sobrinhos de Taran, que, valia dizer, eram quase tão agradáveis aos olhos quanto o duque, e não pareciam precisar raptar mulheres de uma festa.

No entanto, Taran Ferguson era tão excêntrico quanto usar casacos em dia de verão. E da última vez que Catriona o vira, ele estava questionando o destino de Finovair depois que estivesse morto e enterrado. Não deveria surpreendê-la que o homem houvesse chegado àquele ponto para garantir noivas para os sobrinhos.

Lorde Oakley guiou o grupo até uma pequena sala de estar fora do grande salão. Era um cômodo decadente, mas limpo, como a maior parte de Finovair, e, mais importante do que qualquer coisa, a lareira estava acesa. Desesperados, todos foram até lá, em busca de calor.

– Vamos precisar de mantas – orientou Oakley.

– Pegue algumas ali – ordenou Taran, indicando um antigo baú perto da parede.

Os sobrinhos se apressaram a pegar as cobertas, que logo estavam sendo passadas de um para outro até estarem todos devidamente enrolados. A lã era áspera e grossa, e Catriona não ficaria surpresa se um bando de traças saísse voando do tecido, mas não se importou. Àquela altura, teria aceitado qualquer coisa para se aquecer.

– Mais uma vez – disse lorde Oakley às damas –, devo me desculpar em nome do meu tio. Não tenho ideia do que ele estava pensando...

– Você *sabe* o que eu estava pensando – interrompeu Taran. – Robin está em tamanha lentidão para arranjar uma...

– *Tio* – chamou Oakley em tom de alerta.

– Como ninguém vai a lugar nenhum esta noite – disse o Sr. Rocheforte –, podemos muito bem ir dormir.

– Ah, mas devemos todos nos apresentar antes – falou Marilla, em um tom muito solene.

– É claro – concordou Taran, muito entusiasmado. – Onde estão minhas boas maneiras?

– Há tantas respostas possíveis a essa pergunta que mal consigo escolher uma – resmungou o duque.

– Eu, como todos aqui sabem, sou o proprietário de Finovair – anunciou Taran. – E estes são meus dois sobrinhos, Oakley e Rocheforte, a quem chamo de Byron e Robin.

– Byron? – murmurou Fiona Chisholm.

Lorde Oakley a encarou com irritação.

– Você parece ser o duque de Bretton – continuou Taran –, embora eu não saiba por que está aqui.

– A carruagem era minha – grunhiu Bretton.

Taran voltou a olhar para seus homens, um deles ainda segurando a espada.

– Isso é o que eu não entendo. Nós não levamos uma carruagem nossa?

– Tio – chamou Rocheforte –, e as apresentações?

– Certo. De qualquer modo, a essa altura Maycott provavelmente já a destruiu para conseguir mais madeira para a lareira. – Taran deixou escapar um suspiro de lamento. – Mas, falando em Maycott, esta é a filha dele, Cecilia.

– Cecily – corrigiu a jovem. Foi a primeira palavra que ela pronunciou desde que chegaram.

Taran a encarou, surpreso.

– É mesmo?

– Sim – confirmou lady Cecily, uma das sobrancelhas erguida em um arco delicado e irônico.

– Puxa vida. Lamento muito por isso. É um nome adorável.

– Obrigada – disse ela, inclinando a cabeça graciosamente.

Era uma jovem de beleza impressionante, pensou Catriona, embora não de um jeito exibido e intimidante como o de Marilla, cujos cachos loiros e olhos azuis cintilantes eram lendários.

– Estas duas são as irmãs Chisholms – continuou Taran, indicando Fiona e Marilla. – Fiona é a mais velha e Marilla, a mais nova. São boas damas escocesas, mas estavam em Londres. Para se refinar um pouco, foi o que ouvi. E é isso.

Catriona pigarreou.

– Ah, certo! – exclamou Taran. – Sinto muito. Esta aqui é Catriona Burns. Nós a trouxemos por engano.

– O senhor disse para pegar a de vestido azul – protestou um dos homens de Taran.

Catriona já o conhecia e tinha quase certeza de que se chamava Hamish.

Taran apontou para lady Cecily.

– Esta aqui está de vestido azul.

Hamish deu de ombros e indicou Catriona com a cabeça.

– A Srta. Burns também. E as duas têm cabelos e olhos da mesma cor.

Era verdade. Cabelos castanhos, olhos escuros. Mas, enquanto lady Cecily era delicada e se movia com uma graça etérea, Catriona era... Ora, ela não sabia o quê. Mas certamente não era delicada. E provavelmente também não era graciosa – como não costumava dançar muito, não dava para ter certeza.

Taran ficou olhando de uma jovem para outra por vários segundos, o que foi engraçado.

– Certo, bem, o problema – disse finalmente para Catriona – é que eu não estava esperando a senhorita. Não tenho um quarto pronto.

– Ofereço o meu – disse o duque.

– Também não tenho quarto para você – retrucou Taran.

Lorde Oakley gemeu.

– É muito gentil da sua parte ter quartos preparados – intrometeu-se Marilla, em tom cordial.

Catriona só conseguiu encará-la, boquiaberta. Taran Ferguson havia raptado a garota e ela estava *agradecendo*?

– Não sei bem onde alojar vocês... – disse Taran lentamente.

Ele olhou para o sofá e franziu a testa, pensativo.

Foi a gota d'água.

– Taran Ferguson! – disse Catriona, espumando de raiva. – Não vou dormir no sofá da sala de estar.

Ele coçou a cabeça.

– Ora, bem, seria mais confortável do que no chão!

– E não vou dormir no chão!

O duque se adiantou com um brilho letal nos olhos.

– Sr. Ferguson, sugiro que encontre um quarto para a dama.

– Na verdade, eu não...

– Ou terá que se ver comigo.

Instalou-se o silêncio. Catriona olhou para o duque, surpresa por ele ter partido tão prontamente em sua defesa.

– A Srta. Burns pode dividir um quarto comigo – ofereceu lady Cecily, e Catriona lançou um olhar de gratidão para ela.

– Não será possível – explicou Taran. – Só há uma cama pequena.

– Coloque as irmãs juntas – sugeriu o duque, objetivamente.

– Já coloquei – falou Taran. – Vocês vão dividir uma cama, meninas – avisou às irmãs Chisholms –, mas é bem confortável. Nunca tive nenhum visitante real aqui, por isso não houve necessidade de tornar nossos quartos de hóspedes aposentos elegantes e confortáveis.

– Temos dois ótimos quartos de hóspedes em nossa casa – comentou Marilla. – Já hospedamos o conde de Mayne.

– Em 1726 – acrescentou Fiona.

– Ainda é chamada de suíte Mayne – falou Marilla, dando uma fungadinha discreta –, e se qualquer um de vocês nos visitar, é lá que os instalaremos. Exceto você – falou, piscando exageradamente para Catriona.

– Marilla! – repreendeu Fiona, sem fôlego.

– Ela mora a menos de dez quilômetros de nós – protestou Marilla. – Dificilmente precisaria de um quarto de hóspedes.

– Bem, ao que parece, nunca se sabe quando uma pessoa pode precisar de um quarto de hóspedes extra – comentou o duque, com ironia.

– É verdade – falou Marilla. – É realmente verdade. – Então olhou para ele com a típica inclinação de cabeça irritante de um felino e piscou. – O senhor é sempre assim tão sábio?

Bretton, cuja paciência parecia estar se esgotando, disse francamente:

– Sim.

Catriona mal conteve uma risada, depois fingiu estar tossindo quando o duque a encarou com uma sobrancelha erguida. Ah, santo Deus, ele havia falado sério? Tinha achado que o homem estava apenas tentando se ver livre de Marilla.

– Bem, vamos encontrar um lugar para todos, certo? – declarou Taran, preenchendo o silêncio constrangedor. – Nesse meio-tempo, vamos deixar o restante de vocês se acomodar. Onde está a Sra. McVittie?

A governanta assentiu da porta.

– Ah, aí está você! Leve essas três para seus quartos, sim? – Ele indicou todas as damas com um gesto, com exceção de Catriona. – E, ah, Robin e Byron, por que não vão também? Só para garantir que está tudo certo.

Lorde Oakley balançou a cabeça.

– Tudo certo... – repetiu, sem acreditar.

– Dê o quarto azul a lady Cecilia, ou o que costumava ser azul, e a senhorita... ora, na verdade, isso não importa. Dê a elas o quarto que quiserem. – Taran se virou para Catriona e para o duque, que ainda estava parado perto da lareira. – Vou ver o que posso arranjar para vocês dois.

– Bretton pode ficar com o meu quarto – ofereceu Oakley, parando na porta, enquanto todo o resto saía.

– Não – respondeu o duque, a voz monótona e zombeteira –, eu de forma alguma poderia ser tão inconveniente.

Lorde Oakley revirou os olhos e saiu para o grande salão.

Foi só então que Catriona percebeu que havia sido deixada completamente sozinha com o duque.

CAPÍTULO 3

John Shevington se tornara duque de Bretton aos 43 dias de idade, por isso lhe fora impingida uma legião de tutores, com a missão de se certificarem de que o jovem duque fosse capaz de lidar com qualquer situação racional na qual um jovem aristocrata pudesse vir a se encontrar.

Racional.

Surpreendentemente, os tutores de Bret não haviam considerado a possibilidade de ele ser raptado sem querer por um louco desvairado, preso em uma carruagem (na dele mesmo, veja só) por duas horas com quatro damas solteiras, sendo que uma delas o apalpara três vezes antes que ele usasse um solavanco como desculpa para jogá-la do outro lado do veículo. Como se isso não fosse o bastante, Bret se vira ao fim da jornada em um castelo com aquecimento precário, escoltado por um bando de serviçais sem rumo, andando pesadamente de um lado para outro com armas presas ao kilt.

Santo Deus, ele desejava *muitíssimo* que nenhuma rajada de vento erguesse um daqueles kilts.

Bret olhou de relance para a jovem que fora deixada na sala de estar com ele e que o velho Ferguson alegara ter raptado por engano. Srta. Burns, ele achava que era esse seu nome. Ela parecia conhecer Taran Ferguson melhor do que qualquer uma das outras cativas, por isso Bret perguntou:

– Acha que nosso anfitrião vai encontrar aposentos para nós?

Ela se aproximou mais do fogo.

– Posso praticamente garantir que ele já esqueceu que deveria estar procurando.

– Parece conhecer bem nosso anfitrião, Srta... Burns, certo?

– Todos conhecem Taran – disse ela. Então pareceu se dar conta de com quem estava falando e acrescentou: – Vossa Graça.

Ele assentiu. A Srta. Burns parecia uma jovem sensata; felizmente, não dava sinais de ser afeita a histerias. Embora Bret precisasse assumir que tivera vontade de aplaudi-la quando respondera ao velho Ferguson de forma ríspida e direta. Diabo, ele tivera esperança até de que ela acertasse uma bofetada naquele sujeito esquisito.

A Srta. Burns respondeu sorrindo e assentindo, e em seguida se virou para o fogo. Eles já estavam parados diante da lareira havia vários minutos, mas ainda sentiam os dedos congelados por dentro.

Se Bret tivesse um casaco, teria entregado a ela. Mas o seu estava em Bellemere, junto com todos os seus pertences. Ele pretendera ficar na cidade por apenas dois dias – era um lugar conveniente para parar e deixar os cavalos descansarem em seu caminho de volta para o castelo Bretton, vindo da caçada dos Charters em Ross-shire. Pensando melhor, deveria ter permanecido com os amigos durante as festas de fim de ano... só um tolo enfrentava as estradas da Escócia naquela época.

Mas Bret sempre fora sentimental em relação ao Natal e gostava de passar a data em casa. Londres era seu lar na maior parte do ano, mas ele não conseguia se imaginar em nenhum outro lugar senão no castelo quando a tora de Yule fosse acesa na lareira e o famoso pudim de Natal da Sra. Plitherton fosse servido. Bret quase já não tinha família com quem celebrar a data – apenas a mãe e alguma tia solteira que decidisse acompanhá-los na ocasião. Mas a falta de Shevingtons acabara tornando as festas de fim de ano mais alegres, menos formais, com canções e dança, e todos que trabalhavam na casa – do mordomo às criadas da área de serviço – se juntavam à diversão.

Agora parecia que a tradição seria quebrada por Taran Ferguson, o tio improvável de Oakley e Rocheforte.

Oakley e Rocheforte. Bret quase não acreditara ao vê-los. Conhecia Oakley desde... ora, desde que lhe acertara um soco no olho na primeira semana dos dois em Eton e recebera um lábio cortado em troca. Mas, desde então, tudo ficara bem entre eles.

Quanto a Rocheforte, Bret não o conhecia bem, mas sempre parecera um camarada agradável, do tipo despreocupado.

Bret olhou pela janela, embora não conseguisse ver nada.

– Quando a senhorita disse que iria nevar esta noite – falou ele –, tinha alguma ideia do volume de neve, ou da duração?

Ela se virou para ele com franqueza nos olhos escuros.

– Está me perguntando quando vamos conseguir partir?

Ele gostava de mulheres que iam direto ao ponto.

– Exatamente.

Ela fez uma careta.

– Pode demorar uns três dias, Vossa Graça. Ou mais.

– Santo Deus – Bret se ouviu dizer.

– Exatamente o que eu penso.

Ele pigarreou.

– O Sr. Ferguson já fez... *isso* antes?

Ela pressionou os lábios em uma expressão que Bret achou que poderia ser de divertimento.

– Refere-se a sequestrar um duque?

– A sequestrar qualquer pessoa – esclareceu ele.

– Não que eu saiba, mas na última Festa da Primavera ele atravessou o vilarejo correndo com o traseiro de fora.

Bret a encarou espantado. Ela acabara de usar a palavra "traseiro"? Ele tentou se lembrar da última vez que ouvira uma mulher da aristocracia dizer algo assim. E teve quase certeza de que a resposta era nunca. Então, enquanto observava as chamas da lareira iluminarem a pele dela, decidiu que não se importava.

A Srta. Burns não era linda, não como lady Cecily, cuja boca era como um botão de rosa e cujo rosto tinha o formato de um coração. Mas havia algo especial nela. Os olhos, concluiu ele. Escuros como a noite, intensos. Impossível ver neles seus pensamentos.

Mas era possível *sentir*.

– Vossa Graça? – murmurou a Srta. Burns, e Bret percebeu que a estava encarando.

– Desculpe – disse ele de modo automático. – A senhorita dizia...?

Ela ergueu muito ligeiramente as sobrancelhas.

– Gostaria que eu continuasse a história sobre Taran Ferguson atravessando o vilarejo com o traseiro nu?

– Exatamente – confirmou Bret em um tom seco, pois se falasse em qualquer outro tom de voz talvez tivesse que admitir para si mesmo que estava enrubescendo.

O que certamente não faria.

A Srta. Burns fez uma pausa.

– Bem – ela pigarreou –, foi feita uma aposta.

Ele achou aquilo interessante.

– É comum as apostas escocesas envolverem pessoas correndo seminuas?

– De forma alguma, Vossa Graça. – Então, quando Bret já começava a achar que talvez a tivesse ofendido, os cantos dos lábios dela se curvaram em uma discretíssima sugestão de um sorriso, antes que continuasse: – Aqui faz frio demais para isso.

Ele conteve uma risada.

– Acredito que a aposta tinha a ver com fazer a esposa do vigário desmaiar. Não era exigida nudez. – Ela revirou brevemente os olhos, exasperada. – Essa parte foi puramente invenção de Taran.

– Ele ganhou a aposta?

– É claro que não – disse a Srta. Burns, com desdém. – Seria preciso mais do que o traseiro esquelético dele para fazer uma mulher escocesa desmaiar.

– Esquelético, é? – murmurou Bret. – Então a senhorita olhou?

– Dificilmente teria conseguido *não* olhar. Ele desceu a rua uivando escandalosamente.

Ele a encarou por um momento. Estava encantadora parada ali, perto do fogo, os cabelos volumosos começando a se soltar dos grampos. Tudo nela parecia elegante, composto e perfeitamente apropriado.

A não ser pela expressão em seu rosto. A Srta. Burns revirara os olhos, torcera o nariz e, Bret achava, havia acabado de bufar para ele.

Bufar. Bret tentou se lembrar da última vez que ouvira uma mulher da aristocracia fazer *aquilo*. Provavelmente fora na última vez em que alguma dissera a palavra "traseiro".

Então, a risada que estivera borbulhando dentro dele finalmente explodiu. Começou pequena, com apenas um tremor silencioso, então, antes que se desse conta, Bret estava praticamente uivando de rir, curvado pela força da risada que dava cambalhotas em sua barriga até sair em altas gargalhadas.

Ele tentou se lembrar da última vez que rira daquele jeito.

Enquanto enxugava as lágrimas, Bret olhou para a Srta. Burns, que, por mais que não estivesse dobrada de rir, gargalhava junto com ele. Ela estava claramente tentando manter o mínimo de dignidade, os lábios pressionados, mas os ombros tremiam até que, enfim, ela se apoiou na parede e arquejou.

– Meu Deus – disse, acenando com a mão diante do rosto, sem nenhuma razão aparente. – Meu Deus. – Ela encarou Bret com um olhar direto, que ele desconfiava ser tão parte dela quanto os braços e pernas. – Não sei nem do que estamos rindo – confessou, com um sorriso impotente.

– Nem eu – admitiu Bret.

O riso foi perdendo força aos poucos.

– Deve ser a fome – disse a Srta. Burns, baixinho.

– Ou o frio.

– Entorpecidos – sussurrou ela.

Ele se adiantou na direção dela. Não conseguiu evitar.

E então, bem ali, diante da lareira na sala de estar de Taran Ferguson, fez o que não deveria ter feito.

Beijou Catriona Burns.

Quando o duque se afastou, Catriona sentiu frio. Mais frio do que sentira dentro da carruagem. Mais frio do que sentira parada na neve. Mesmo com o fogo ardendo na lareira às suas costas.

Mas isso nada tinha a ver com a temperatura. Tinha a ver com a perda.

Os lábios dele haviam tocado os dela. Os braços dele a haviam envolvido. E então, se foram.

Simples assim.

Catriona fitou o duque. Os olhos dele... santo Deus, eram azuis. Como ela não havia percebido isso antes? Eram azuis como um lago no verão, só que nenhum lago que ela conhecia tinha pontinhos de azul meia-noite nem parecia ver bem dentro de sua alma.

– Deveria me desculpar – murmurou o duque, encarando-a com uma expressão próxima do encantamento.

– Mas não vai?

Ele balançou a cabeça.

– Seria uma mentira dizer que lamento.

– E o senhor nunca mente.

Não era uma pergunta. Catriona sabia que era verdade.

– Não sobre algo assim.

Ela sentiu necessidade de umedecer os lábios.

– Já fez isso antes?

Um leve sorriso brincou nos lábios dele.

– Beijar uma mulher?

– Beijar uma estranha.

Ele fez uma pausa, mas muito breve.

– Não.

Ela não deveria, sabia que não, mas perguntou mesmo assim:

– Por que não?

O duque inclinou a cabeça ligeiramente e ficou observando o rosto dela com uma expressão curiosa. Estava examinando suas reações, percebeu Catriona. Não, estava *memorizando* seu rosto.

Então o sorriso do duque ficou tímido, e Catriona *soube*. Simplesmente soube que ele não costumava passar por aquilo. O duque estava tão desconcertado com o momento quanto ela.

– Creio que nunca encontrei uma estranha que quisesse beijar – murmurou ele.

– Nem eu – admitiu Catriona, baixinho.

Ele balançou ligeiramente a cabeça, mostrando que ouvira o comentário dela e que estava esperando. Esperando por...

– Até agora – sussurrou ela, porque não seria justo se não confessasse.

A mão do duque tocou seu rosto e logo ele a estava beijando de novo, e pela primeira vez na vida Catriona considerou a possibilidade de acreditar em magia, em fadas e em todas essas criaturas sobrenaturais. Porque com certeza não poderia haver outra explicação. Alguma coisa se alastrava por seu corpo, corria por suas veias, e ela só queria...

Ele.

Queria aquele homem de todas as maneiras possíveis.

Santo Deus.

Sem ar, Catriona interrompeu o beijo e cambaleou para trás, para longe do fogo e do duque.

E teria se afastado de si mesma se conseguisse encontrar uma maneira de fazer isso.

– Bem... – disse Catriona, alisando as saias como se tudo estivesse normal, como se não houvesse acabado de se lançar nos braços de um homem que provavelmente tomava chá com o rei. – Bem – repetiu.

– Bem – disse ele também.

Catriona o encarou com atenção. O duque estava zombando dela?

Mas havia calor em seus olhos. Não, havia desejo. E aqueles olhos a faziam sentir coisas em partes do corpo, sensações que Catriona não deveria sequer saber da existência até estar no leito nupcial.

– Pare com isso – disse ela.

– Isso o quê?

– Pare de olhar para mim. Como se... como se...

Ele sorriu lentamente.

– Como se eu gostasse da senhorita?

– Não!

– Como se eu achasse que a senhorita beija muito bem?

– Ah, Deus – gemeu Catriona, cobrindo o rosto com as mãos.

Não era hábito dela invocar o nome de Deus em vão, mas a verdade era que também não tinha o hábito de beijar duques, e certamente também não tinha o hábito de ser jogada dentro de uma carruagem e levada por vinte quilômetros de estradas quase intransitáveis, cheias de neve.

– Eu juro – disse Catriona, o rosto ainda enfiado nas mãos – que não costumo fazer isso.

– Isso eu sei – afirmou ele.

Ela ergueu o olhar.

O duque sorriu de novo, com aquela inclinação preguiçosa e travessa dos lábios que fazia algo dentro de Catriona se agitar.

– É a loucura do momento. Desta noite que estamos vivendo. Com certeza podemos ser perdoados por esse comportamento atípico. Mas devo dizer que...

Ele se interrompeu por um instante, e Catriona se pegou prendendo a respiração.

– Que fico honrado por seu momento de loucura atípico ter sido comigo.

Ela recuou um passo. Não porque tivesse medo dele, mas porque temia a si mesma.

– Sou uma dama respeitável.

– Eu sei.

Ela engoliu em seco, nervosa.

– Agradeceria se o senhor não... bem... – Catriona não conseguiu terminar a frase.

Ele sabia o que ela queria dizer.

O duque se virou para o fogo e estendeu as mãos na direção do calor. Foi um sinal claro de que deixariam a insanidade momentânea para trás.

– Eu fui suscetível do mesmo modo à estranheza da situação – declarou ele. – Também não costumo fazer esse tipo de coisa.

Delilah.

Catriona quase deu um pulo. Ainda na carruagem, quando ele estava bêbado... e a chamara de Delilah.

Que obviamente era a mulher com quem ele fazia *aquele* tipo de coisa.

– Onde está Taran? – perguntou Catriona, quase em um gemido.

– A senhorita não disse que ele provavelmente se esqueceu de nós?

Ela suspirou.

– Oakley não esqueceria – afirmou o duque.

Catriona o encarou sem entender.

– Como?

– Lorde Oakley. Ele não vai se esquecer de arrumar quartos para nós. Eu o conheço há anos. A única coisa que está tornando esta situação mais tolerável é saber que tudo isso deve estar matando-o por dentro.

– O senhor não gosta dele?

– Pelo contrário. Há anos o considero um amigo. Por isso me divirto tanto com seu tormento.

Os homens eram muito estranhos, concluiu Catriona.

– É um homem muito correto – explicou o duque.

– E o senhor não é?

Ela mordeu o lábio. Não deveria ter perguntado aquilo.

O duque não se virou, mas Catriona viu um leve sorriso brincar em seus lábios.

– Não tanto quanto Oakley – falou. Então olhou de relance para ela. – Ao que parece.

Catriona enrubesceu. Da ponta dos pés ao último fio de cabelo.

O duque deu de ombros e se virou novamente para a lareira.

– Confie em mim quando lhe digo que nada provocaria mais agonia em Oakley do que tomar parte em uma situação como esta. Tenho certeza de que ele preferiria muito mais ser a vítima a ser o perpetrador.

– Mas ele não...

– Ah, para Oakley é como se fosse. Ferguson é tio dele, afinal.

– Entendo. – Catriona ficou em silêncio por um momento, então perguntou: – E quanto ao outro?

– Rocheforte? – perguntou o duque, depois de uma breve pausa.

Ela assentiu.

– Sim, embora eu não saiba se... se devo chamá-lo de Sr. Rocheforte ou lorde Rocheforte. Nunca conheci um conde francês antes.

O duque deu de ombros outra vez.

– Sr. Rocheforte, eu acho. Vai depender do mais recente Alvará Real.

Catriona não tinha a menor ideia do que era aquilo.

– Ele não vai se importar com o tratamento – continuou o duque. – Rocheforte não leva nada a sério. Nunca levou.

Catriona ficou em silêncio por um momento.

– Uma dupla de primos bastante inusitada – comentou por fim.

– Sim, eles são. – Então o duque virou-se abruptamente para ela e ordenou: – Conte-me mais sobre os outros que estão aqui.

Por um momento, Catriona apenas o encarou, surpresa. O tom do duque fora imperioso, mas ela não se ofendeu. Provavelmente, era mais comum para ele falar assim do que do modo que vinha falando até então. Afinal, era um duque.

– Vamos ficar todos juntos aqui, obrigatoriamente, por vários dias – disse ele. – É melhor que eu saiba quem é quem.

– Ah. Bem... – Catriona pigarreou. – Há lady Cecily, é claro. Filha do conde de Maycott. Como o senhor estava em Bellemere, já deve conhecê-la.

– Um pouco – disse ele, casualmente.

– Bem, provavelmente sabe mais do que eu a respeito dela. A família de lady Cecily levou quase dois anos reformando Bellemere. Parece-me um pouco tolo, mas...

Ela deu de ombros.

– A senhorita é bastante prática, não é?

– Devo aceitar isso como um elogio?

– É claro – murmurou o duque.

Catriona sorriu para si mesma.

– Não acho que os Maycotts planejem passar mais de duas semanas por ano naquela propriedade. Acho que acabaram gastando uma quantia exagerada em uma casa que raramente será usada.

– Mas que não deixa de ser adorável.

– Ora, sim. E eu não posso reclamar. O vilarejo nunca esteve tão próspero desde... – Ela se deteve. Era melhor não começar a falar de política com um duque inglês. Ainda mais com um duque inglês que provavelmente era dono de metade da Inglaterra. – O conde de Maycott criou muitos empregos para os moradores do vilarejo, e sou grata por isso.

– E os outros?

– As irmãs Chisholms. – Santo Deus, como explicar *aquelas duas*? – Na verdade, elas são meias-irmãs e... não são exatamente loucas uma pela outra. Não conheço Fiona muito bem... Marilla é a mais próxima da minha idade. – Ela cerrou os lábios, tentando aderir à máxima "se não tem nada de bom a dizer, não diga nada". – As duas estavam em Londres, é claro – completou.

– A senhorita também? – perguntou o duque.

– Se eu estava em Londres? – repetiu ela, surpresa. – É claro que não. Mas estive em uma temporada social em Edimburgo. Bem, não é exatamente uma temporada social, apenas algumas famílias que se reúnem por algumas semanas.

– Gosto de Edimburgo – comentou ele, em um tom agradável.

– Também gosto.

E, de repente, Catriona se deu conta de que não se sentia mais tensa na presença dele. Não sabia como aquilo era possível, como podia ter beijado um homem até mal se lembrar de como articular as palavras e minutos depois se sentir perfeitamente normal.

Mas era o que estava acontecendo.

E, é claro, foi nesse momento que lorde Oakley voltou, exibindo uma expressão severa.

– Minhas desculpas – disse no instante em que entrou no salão. – Srta. Burns, encontramos um quarto para acomodá-la. Lamento dizer que não é elegante, mas é limpo.

– Obrigada – disse Catriona.

– Você pode ficar com o meu quarto, Bret.

– E onde você vai dormir?

Lorde Oakley descartou a pergunta com um aceno.

– Robin vai descer em um instante e poderá lhe mostrar o caminho. – Ele se virou para Catriona. – Permita-me lhe mostrar seu quarto, Srta. Burns. Peço perdão pela ausência de uma acompanhante, mas não há nenhuma mulher disponível que possa tomar meu lugar. Garanto-lhe que sua virtude estará a salvo comigo.

Catriona olhou de relance para o duque. Confiava nele, percebeu, embora não soubesse dizer por quê. Ele assentiu, e só então ela se dirigiu a lorde Oakley:

– Isso não será problema, lorde Oakley. Sua companhia certamente é o evento menos impróprio da noite, tenho certeza.

Lorde Oakley deu um sorriso cansado.

– Por aqui, por favor.

Catriona aceitou o braço dele e saiu da sala. Depois de dobrarem em um ou dois corredores, ela percebeu que iria dormir nos aposentos dos criados. Mas, depois de tudo o que acontecera, decidiu que, desde que tivesse uma coberta, não se importava.

CAPÍTULO 4

A manhã seguinte

Catriona sempre se levantava cedo pela manhã, e estava acostumada a fazer o desjejum tendo apenas a si mesma como companhia. Quando entrou na sala de jantar, contudo, o duque de Bretton já estava à mesa, passando manteiga em uma fatia de torrada.

– Bom dia, Srta. Burns – disse ele, levantando-se na mesma hora.

Catriona se inclinou em uma breve reverência, curvando a cabeça não exatamente por respeito, mas pelo desejo de esconder o leve rubor que se espalhara por seu rosto.

Ela o beijara na noite anterior. Beijara um duque. Céus, seu primeiro beijo e começara logo com um duque?

– Está aproveitando seu café da manhã? – perguntou Catriona, voltando-se para o aparador bem-servido.

Fossem quais fossem os defeitos de Taran Ferguson, ele sem dúvida garantira uma excelente refeição. Havia dois tipos de carne, ovos preparados de três maneiras, arenque salgado, torradas e *scones*. E, claro, manteiga caseira e geleia.

– Com toda a sinceridade – disse o duque –, não me lembro da última vez que apreciei tanto um café da manhã.

– A Sra. McVittie é a melhor governanta do distrito – disse Catriona, enquanto se servia. – Não sei por que ela permanece em Finovair. Todo mundo está sempre tentando roubá-la daqui.

– Recomendo os *scones* – disse Bretton.

Catriona assentiu enquanto se sentava diante dele.

– Sempre recomendo os *scones* da Sra. McVittie.

– Eu me pergunto por que não conseguimos fazê-los direito na Inglaterra... – refletiu ele.

– Não vou responder a isso – falou Catriona. – Tenho medo de insultar um país inteiro.

Ele riu, como ela esperava que acontecesse. Catriona precisava manter a conversa leve, as observações irônicas. Se conseguisse fazer isso, poderia esquecer que menos de doze horas antes os lábios dele estavam colados aos dela. Ou, no mínimo, fazer com que *ele* esquecesse.

Seriam dias muito longos naquele castelo se o duque achasse que ela passara a suspirar por ele. Deus do céu, se ele pensasse que ela estava tentando montar uma armadilha para fazê-lo se casar com ela, o homem sairia correndo aos gritos para a floresta.

Uma escocesa claramente de linhagem comum e um duque inglês. Era absurdo.

– Terá que servir seu próprio chá – disse o duque, indicando o bule com a cabeça. – Um dos... bem, não saberia como chamá-lo... certamente não se trata de um dos criados de Ferguson.

– Homens – esclareceu Catriona.

O duque olhou para ela, claramente espantado.

– Um dos homens de Ferguson – apressou-se em explicar Catriona. – É assim que ele os chama. Acho que nenhum deles tem menos de 60 anos, mas são todos extremamente leais.

– De fato – concordou Bretton, em um tom muito irônico.

– Leais o suficiente para raptar mulheres de um salão de baile – concluiu Catriona por ele, pois com certeza fora isso o que o duque havia pensado.

Bretton olhou para a esquerda e depois para a direita, provavelmente para garantir que nenhum dos homens de Taran estivesse ao alcance de sua voz.

– Seja lá como ele chame o cavalheiro que estava aqui antes, eu não confiaria naquelas mãos enrugadas para despejar o chá na xícara.

– Entendo – murmurou Catriona, e estendeu a mão para se servir.

– Provavelmente já esfriou – disse o duque.

– Terei que me contentar.

Ele deu um sorrisinho, o rosto abaixado e encarando a própria xícara de chá.

– Aceita mais um pouco? – ofereceu Catriona.

O duque assentiu. Ela encheu sua xícara com o chá morno e então se dedicou a passar geleia em um *scone*.

– Dormiu bem? – perguntou ele.

– Não – respondeu Catriona –, mas eu não esperava dormir bem.

Ela não iria reclamar de ter sido colocada em um dos quartos dos criados. Na verdade, sentira-se grata apenas por ter uma cama; chegara a cogitar a hipótese de Taran colocá-la nos estábulos. Ainda assim, fizera falta uma lareira em seu quartinho na água-furtada, e, embora lorde Oakley tivesse lhe dado três cobertores, eram todos bem finos.

Ao menos, sendo a Sra. McVittie a governanta, Catriona tinha certeza de que o colchão estava arejado e limpo. Percevejos seriam o insulto final.

– E Vossa Graça, dormiu bem? – perguntou Catriona educadamente.

O duque ficara com o quarto de lorde Oakley, certamente mais confortável do que o aposento que ela ocupara. Sem dúvida não estava à altura dos padrões de um duque, mas provavelmente era o melhor que Finovair teria a oferecer.

– Temo que não, mas, como a senhorita disse, terei que me contentar. – O duque cortou um pedaço de bacon, comeu e então perguntou: – É sempre tão frio aqui?

– Em dezembro? – Catriona ficou surpresa... e talvez um pouco decepcionada. Não era possível que ele tivesse acabado de fazer uma pergunta tão estúpida. E ela pensando que gostava do nobre inglês... – Bem... sim.

Ele não apenas revirou os olhos, como os ergueu com impaciência.

– Eu não falava da Escócia, mas *daqui*. De Finovair. Tremi a noite toda.

– Não havia lareira no quarto?

– Havia, mas temo que tenha sido uma miragem. O fogo estava apagado pela manhã.

Catriona assentiu, compreensiva.

– Meu pai diz que é por isso que os escoceses se casam jovens.

O duque parou e a encarou.

– Como é?

– Para se aquecerem – esclareceu Catriona. – É tremendamente difícil aquecer esses castelos antigos. Costumo dormir com meu cachorro.

Bretton quase cuspiu o chá.

– Ria quanto quiser – falou ela com um sorrisinho –, mas Limmerick pesa quase cinquenta quilos. Ele parece uma garrafa de água quente gigante e peluda que nunca esfria.

– Limmerick?

Catriona voltou a se concentrar na comida.

– Meu avô era irlandês.

– Bem, presumindo que Ferguson não tenha soltado os cachorros em cima da senhorita – disse Bretton, em tom irônico –, conseguiu se aquecer o bastante essa noite?

– Não exatamente. – Ela deu de ombros, resignada. – Estou em um dos quartos dos criados. Lá não existe lareira. E, como o senhor supôs, nenhum cachorro.

A expressão dele se tornou sinistra.

– A senhorita foi colocada nos aposentos dos empregados?

– "Aposentos" pode ser um pouco de exagero – rebateu Catriona.

– Que inf... desculpe – falou o duque, logo se interrompendo, mas não antes de Catriona entender que se tratava de "inferno". – Vou falar imediatamente com Oakley – disse ele. – Não permitirei que a senhorita seja insultada...

– Não é um insulto – interrompeu Catriona. – Ao menos não mais do que ser informada que fui raptada por acidente. – Ela pousou a torrada e fitou-o com a sobrancelha arqueada. – Se vou sofrer o incômodo de ser raptada, preferiria que tivesse sido deliberado.

O duque a encarou por um momento, então sorriu, quase com relutância.

– Meus parabéns por manter o bom humor.

– Não há o que fazer – disse Catriona, dando de ombros. – Ficaremos presos aqui por alguns dias. Não convém que ninguém se entregue à histeria.

Ele assentiu, então disse:

– Ainda assim, esse arranjo é inaceitável. Eu disse a Oakley que a senhorita poderia ficar com o meu quarto.

– Sem querer ser muito direta – disse Catriona, tentando não se deixar encantar com a ira dele em seu nome –, mas o quarto que está ocupando é o de lorde Oakley, e a última coisa que ele vai querer é ofender a dignidade de um duque.

– Fui raptado por um velho brandindo um *caber* – murmurou Bretton. – Minha dignidade já sofreu um golpe mortal.

Catriona tentou não rir, realmente tentou.

– Ah, vá em frente – disse o duque.

Catriona levou o guardanapo aos lábios para abafar o riso, então assumiu uma expressão mais séria antes de dizer:

– Era uma *claymore*, Vossa Graça, uma espada típica escocesa, não um *caber*.

– Há alguma diferença?

– Se Hamish estivesse empunhando um *caber*, o senhor não estaria falando a respeito disso no café da manhã.

Ele a encarou sem entender.

– Um *caber* é um tronco, Vossa Graça. Um *tronco*. E na verdade não é usado para lutar. Só gostamos de arremessá-los. Quer dizer, os homens gostam.

Um longo instante se passou antes que Bretton dissesse:

– Vocês, escoceses, têm jogos muito estranhos.

Catriona ergueu as sobrancelhas em desafio e então se voltou novamente para o chá.

– O que significa isso? – perguntou ele.

– Não sei do que está falando.

– Esse olhar – acusou ele.

– Olhar... – repetiu ela.

O duque estreitou os olhos.

– A senhorita acha que eu não conseguiria arremessar um *caber*.

– Ora, sei que *eu* não consigo arremessar um.

– A senhorita é *mulher* – retrucou ele, irritado.

– Sim – concordou Catriona.

– Eu consigo arremessar um maldito tronco.

Ela arqueou uma sobrancelha.

– A questão, na verdade, seria: a que distância?

Ele deve ter se dado conta de que começava a parecer um pavão empertigado, porque teve a elegância de se mostrar ligeiramente constrangido. Então, surpreendeu-a completamente ao dizer:

– A alguns centímetros, pelo menos.

Catriona manteve a expressão arrogante por exatamente dois segundos antes de cair na gargalhada.

– Ai, meu Deus – disse, engasgando e enxugando os olhos. – Meu Deus.

E foi exatamente nesse momento que Marilla entrou na sala de jantar. Marilla, que Catriona tinha certeza de que raramente se levantava antes do meio-dia. Claramente, alguém lhe confidenciara que o duque acordava cedo.

– Quanta alegria, Catriona – disse Marilla.

Em seus lábios, a declaração soava mais como uma acusação.

Catriona abriu a boca para responder, mas qualquer coisa que pudesse se assemelhar a um comentário inteligente morreu antes de vir à tona, porque Marilla havia abandonado seu vestido de noite nada prático em favor de um vestido de brocado que certamente datava do século anterior.

Não que *aquilo* fosse fazer Catriona ficar paralisada de espanto. Ela era totalmente a favor de fazer o melhor dadas as circunstâncias, e se os guarda-roupas de Taran não ofereciam mais do que retalhos do início da era georgiana, que fosse, então. Mas Marilla havia escolhido um vestido do vermelho mais escuro, intenso e sensual, com um corpete muito justo na cintura, e um decote quadrado bem maior do que se esperaria.

– Não é adorável? – perguntou Marilla, passando a mão pela saia do vestido. – Havia um baú cheio de vestidos no sótão. Um dos homens de Taran o trouxe para baixo.

Catriona apenas fitou a outra dama, sem palavras. Quanto ao duque, parecia não conseguir tirar os olhos dos seios de Marilla, que balançavam feito pudim mal-assado a cada movimento dela. Catriona teria ficado irritada, mas a verdade era que ela mesma não conseguia tirar os olhos dos seios de Marilla, que haviam sido puxados tanto para o alto que estavam completamente planos, como uma prateleira. Ela poderia ter equilibrado uma travessa de jantar sobre eles sem deixar cair uma migalha.

– Marilla – sugeriu Catriona –, talvez você devesse... bem...

– Eu não poderia usar o mesmo traje dois dias seguidos – declarou Marilla.

Catriona, que usava o mesmo vestido verde de veludo da noite anterior, decidiu se eximir de qualquer comentário.

– É um pouco como usar uma fantasia – disse Marilla, com um movimento rápido e elegante do pulso.

Catriona e o duque prenderam a respiração ao mesmo tempo quando os seios dela quase saltaram para fora. Mas Marilla provavelmente nem percebeu, porque continuou andando por ali, tagarelando sobre o quarto, sobre a irmã, o vestido... e a cada movimento Catriona se encolhia, apavorada com a possibilidade de os seios de Marilla escaparem de vez do decote e acertá-los.

– Srta. Marilla – disse o duque, finalmente se colocando de pé. Ele pigarreou. Duas vezes. – Espero que esteja com fome. A governanta do Sr. Ferguson se superou.

– Ah, raramente como mais do que uma fatia de torrada pela manhã – retrucou Marilla. Então baixou os olhos para o banquete sobre a mesa e acrescentou: – Com geleia, é claro.

– Talvez queira abrir uma exceção esta manhã – sugeriu Catriona, enquanto o duque voltava a se sentar. – Vai precisar de suas forças, porque Sua Graça expressou interesse em praticarmos arremesso de tronco.

– Arremesso de tronco? – repetiu Marilla. – Que nobreza impressionante de sua parte, interessar-se por nossos costumes escoceses, Vossa Graça.

Catriona não estava certa de que aquilo o tornava nobre, menos ainda de uma nobreza impressionante, mas resolveu deixar isso de lado e apenas comentou:

– Acho que será muito divertido. E já que o duque está aqui na Escócia, ele pode muito bem aprender sobre as nossas tradições.

– Vai estar frio lá fora – lembrou Marilla.

Ela estava certa, é claro. Estaria mesmo terrivelmente frio, e, se Catriona estivesse discutindo a questão com qualquer outra pessoa, teria abandonado a sugestão em favor de uma bebida quente diante da lareira. Mas Marilla sempre foi muito desagradável e não parava de se *sacudir* na frente do duque.

– Será revigorante – comentou Catriona. E acrescentou: – É claro que teremos que nos agasalhar.

– Acho uma grande ideia – falou o duque.

– Acha? – perguntou Catriona.

– Acha? – ecoou Marilla, e acrescentou: – É claro que acha. O senhor tem um grande espírito esportivo, Vossa Graça.

– Muito grande mesmo – murmurou Catriona.

– Embora talvez seja melhor esperarmos a neve dar uma trégua – disse ele.

Marilla levou a mão agitada ao coração.

– Ainda está nevando, então?

Catriona indicou a janela.

– A janela está bem na sua frente.

Marilla ignorou-a.

– Ah, o que será de nós?

– Recomendo o bacon – disse Catriona em tom categórico. – Com certeza vamos precisar de reservas de energia para nos mantermos pelo tempo que a neve durar.

O duque deixou escapar um som estrangulado.

– Bem – falou Marilla –, talvez só um pedaço.

Ou três, ao que parecia.

Marilla chegou à mesa com sua torrada, geleia e bacon e se sentou à direita do duque, e a cadeira de alguma forma deslizou alguns centímetros na direção da dele. Ela sorria lindamente, enquanto seus seios quase cutucavam o braço dele.

Catriona ficou apenas encarando, impressionada. Com certeza aqueles corpetes antiquados não eram confortáveis. O peito de Marilla precedia o restante de seu corpo por pelo menos vinte centímetros.

– A senhorita dormiu bem? – perguntou o duque, tentando corajosamente manter os olhos erguidos.

– Ah, céus, não – respondeu Marilla, pousando a mão no braço dele. – Estava assustadoramente frio.

– Talvez o Sr. Ferguson possa lhe emprestar um cachorro – murmurou ele.

Marilla piscou os belos olhos azuis, sem entender.

Catriona, por outro lado, engasgou com o chá.

– E meu colchão era muito, muito duro – continuou Marilla, dando um suspiro trêmulo. Ela se virou para o duque com olhos ternos. – E o seu?

– O meu... hum... *o quê*?

– O seu colchão, Vossa Graça – murmurou Marilla. – Era duro também?

Catriona achou que Bretton expiraria ali, naquele instante. E o que era aquilo... um rubor? Ele estava ruborizando! Estava, sim!

– Mas os travesseiros eram bons – continuou Marilla. – Adoro travesseiros macios. O senhor também?

Os olhos do duque imediatamente encontraram os "travesseiros" macios de Marilla. Catriona não poderia culpá-lo por isso, já que fez o mesmo. Era um pouco como o traseiro magrelo de Taran quando ele correra pelo vilarejo tentando chocar a esposa do vigário. Impossível não olhar.

– Ahn... eu... ahn...

O duque pegou a xícara e bebeu todo o chá de uma só vez.

– Quanto tempo acha que vai demorar até que alguém venha nos salvar? – perguntou Marilla em um sussurro.

– Não estamos exatamente em perigo, Srta. Marilla – retrucou Bretton.

– Ainda assim. – Ela suspirou dramaticamente. – Arrancados de nossos lares...

– Do lar de lady Cecily – corrigiu Catriona, ainda concentrada na comida à sua frente.

Não conseguia erguer os olhos. Realmente não conseguia. Do modo como Marilla estava irrequieta em seu assento, Catriona estava apavorada com o que poderia ver.

– Ainda assim – disse Marilla, com um pouco menos de doçura e leveza que acompanharam o "ainda assim" dirigido ao duque. – O que devemos fazer para nos ocuparmos? – continuou.

– A Srta. Burns sugeriu arremesso de *caber* – lembrou Bretton.

Marilla o encarou espantada.

– Ah, mas o senhor não pode estar falando sério.

Catriona levantou os olhos bem a tempo de vê-lo dar de ombros.

– Não vejo por que eu não poderia tentar – murmurou ele. – Além do mais, a senhorita não acabou de louvar meu espírito esportivo?

– Mas Vossa Graça... – disse Marilla. – Já viu um *caber*?

– A Srta. Burns me disse que é um tronco.

– Sim, mas é... Ah!

– Ah, céus, sinto muito – falou Catriona. – Não tenho ideia de como a geleia voou desse jeito da minha colher.

Marilla estreitou os olhos, mas não disse nada enquanto pegava um guardanapo e limpava a mancha vermelha do peito antes que a geleia deslizasse para dentro da fenda profunda entre seus seios.

Se o duque achava que um *caber* era um simples tronquinho, Catriona não permitiria que Marilla o desiludisse.

– Ah, céus – disse Marilla, inclinando-se na direção do duque. – Não consigo alcançar a manteiga.

Bretton estendeu a mão educadamente para pegar a manteiga, que estava à direita dele, e Catriona observou impressionada enquanto Marilla se aproximava ainda mais dele, quando o duque não estava olhando. Quando ele se virou novamente, ela estava a apenas alguns centímetros de distância, pestanejando como se os cílios fossem asas de borboleta.

Se Catriona já não desgostasse de Marilla havia tantos anos, teria ficado impressionada. Na verdade, era preciso dar crédito à moça pela persistência.

O duque lançou um olhar para Catriona que claramente dizia *Socorro*, e ela estava justamente tentando descobrir como ajudá-lo quando todos ouviram passos se aproximando. Lorde Oakley chegou ao recinto, e Bretton se colocou rapidamente de pé para cumprimentar o amigo.

– Oakley! – disse ele, com tamanho entusiasmo que a expressão de lorde Oakley se tornou ligeiramente alarmada.

– Bret – respondeu ele lentamente, olhando ao redor como se esperasse ver alguém surgir, saltitando e gritando "Surpresa!".

– Junte-se a nós – pediu o duque. – Agora.

– Bom dia, lorde Oakley – falou Marilla.

Oakley baixou o olhar para ela e recuou.

– Lembra-se da Srta. Marilla? – perguntou Bretton.

– Ah, não seja tolo – falou Marilla, com uma risada que fez com que seus seios se agitassem. – Como ele poderia ter esquecido algum de nós?

Lorde Oakley foi rapidamente até o aparador e encheu um prato de comida.

– A Srta. Burns e eu já estávamos acabando de comer – apressou-se a dizer Bretton.

Catriona sentiu que seus lábios se abriam e quase disse *Estávamos?*, mas o duque lançou um olhar tão desesperado que tudo o que Catriona pôde fazer foi assentir e murmurar "aham", apesar da enorme garfada de ovos que acabara de enfiar na boca.

– Faça companhia à Srta. Marilla, sim? – disse o duque para lorde Oakley.

Catriona enfiou mais duas garfadas de comida na boca enquanto observava Marilla examinar lorde Oakley com um olhar avaliador.

O pobre homem era conde, pensou Catriona, com uma pontada de culpa. Marilla se jogaria em cima dele como...

Ora, como fizera com o duque.

Bem, Catriona não poderia esperar salvar todos das garras dela, e o duque pedira primeiro...

Silenciosamente, mas pedira. Ela havia entendido a mensagem.

– Srta. Burns? – disse o duque, estendendo o braço com impaciência.

Ela assentiu e levantou a mão, pedindo que ele esperasse só mais um instante, enquanto engolia o restante do chá.

– Vamos sair para uma caminhada – avisou o duque a lorde Oakley.

– Uma ideia adorável – disse Marilla.

– Ah, mas você precisa terminar seu café da manhã – apressou-se em dizer Catriona. – E também precisa fazer companhia a lorde Oakley.

– Nada me faria mais feliz – falou Marilla.

Ela se virou para lorde Oakley, que se sentara ao seu lado, e lhe lançou um sorriso sedutor acima do decote.

Catriona pensou ter ouvido lorde Oakley engolir em seco, mas não dava para ter certeza. Àquela altura, o duque já a pegara pelo braço e a guiava em direção à porta.

CAPÍTULO 5

Bret não soltou o braço da Srta. Burns até que houvesse três cômodos entre eles e Marilla Chisholm. Só então se virou para ela e disse:

– Obrigado. – Então, porque uma vez só não era nem remotamente o bastante, repetiu: – *Obrigado.*

– De nada – disse a Srta. Burns, baixando os olhos para algo semelhante a um bolinho em sua mão.

– A senhorita trouxe um *scone*? – perguntou ele.

Ela deu de ombros.

– Eu ainda estava com fome.

Culpa dele, mas com certeza o perdoava.

A Srta. Burns olhou de relance na direção da porta por onde haviam acabado de passar.

– Acho que posso ter deixado uma trilha de migalhas.

– Minhas mais sinceras desculpas – falou Bret –, mas eu...

– Não há necessidade de pedir desculpas, desde que não se importe que eu termine de comer enquanto estamos parados aqui.

– Por favor, vá em frente.

Ela deu uma mordidinha delicada, então falou:

– Achei que Marilla fosse atacá-lo.

– Ela é sempre tão...

– Atirada?

Uma versão mais gentil da palavra que ele talvez tivesse pensado.

– Isso – confirmou ele.

– Não – admitiu a Srta. Burns. – Mas o senhor é um duque. – Ela desviou a atenção da comida, os olhos arregalados e cheios do mesmo humor que brincava em seus lábios. – Lamento.

– Por eu ser um duque?

– Não pode ser uma boa coisa em momentos como este.

Ele abriu a boca para falar, mas...

Falar o quê?

Bret continuou de boca aberta. O que deveria dizer?

– Vossa Graça? – Ela o encarou com curiosidade.

– A senhorita está certa – falou ele.

Porque por mais incrível que fosse ser duque, e *era* (sinceramente, que tipo de idiota reclamava de ter dinheiro, poder e prestígio?), ainda assim era preciso ser dito que, ao se tornar alvo de Marilla Chisholm, a vida como cavalariço parecia bastante tentadora.

– Estou certa de que é maravilhoso na maior parte do tempo – disse a Srta. Burns, lambendo geleia de morango dos dedos. – Ser um duque, quero dizer.

Ele a encarou, incapaz de tirar os olhos de seus lábios rosados e carnudos. E de sua língua, que ela projetava para capturar cada porção da geleia doce.

A língua. Por que ele estava encarando a língua daquela senhorita?

– O senhor não precisa se preocupar comigo – disse a Srta. Burns.

Ele piscou, surpreso, e desviou o olhar para os olhos dela.

– Perdão?

– Com a possibilidade de eu me insinuar para o senhor – explicou ela, parecendo de certa forma aliviada por esclarecer aquilo. – E acho que também está seguro com Fiona.

– Fiona?

– A Srta. Chisholm mais velha. Ela é tão diferente de Marilla quanto, bem, quanto eu, imagino. Não tem intenção de se casar.

Bret encarou a Srta. Burns com curiosidade.

– Isso significa que a senhorita também não?

– Ah, não, pretendo me casar. Mas não com o *senhor*.

– É claro que não – disse ele rigidamente, porque um homem tem seu orgulho.

Era sua primeira rejeição no quesito matrimonial, embora ele nem sequer tivesse feito algum pedido.

Os olhos dela encontraram os dele, e, pelo mais breve momento, não havia frivolidade em seu olhar.

– Seria muita tolice da minha parte sequer considerar isso – disse ela, baixinho.

Não parecia haver uma resposta apropriada para esse comentário. Concordar seria um grave insulto, e, ainda assim, é claro que ela estava certa.

Bret conhecia sua posição, tinha o dever de fazer um bom casamento. O ducado era próspero, mas sempre fora mais rico em terras do que em fundos. As duquesas de Bretton sempre entravam na família com um dote. Seria muito pouco prático de outra forma.

Ele, na verdade, não pensara muito em casamento, a não ser acompanhado de um *ainda não*. Precisava de uma dama bem-nascida, que lhe propiciasse um bom dote no casamento, mas Bret não precisava dela imediatamente.

Ainda assim, se *tivesse* que escolher uma duquesa...

Ele olhou para a Srta. Burns, olhou bem dentro dos seus olhos castanhos e intensos, antes de desviar para os cantos dos lábios dela, onde havia um pontinho minúsculo de geleia de morango, tentadoramente rosa e doce.

– A senhorita não vai se casar comigo – murmurou ele.

– Ora, não. – Ela parecia confusa.

– Então, o que está dizendo – falou Bret em um tom baixo e ponderado – é que, pela minha própria segurança, devo permanecer em sua companhia pelo tempo do nosso encarceramento.

– Não! – exclamou ela, claramente horrorizada com a conclusão lógica dele. – Não foi isso o que quis dizer, de forma alguma.

– Mas faz sentido – insistiu ele. – Com certeza a senhorita consegue ver o bom senso dessa estratégia.

– Não para mim! – Como ele não respondeu com a rapidez que ela desejava, a Srta. Burns colocou a mão na cintura. – Tenho uma reputação a zelar, mesmo que o senhor não tenha.

– É verdade, mas não precisamos ficar isolados do resto, por mais delicioso que isso possa soar.

A Srta. Burns enrubesceu. Bret gostava muito de ver isso acontecendo.

– O que eu realmente preciso – continuou ele – é que a senhorita sirva como um impedimento.

– Um impedimento? – perguntou ela, com a voz engasgada.

– Um escudo humano, se preferir.

– *O quê?*

– Não posso ser deixado a sós com aquela mulher – explicou ele, e não sentiu qualquer remorso pelo tom baixo de desespero. – Por favor, se a senhorita tem alguma solidariedade...

A Srta. Burns cerrou os lábios em uma expressão desconfiada.

– Não estou certa do que *eu* ganho nessa equação...

– Além da alegria de contar com a minha encantadora companhia?

– Exato – confirmou ela, com uma impressionante ausência de inflexão na voz. – Além disso.

Ele riu.

– Devo ser honesto... Não sei. A alegria de frustrar a Srta. Marilla?

A Srta. Burns inclinou a cabeça pensativamente.

– De fato, seria uma alegria – confirmou ela.

Bret esperou por mais alguns segundos, então disse apenas:

– Por favor.

Ela entreabriu os lábios, mas, fosse qual fosse a palavra que pairava, permaneceu ali por um momento interminável.

– Está certo – concordou, por fim. – Mas se houver o menor sinal, até mesmo um sussurro, de qualquer atitude imprópria...

– Pode ter certeza de que não haverá.

– O senhor não pode me beijar de novo – disse a Srta. Burns em voz baixa.

Normalmente, ele teria argumentado que ela tivera sua cota de participação no beijo, mas estava desesperado demais para que a Srta. Burns concordasse, por isso achou melhor não argumentar.

– Farei o melhor possível – falou Bret.

Ela estreitou os olhos.

– É tudo o que eu posso prometer – disse ele, com sinceridade.

– Muito bem – concordou a Srta. Burns. – O que vamos fazer?

– Fazer?

– Ou não planejou tão longe?

– Ao que parece, não – comentou ele, voltando-se para ela com o que esperava ser um sorriso convincente.

– Não podemos simplesmente ficar parados aqui, na antiga despensa, o dia inteiro.

Pela primeira vez, Bret parou para olhar ao redor. Eles estavam em um cômodo de passagem, com uma porta que dava para o grande salão, e outra que estava fechada naquele momento, mas que provavelmente levava às cozinhas. Havia duas mesas, mas, além disso, a pequena câmara estava quase vazia, a não ser por alguns poucos barris no canto.

– É onde estamos?

A Srta. Burns lhe dirigiu um olhar ligeiramente desdenhoso.

– O senhor sabe o que é uma despensa, não sabe?

– É claro que sei. *Moro* em um castelo.

– Um castelo inglês – lembrou ela, torcendo o nariz.

– Um *castelo,* ainda assim – insistiu ele.

Não tão antigo quanto Finovair, é claro, mas os Brettons antecediam os Tudors por pelo menos dois séculos.

– Então sabe que a despensa não é o lugar onde se "dispensam" os criados, certo? – perguntou a Srta. Burns.

– Não fazemos nada em uma despensa – devolveu ele. Então, como a expressão dela continuava cética, acrescentou: – Ou melhor, a despensa é onde se pode conseguir uma cerveja. Armazenada em barris de madeira. – Bret ergueu uma sobrancelha. – Satisfeita?

– Isso não era um teste.

– É claro que não – retrucou ele.

Mas sentiu que um sorriso se insinuava. Era um pouco assustador como estava se divertindo.

– Nós, escoceses, temos orgulho da nossa história – admitiu ela.

Bret encarou com melancolia o velho barril que parecia vazio havia tempo.

– Eu faria bom uso de uma cerveja agora.

– Cerveja? Um duque?

– Não vou morder essa isca – disse ele em tom malicioso.

A Srta. Burns sorriu.

– Imagino que a senhorita vá dizer que está cedo demais para bebidas alcoólicas de qualquer tipo – murmurou ele.

– Não, esta manhã o comentário não cabe – retrucou ela com intensidade.

Bret a encarou com curiosidade. E admiração.

– Ora, vejamos – falou a Srta. Burns, contando nos dedos. – Fui raptada...

– Eu também – lembrou ele.

– ... jogada em uma carruagem...

– Eu já estava lá – reconheceu ele.

– ... apalpada...

– Por quem? – quis saber ele.

– Pelo senhor – disse ela, parecendo tranquila –, mas não se preocupe, eu me desvencilhei bem rapidamente.

– Agora, veja bem – começou Bret, nervoso. O duque jamais alegara compreender a mente feminina, mas compreendia, sim, o corpo de uma mulher, e não havia como ela não ter apreciado tanto quanto ele o beijo da véspera. – Quando beijei a senhorita...

– Não estou falando desse momento – disse ela.

Ele a encarou, desconcertado.

A Srta. Burns pigarreou.

– Foi quando... ahn... Não importa.

– Ah, não, não faça isso – alertou ele. – A senhorita não pode começar um assunto desses e não dar sequência.

– Na carruagem – murmurou ela. – Aliás, *por que* o senhor estava na carruagem?

– A carruagem é minha – lembrou ele.

– Sim, mas todos nós estávamos no salão de baile.

Bret deu de ombros.

– Eu estava cansado.

Era verdade. E entediado também, embora não fosse dizer isso a ela. O Baile de Gelo dos Maycotts até fora agradável, mas ele queria ir para casa.

– Suponho que estivesse tarde... – começou a Srta. Burns.

– Não mude de assunto – interrompeu Bret.

Ela nem tentou parecer inocente.

– Sobre ser apalpada – lembrou a ela.

Catriona não poderia ter ruborizado mais.

– O senhor estava dormindo – murmurou ela.

Ele a apalpara enquanto estava *dormindo*?

– Estou certo de que deve estar enganada.

Aquilo a irritou.

– O senhor me chamou de Delilah – afirmou.

– Ah.

Bret teve a forte desconfiança de que seu rosto também estava ficando o mais vermelho possível. O que significava *muito*.

– Quem é Delilah? – perguntou ela.

– Ninguém com quem a senhorita algum dia vá esbarrar.

– Quem é Delilah? – insistiu ela.

Aquilo não poderia terminar bem.

– Este não é um assunto apropri...

– *Quem é Delilah?*

Bret parou e fitou-a por algum tempo. A Srta. Burns estava adorável com o rosto ruborizado e os olhos cintilando. Ele deixou o olhar descer para os lábios dela, e pronto, lá estava de novo, aquele impressionante, incontrolável desejo de beijá-la. Não era só uma urgência, era como uma *necessidade.* Ele não conseguiria se conter mesmo se precisasse, mas, ah, que lugar triste e sem cor o mundo seria se isso de fato fosse necessário.

– O que está olhando? – perguntou ela, desconfiada.

– Está com ciúmes? – indagou Bret por sua vez, com um sorriso se formando lentamente.

– É claro que não. Nós só chegamos...

– A senhorita está com ciúmes – declarou ele.

– Estou dizendo que não estou... O que o senhor está fazendo?

– Fechando a porta – disse Bret, e foi exatamente o que fez. Era um cômodo pequeno, e bastaram apenas três passos para que ele estivesse de volta junto a ela. – Sobre aquele beijo – falou, puxando-a para si.

A Srta. Burns entreabriu a boca bem no momento em que Bret roçou seus lábios nos dela.

– Eu disse que faria o melhor possível – murmurou ele.

– Que faria o melhor possível para não me beijar – lembrou ela, a voz trêmula saindo em um sussurro.

Bret mordiscou o lábio inferior dela, então explorou delicadamente o canto de sua boca.

– Meu melhor, ao que parece, não tem nada a ver com *não* beijar a senhorita.

Ela deixou escapar um som balbuciado, mas não foi uma negativa. Com certeza não.

Bret intensificou o beijo, quase estremecendo de desejo quando sentiu o corpo dela relaxar junto ao dele. Não conseguia entender o que havia naquela mulher, que mistério ela guardava que o fazia querer... *possuí-la.* Mas era exatamente isso o que desejava. Queria a Srta. Burns com uma intensidade que deveria tê-lo apavorado. O duque nunca se envolvera levianamente com mulheres de boa família e não estava procurando uma noiva. Catriona Burns era toda errada para ele. De quase todas as maneiras possíveis.

Quase.

Porque a questão era que, quando ela estava em seus braços... Não, mesmo quando ela estava apenas no mesmo cômodo que ele...

Bret se sentia feliz.

Não contente, nem satisfeito. Feliz. Alegre.

Santo Deus, ele soava como um hino dominical...

E era exatamente essa a sensação, como se um coro de anjos estivesse cantando através do corpo dele, impregnando-o de um prazer tão grande que ele não conseguia conter. Um prazer que se derramava pelo sorriso, em seu beijo, por suas mãos, e ele precisava compartilhar tudo isso com ela. Precisava fazê-la sentir também.

– Por favor, me diga que também está gostando disso – pediu Bret.

– Eu não devo – disse ela com a voz abafada.

– Mas está...

– Estou – admitiu a Srta. Burns, e gemeu quando as mãos dele se encaixaram em seu traseiro.

– A senhorita não mente – comentou Bret, ouvindo o sorriso em suas palavras.

– Não em relação a isso.

– Catriona – murmurou ele, e recuou um passo. – As pessoas a chamam de Cat?

– Nunca.

Bret a encarou por um momento, e sua primeira inclinação foi declarar que *ele* a chamaria assim. Queria alguma coisa especial para ela, algo que fosse só dele. Mas percebeu que "Cat" não combinava. Ela nunca seria Cat. Não tinha traços felinos. Os olhos dela eram abertos, transparentes e honestos demais. Não havia nada de dissimulado nem calculista nela.

O que não significava que ela não fosse muito inteligente.

E espirituosa.

E sensata.

– Quem é Delilah? – sussurrou ela e*nquanto o beijava.*

E obstinada, ao que parecia.

Bret se afastou, apenas o bastante para colar o nariz ao dela.

– Era minha amante – confessou, incapaz de ser desonesto com ela.

– Era?

Se a vida de Bret tivesse sido escrita por Shakespeare, ele poderia ter dito que Delilah havia sido relegada ao tempo pretérito de sua história no exato momento em que ele pousara os olhos em Catriona. Que ele havia sido flechado pelo cupido de forma tão certeira que todas as outras mulheres haviam se tornado sem substância e sem cor.

Mas a verdade era que Bret havia rompido com "Delilah Deliciosa" algumas semanas antes. Era exaustivo ser amante da cantora de ópera mais renomada de Londres. Sem mencionar o temperamento dela, cheio de drama, tanto no palco quanto fora dele. Mas foram os outros *homens* que o levaram ao limite. Ele não conseguia tomar um drinque tranquilo no White's sem que um bando de jovens camaradas se aglomerasse em sua mesa com piscadelas, olhares maliciosos e cotoveladas de bêbados em seus ombros.

Mesmo no Baile de Gelo, ele fora acossado por um bando de rapazes loucos para saber mais sobre a lendária dama. Isso para não falar dos gestos grosseiros, como se os jovens dândis pudessem tocar as curvas de Delilah só de moverem as mãos em insinuações.

Para ter tanto *trabalho* com uma mulher, era preciso que ela fosse alguém sem a qual ele não conseguisse viver.

Bret recuou outro passo, então mais um, encarando a Srta. Burns (*Catriona*) com algo próximo do deslumbramento.

– Era – confirmou ele, baixinho. – Não tenho uma amante no momento. Eu não poderia, acho...

Agora que a conheci.

Mas Bret não disse isso. Como poderia? Não era possível que fosse verdade. Um homem não se apaixonava, não sentia algo do tipo, nada mais do que desejo, em um espaço tão curto de tempo. Isso não acontecia. E certamente não com ele.

– Acho que a senhorita me enfeitiçou – sussurrou Bret, porque com certeza aquela era a única possibilidade.

Mesmo que ele não acreditasse em fadas ou bruxas ou em magia de qualquer tipo.

Bret se inclinou para beijá-la de novo, rendendo-se ao encantamento, mas no momento em que seus lábios tocaram os dela, ouviram uma comoção no grande salão, seguido por um som terrível.

Era Taran Ferguson, bradando o nome de Catriona.

CAPÍTULO 6

Catriona achou que deveria se sentir grata. Beijar o duque de novo era a última coisa que deveria estar fazendo, e era difícil imaginar algo capaz de extinguir o desejo mais rapidamente do que a possibilidade de Taran Ferguson se intrometer entre eles.

– Talvez eu tenha que matá-lo – murmurou o duque, afastando-se com relutância.

– Catriona Burns! – bradou Taran mais uma vez.

– Tenho que ir ver o que ele quer – disse ela, tentando alisar as saias.

Será que parecia desalinhada? Certamente *se sentia* desalinhada.

Bretton se afastou com um aceno de cabeça na direção da porta, mas, antes que ela conseguisse chegar ao grande salão, Taran entrou intempestivo na despensa e estreitou os olhos quando viu os dois ali.

– Catriona Burns – acusou ele. – Que diabo está fazendo aqui?

– O senhor me raptou – lembrou ela.

– Não de propósito!

Normalmente, ela teria respondido com um comentário mordaz, mas era difícil manter uma superioridade moral quando Taran acabara de pegá-la sozinha com o duque de Bretton.

– Você está sob o meu teto, menina – disse Taran em tom severo –, o que significa que está sob a minha proteção.

– Ele não acabou de dizer isso... – comentou o duque, para ninguém em particular.

– Ah, não, não me venha com essa – retrucou Catriona, furiosa, enfiando o dedo no ombro de Taran. – Eu não estaria nessa situação se não fosse pelo senhor. Não venha alegar qualquer controle...

– Não a devolverei ao seu pai como uma mercadoria avariada – disse Taran, interrompendo-a.

– *Tenho certeza* de que você não acabou de dizer *isso* – falou o duque em voz baixa e terrível. – Porque, se disse, terei que matá-lo.

– Hum – resmungou Taran –, você já estava planejando fazer isso. – Impaciente, ele dispensou o duque com um gesto e voltou-se para Catriona. – Não quero a senhorita sozinha com ele.

– Você me deixou sozinha com ele na noite passada – lembrou Catriona.

Taran a encarou sem entender.

– Quando supostamente estava tentando encontrar acomodações para nós – acrescentou ela.

Taran pigarreou.

– Ah, bem... Mas agora a senhorita não pode mais. Conheço seu pai há trinta anos. Não vou desonrá-lo deixando-a sozinha em uma maldita despensa com o duque de Breddon.

– Bretton – corrigiu o duque brevemente.

– Ele sabe o seu nome – falou Catriona para o duque, embora não tirasse os olhos de Taran. – Só está querendo contrariá-lo.

– Não me importa qual é o nome dele...

– Pois deveria se importar – murmurou Bretton. – Realmente deveria.

– ... esse homem não vai passar nem mais um instante sozinho com você – completou Taran, e então sua mão grande envolveu o pulso de Catriona. – Venha.

– Me solte, Taran – retrucou Catriona, tentando se desvencilhar dele.

Santo Deus, se sua vida ficasse mais ridícula, ela precisaria subir em um palco.

– Sugiro que solte a Srta. Burns – disse Bretton, e embora sua voz fosse suave e em tom corriqueiro, havia uma ameaça inequívoca sob suas palavras.

Taran o encarou com uma expressão chocada antes de soltar o pulso de Catriona em um gesto dramático.

– Sabe, Taran – falou Catriona, agitando a mão –, por mais que aprecie sua preocupação com meu bom nome, já lhe ocorreu que as outras damas merecem a mesma consideração?

– É diferente – grunhiu ele.

Qualquer paciência que ainda lhe restasse com o homem desapareceu por completo.

– Diferente *como*?

Com um movimento de cabeça, Taran indicou o duque, que ainda o encarava com uma expressão gélida.

– Ele não vai se casar com você.

– Sei disso – retrucou Catriona –, mas seu sobrinho dificilmente irá se casar com qualquer das três jovens damas além de mim.

– São dois sobrinhos – resmungou Taran.

– *Taran* – falou Catriona.

Mas Taran Ferguson nunca fora do tipo lógico ou consistente. Ele cruzou os braços robustos, ergueu o queixo e a encarou com superioridade, como um falcão.

Um falcão filhote.

– Muito bem – cedeu Catriona com um suspiro. – Vou com o senhor, não há necessidade de ser tão dramático.

– Não! – bradou o duque, de repente.

Catriona se virou para ele. Taran também.

O duque apontou o dedo para ela.

– A senhorita prometeu.

Taran ficou olhando de um para o outro.

– Do que ele está falando?

Marilla.

– Tenho que ir com ele – falou Catriona, indicando Taran com a cabeça.

Ela dissera a Bretton que não poderia passar o dia sozinha com ele. Finovair podia ser um lugar remoto, e as circunstâncias que os reuniam ali talvez não fossem usuais (para dizer o mínimo), mas não seria possível abandonar completamente as regras de decoro. No fim das contas, o duque de Bretton não se casaria com a Srta. Catriona Burns, de Kilkarnity. E Marilla Chisholm ainda seria o maior assunto das fofocas ao norte de Dunbar.

Catriona podia ser cabeça-dura, mas não era rebelde, e não acreditava ser capaz de suportar a vida na condição de pária social. Sendo mais objetiva, não achava que os pais dela conseguiriam encarar isso.

E ela não os envergonharia daquela forma. Não podia.

Com um suspiro de pesar, Catriona olhou para o duque, fazendo um esforço para não se deixar afogar nos olhos azuis dele, e disse:

– Taran está certo.

Taran descruzou os braços e deixou escapar um som que envergonharia um corvo.

– Por mais que me doa admitir – acrescentou ela.

– Então vou com a senhorita – falou o duque.

Catriona tentou ignorar a onda de prazer que as palavras dele provocaram. Ela gostava do duque de Bretton. Não importava que ele estivesse buscando a companhia dela para se proteger de Marilla. Porque em algum lugar bem no fundo, um lugar que Catriona tinha medo de reconhecer, ela sabia que Marilla não era a única razão para ele insistir em permanecer ao lado dela.

O sentimento era recíproco.

E mesmo que nada jamais pudesse acontecer entre os dois, Catriona decidiu que ao menos daquela vez deixaria a objetividade completamente de lado e aproveitaria o dia. Ora, talvez não *completamente*. Afinal, ela acabara de concordar com Taran que não deveria permanecer sozinha com Bretton. Mas se iria ficar presa ali em Finovair sabia Deus por quanto tempo, então... iria se divertir.

– Taran – falou, virando-se para o homem mais velho com um sorriso malicioso –, o senhor tem um *caber*?

– Estou com frio – reclamou Marilla.

– Trate de aguentar – falou Catriona, sem nem olhar para a outra.

Os homens – Bretton, Oakley e Rocheforte – estavam reunidos ao redor de Taran, que claramente se regozijava com o papel de homem no comando. Catriona não conseguia ouvir o que ele estava dizendo, mas via Taran agitar os braços com grande vigor.

– Ah, veja – disse Marilla, desinteressada. – Lá vem a minha irmã.

Catriona desviou a atenção dos homens para ver Fiona Chisholm vindo em disparada pelo gramado coberto de neve, abraçando a capa antiga que passara ao redor do corpo. Catriona percebeu que, assim como ela, a jovem também escolhera usar o mesmo vestido de manga longa com que chegara na noite da véspera.

– Eles já começaram? – perguntou Fiona, ofegante.

– Achei que você estivesse planejando ficar no quarto o dia todo – comentou Marilla, rabugenta.

– Estava mesmo, mas então a Sra. McVittie me disse que estavam trazendo um *caber* aqui para fora. – Os olhos de Fiona dançavam de animação atrás dos óculos. – Não perderia isso de forma alguma.

– Taran não nos deixa chegar mais perto – reclamou Marilla. – Ele disse que o campo de arremesso de *caber* não é lugar para homens e mulheres se misturarem.

– Desde quando Taran se tornou tão zeloso das regras de decoro? – perguntou Fiona.

– Você ficaria surpresa – murmurou Catriona.

As três damas permaneceram em silêncio por alguns instantes, aproximando-se uma da outra instintivamente em busca de calor, enquanto observavam os homens de longe. Catriona ainda não conseguia acreditar que eles de fato tentariam arremessar um tronco, embora, para ser sincera, não tivesse sido necessário muito estímulo da parte dela. A única dificuldade de fato fora conseguir um *caber*. E mesmo isso não fora tão difícil assim. Os homens de Taran estavam naquele exato momento recolhendo alguns nos campos a oeste.

Taran disse alguma coisa que fez os homens rirem, então Rocheforte sorriu e levantou os braços como se para estimular os músculos. Catriona se pegou sorrindo com ele. Não tivera oportunidade de falar com o rapaz naquele dia, mas ele certamente parecia ser bastante tranquilo.

– Sabem onde está lady Cecily? – perguntou Fiona.

– Não, eu não a vi ainda hoje – respondeu Catriona. – Mas a verdade é que estou colada a Taran desde o café da manhã.

– A não ser pelo período em que sumiu com o duque – comentou Marilla em tom ferino.

Fiona se virou para Catriona com um interesse despreocupado.

– Não sumi com o duque – retorquiu Catriona. – Nós apenas terminamos o café da manhã ao mesmo tempo.

– E me deixaram sozinha – resmungou Marilla.

– Com o conde de Oakley!

– Você tomou café com lorde Oakley? – perguntou Fiona à irmã.

– Eu *estava* tomando café da manhã com o duque de Bretton até Catriona fugir com ele – disse Marilla.

Catriona deu um suspiro irritado. Não adiantava nada discutir com Marilla. Por isso, preferiu se virar para Fiona e perguntar:

– O que andou fazendo o dia todo?

– Experimentando vestidos – respondeu ela. – Provavelmente foi isso o que atrasou lady Cecily também. Ninguém lhe falou sobre os baús que trouxeram do sótão?

– Não estava sabendo até ver sua irmã no desjejum – falou Catriona. – Meu quarto fica em uma parte do castelo completamente diferente.

– Na ala dos criados – murmurou Marilla, sem tirar os olhos dos homens.

Lorde Oakley ria de alguma coisa que o primo dissera. Ficava completamente diferente quando sorria. Muito mais agradável aos olhos, decidiu Catriona.

Embora não se comparasse ao duque.

Fiona lançou um olhar irritado para a irmã antes de voltar-se novamente para Catriona.

– Bem, se está se sentindo confortável com a mesma roupa com que chegou, não está perdendo nada. A maior parte dos vestidos do sótão de Taran era para damas fisicamente mais dotadas do que nós.

Marilla encarou a irmã com a sobrancelha erguida.

– Mais dotadas do que *algumas* de nós – corrigiu Fiona. – Você realmente deveria ter me deixado alargar um pouco seu vestido, Marilla.

Marilla a ignorou. Fiona deu de ombros e se virou para Catriona.

– Acha que eles sabem o que é um *caber*? – perguntou ela, os lábios se curvando em um sorrisinho.

– Sua Graça sabe que é um tronco – replicou Catriona, disfarçando um sorriso. – Mas não sei se imagina de que comprimento ou circunferência.

– Os outros dois são parte escoceses – cismou Fiona. – Devem ser, se são parentes de Taran.

– Nunca os vi aqui.

– Nem eu. – Houve um momento de silêncio, então Fiona murmurou: – É possível...

– ... que eles não tenham a menor ideia de onde estão se metendo? – completou Catriona por ela.

Fiona sorriu em resposta.

– Bem, eu sinceramente acho que foi muito insensato de sua parte ter sugerido isso – anunciou Marilla. – Quando eles virem o tronco e perceberem que não conseguem levantá-lo, vão se sentir tolos. E homens *não gostam* de ser motivo de zombaria.

– Isso é pressupor que nenhum deles tem senso de humor – retrucou Catriona.

Então se voltou novamente na direção dos homens. Ou melhor, *continuou voltada na direção deles.* Não havia tirado os olhos daquela direção nem uma vez. O duque parecia estar se divertindo muito, rindo com vontade de alguma coisa que o Sr. Rocheforte dissera.

Então ele se virou, e os olhos dos dois se encontraram.

O duque sorriu. Um sorriso largo, cativante.

O coração de Catriona parou. Ela o sentiu disparar e então falhar por três segundos.

– Viram isso? – comentou Marilla, empolgada. – Sua Graça acaba de sorrir para mim.

– Acho que ele estava olhando para Catriona – disse Fiona.

– Não seja tola.

– Não vou morder essa isca – murmurou Catriona.

– O que você disse? – perguntou Marilla.

Catriona não se deu ao trabalho de responder.

– Ah, vejam – alertou Fiona. – Lá vêm os homens com o tronco. Acho que está mais fácil de transportar por conta da neve.

Catriona esticou o pescoço para ver quatro dos homens de Taran chegando com o *caber*. Era uma coisa enorme, de pelo menos quatro metros e meio. Eles haviam passado correntes ao redor do tronco gigantesco, e o puxavam como um trenó.

– Hora de provar a masculinidade de vocês, rapazes! – anunciou Taran, alto o bastante para que as mulheres escutassem. – Ele levantou o braço no ar em um arco majestoso. – O antigo e cerimonial *caber*.

Era mesmo glorioso e imenso. Pesava pelo menos cem quilos e era da grossura da perna de um homem.

Catriona cerrou os lábios com força, para controlar o riso. Não conseguia ver as expressões de lorde Oakley ou do Sr. Rocheforte, mas o duque de Bretton estava claramente boquiaberto.

– Respeitem o *caber*! – gritou Taran. – Você vai primeiro, duque.

Bretton encarou a tora.

– Agora, lembre-se – disse Taran bem alto –: não importa a distância a que se arremessa, o importante é aterrissar em pé.

– Você está brincando – falou o duque.

– Ele vai se equilibrar – garantiu Taran –, se fizer da maneira certa.

Catriona tentou não rir.

– Com licença – disse o duque.

– *Pfff. Brrrggg.* – Catriona deixou escapar toda sorte de barulhos nada graciosos até finalmente desistir e desatar a rir.

– Ih, lá vem – falou Fiona, mas Catriona estava rindo demais para ter alguma ideia do que a outra estava falando.

– Catriona – chamou Fiona em tom de alerta.

– Ah! Ah! – fez Catriona, tentando respirar.

– Eu falei – avisou Marilla.

Catriona enxugou os olhos e levantou-os bem a tempo de ver o duque indo rapidamente em sua direção.

– Vossa Graça – disse em voz fina, mal conseguindo falar.

Ele apontou o dedo para ela.

– Você disse que era um tronco.

– É um tronco – respondeu ela; não que as palavras fossem remotamente inteligíveis em meio às risadas.

– É um maldito mastro!

– Ah, acho que é maior do que um mastro.

Ele cerrou os lábios, formando uma linha rígida, mas não conseguiu enganá-la. O duque de Bretton, ao que parecia, tinha um excelente senso de humor. Em três segundos, estaria rindo com tanta vontade quanto Catriona.

– Ainda acha que consegue arremessá-lo? – desafiou ela.

Ele se adiantou. Para o restante da plateia, ele devia parecer furioso, mas Catriona via nos olhos dele que estava achando graça.

– Nem... um... centímetro.

Então Catriona perdeu completamente a compostura. Ria tanto que curvou o corpo, tanto que teve medo de desmaiar por falta de ar.

– Seu rosto! Seu rosto! – disse, totalmente sem fôlego. – Você devia ter visto a expressão em seu rosto!

– Catriona! – exclamou Marilla, horrorizada.

Com razão, pensou Catriona. Não era assim que alguém se dirigia a um duque.

Mas a cara que ele tinha feito! Aquilo fora impagável.

Catriona riu com ainda mais vontade, agarrando-se a Fiona em busca de equilíbrio. Os outros homens se aproximaram sem pressa, sorrindo diante do ataque de riso descontrolado dela. E, pelo canto do olho, Catriona viu que lady Cecily também se juntara ao grupo. A pobre moça estava enfiada em uma espécie de vestido de luto antigo, a bombazina negra arrastando pela neve.

– A Srta. Burns precisa de ar – anunciou o duque, e, antes que qualquer um pudesse dizer alguma coisa, levantou-a nos braços e anunciou: – Vou levá-la para dentro.

E, do nada, todo o frio desapareceu. Catriona se permitiu a indulgência de pousar o rosto no peito de Bretton e, deitada ali, ouvindo as batidas firmes do coração dele, não conseguiu evitar pensar que aquele era o lugar a que pertencia.

Mas então, é claro, lorde Oakley tinha que estragar tudo.

– Como ela vai pegar ar *dentro* do castelo?

– Cale-se – disse o duque.

Catriona teve a sensação de estar se apaixonando.

– Espere! – gritou Taran, tropeçando na neve. – Ela precisa de uma acompanhante!

– Eu irei – ofereceu-se Fiona.

Taran a encarou, surpreso.

– Irá?

– Estou com frio – disse Fiona com um sorriso falsamente plácido. – E ainda preciso terminar uma costura antes da ceia.

– Acha que pode me ajudar? – perguntou lady Cecily, remexendo-se embaixo da capa. – Nada que trouxeram cabe em mim, e sou péssima com a agulha.

– É claro – disse Fiona. – Por que não vem comigo? Vamos tomar chá no meu quarto e ver os vestidos.

– Você supostamente deve acompanhar a Srta. Burns – lembrou-lhe Taran.

– Ah, mas Catriona vai tomar chá conosco também – falou Fiona, olhando para a jovem. – Se desejar.

– Eu ficaria encantada – disse Catriona, embora talvez não tão encantada quanto naquele exato momento, nos braços de Bretton.

– Marilla, fique para assistir ao arremesso do *caber* – orientou Fiona. A caçula pareceu prestes a discutir, mas então Fiona acrescentou: – Os cavalheiros precisam de plateia à altura.

Marilla provavelmente decidira que um conde inglês e outro francês somados eram o equivalente a um duque, porque a expressão em seu rosto passou a ser do mais puro encantamento.

– Não consigo imaginar atividade mais agradável. – Ela pousou a mão delicada no braço musculoso de lorde Oakley. – É tudo tão, tão empolgante!

– Muito... – Catriona pensou ter ouvido lady Cecily dizer baixinho.

– De volta ao *caber*, então! – bradou Taran. – O velho e seus sobrinhos. – Ele deu uma gargalhada e cutucou as costelas do Sr. Rocheforte. – Do modo como deve ser, disputando a atenção da donzela mais bela do condado.

O Sr. Rocheforte sorriu, mas sua expressão era constrangida, muito diferente do normal.

– Essa era a que eu queria para você, desde o início – declarou Taran em um sussurro bem audível. – A mais bela do condado. Tem algum dinheiro. E é *escocesa*.

O Sr. Rocheforte disse algo que Catriona não conseguiu ouvir, então Taran franziu as sobrancelhas, ergueu um punho no ar e gritou mais uma vez:

– Ao *caber*!

– Ao castelo – disse Fiona Chisholm em um tom urgente, e saiu andando às pressas na direção da residência, com lady Cecily em seus calcanhares.

Quanto ao duque, seu passo de volta a Finovair foi mais comedido. Catriona, aconchegada e aquecida em seus braços, não conseguiu encontrar motivo para reclamar.

CAPÍTULO 7

Quando Bret chegou ao salão de visitas, a Srta. Chisholm e lady Cecily não estavam à vista.

– Parece que suas amigas nos abandonaram – disse a Catriona enquanto a acomodava em uma espreguiçadeira antiga.

– Talvez devêssemos ir até o quarto de Fiona?

– Bem, eu não poderia me aventurar nos aposentos de uma dama – disse Bret, levando uma das mãos ao coração para dar ênfase.

Catriona o encarou com desconfiança.

– De qualquer modo – acrescentou ele –, não sei onde é o quarto dela.

Catriona inclinou a cabeça, então confessou:

– Sabe de uma coisa? Nem eu.

Bret sorriu ao ouvir isso.

– Parece que teremos que ficar por aqui, então.

– Sozinhos – completou a Srta. Burns, com um sorrisinho.

– Não está preocupada com a sua reputação?

Ela indicou a porta com um gesto de cabeça.

– A porta está aberta.

– Que pena – murmurou Bret.

Ele se sentou em cima da mesa bem na frente dela, testando antes para ver se aguentava seu peso – como tudo em Finovair, a mesa estava lascada e bamba.

– Vossa Graça!

– Acho que deve me chamar pelo meu primeiro nome, concorda?

– Absolutamente não – retrucou ela com firmeza. – E, de qualquer modo, não sei qual é seu primeiro nome.

– John – disse ele.

Então tentou se lembrar da última vez que alguém o chamara assim. A mãe o fazia, mas só ocasionalmente. Os amigos todos o chamavam de Bret. Ele pensava em si mesmo como Bret. Mas quando olhou para Catriona

Burns, que agora estava sentada na espreguiçadeira, pegou-se pensando como seria ter alguém em sua vida que o chamasse de John.

– Ouvi lorde Oakley chamá-lo de Bret – disse Catriona.

– Muitas pessoas me chamam assim – falou ele, dando de ombros.

Ele baixou a cabeça, sentindo-se subitamente constrangido por encará-la. A conversa o deixara melancólico, quase tímido, uma sensação a que nunca se acostumara.

Mas o sentimento que parecia dominá-lo sempre que estava com Catriona... esse, sim, estava crescendo, se modificando. Bret pensara ser um flerte, então desejo, e logo já era algo muito, muito mais emocional. Mas agora, num redemoinho no centro de tudo isso, havia um anseio que ele não conhecia.

Por ela, certamente por ela, mas também por algo mais. Por um sentimento, por uma existência.

Por alguém que o conhecesse por inteiro.

E o mais estranho era que ele estava com medo.

– Eu de forma alguma poderia lhe chamar de Bret na frente dos outros – disse Catriona, atraindo a atenção dele para seu rosto.

– Não – concordou Bret em tom suave.

Seria extremamente impróprio se ela o fizesse. Bem, não que alguma coisa desde o dia anterior tivesse sido própria, normal ou costumeira, para falar a verdade.

– E não devo chamá-lo de Bret quando estivermos sozinhos – acrescentou ela, mas havia um ligeiro tom de dúvida em sua voz.

Ele levou a mão dela aos lábios.

– Eu não iria querer isso.

Catriona arregalou os olhos, surpresa, e (será que ele ousaria ter essa esperança?) com algum desapontamento.

– Não?

– John – disse Bret, com uma determinação tranquila. – Me chame de John.

– Mas ninguém mais o chama assim – sussurrou ela.

Ele a fitou, pensando que poderia olhá-la para sempre.

– Eu sei – disse ele.

E, naquele momento, algo dentro de Bret mudou. Ele soube – e, por tudo o que era mais sagrado, esperava que ela soubesse também – que a vida deles nunca mais seria a mesma.

Catriona passou em sua pequena água-furtada antes de seguir até o quarto de Fiona para o chá. Precisava de um momento para si. Precisava de mil momentos.

Precisava respirar.

Precisava pensar.

Precisava encontrar uma maneira de encarar as outras damas e se comportar como um ser humano normal.

Porque no momento não se sentia como um ser humano normal, e tinha muito medo de que bastasse um olhar para que Fiona e lady Cecily soubessem que ela beijara o duque de Bretton na sala de estar, com a porta aberta e que, antes de finalmente se afastarem, ele deslizara a mão pela pele dela... e ela gostara.

Santo Deus, ela gostara.

Se ele não tivesse parado, Catriona não sabia se teria conseguido interrompê-lo. Mas ele havia afastado os lábios dos dela, segurado o rosto de Catriona e olhado bem em seus olhos com imensa ternura. E então sussurrara:

– Diga o meu nome.

– John.

Catriona mal conseguira pronunciar qualquer coisa, mas ele estava olhando para os lábios dela e com certeza vira seu nome ali.

John havia pegado a mão dela, a ajudara a ficar de pé e dissera alguma coisa sobre ela se juntar às outras damas, antes que elas ficassem preocupadas. Então, se inclinou em uma mesura e se encaminhou para a saída mais próxima.

– Vai sair? – perguntara Catriona. – Está congelante lá fora.

– Eu sei – respondera ele em uma voz um pouco estranha. Então se inclinou de novo e disse: – Até a ceia.

E, assim, Catriona seguiu sozinha pelos corredores tortuosos de Finovair, organizando os pensamentos. Em seus aposentos, cuidou um pouco da aparência, e finalmente conseguiu encontrar os aposentos modestos que Fiona estava ocupando.

O chá já fora servido, e Fiona e lady Cecily conversavam com animação. Fiona costurava com destreza um antigo vestido azul. Lady Cecily estava com um dedo na boca.

– Eu me espetei – disse.

Fiona balançou a cabeça.

– Eu disse para me deixar cuidar disso.

– Eu sei – retrucou Cecily. – Só não queria me sentir tão inútil.

– Acho – opinou Catriona, enquanto se sentava na cama, ao lado de Fiona –, que levando-se em consideração tudo o que passamos, temos o direito de sentirmos o que quisermos.

As duas damas se voltaram para ela com expressões idênticas. Expressões que, Catriona percebeu alarmada, ela não sabia como interpretar. Por fim, quando já não conseguiu mais aguentar, Catriona virou-se para Fiona (já que não poderia ser tão rude com a filha de um conde, que só conhecera na véspera) e disse:

– O que foi?

– Você se apaixonou pelo duque de Bretton – falou Fiona.

– Ah, não fale absurdos. – Catriona tentou falar em tom de zombaria, mas sua voz não saiu tão brusca quanto ela gostaria.

Fiona a encarou por trás dos óculos incômodos, erguendo as sobrancelhas ruivas como se dissesse...

Bem, Catriona não sabia o que ela poderia querer dizer, ou melhor, insinuar, já que não era possível falar com as sobrancelhas. Ainda assim, sabia que precisava ir direto ao ponto, por isso disse com muita firmeza:

– Não é possível se apaixonar por alguém que se conhece há tão pouco tempo.

Era nisso que ela acreditava. Em que sempre acreditara.

– Na verdade – comentou lady Cecily, baixinho –, acho que é possível, sim.

Aquilo chamou a atenção das outras damas, que a olharam com tanto interesse que lady Cecily enrubesceu e logo explicou:

– O casamento dos meus pais foi por amor. Acho que isso fez de mim uma romântica.

Houve um momento de silêncio, então Catriona, grata pela mudança de assunto, fez a pergunta óbvia.

– O que acha que todos estão pensando?

– Todos quem? Nossos pais? – perguntou Fiona.

Catriona assentiu.

– Devem estar furiosos, é claro – falou Fiona devagar –, mas quando se derem conta de que tudo isso é obra de Taran, não terão motivo para temer por nossas vidas. Ou por nossa virtude – acrescentou, quase como se não tivesse pensado naquilo antes.

– Não? – perguntou lady Cecily.

– Não – concordou Catriona. – Taran pode deixar nossas reputações em farrapos, mas vai nos devolver tão vivas e virgens como quando nos raptou.

Então, dolorosamente sem ar, ela percebeu o que dissera. Se Fiona se ofendeu, no entanto, não demonstrou. Na verdade, a voz da moça estava muito tranquila quando explicou:

– É sabido que, apesar de o senso de honra de Taran ser muito particular, realmente existe. E ele jamais permitiria que sofrêssemos qualquer infortúnio.

Catriona queria dizer que nunca acreditara nas intrigas sobre Fiona, mas não poderia levantar o assunto na frente de lady Cecily. Naquele momento, sentia tamanha vergonha que lhe causava um aperto no coração. Por que não se oferecera para dar apoio a Fiona? Era verdade que os caminhos das duas não se cruzavam com frequência; Catriona sempre acabara esbarrando mais com Marilla nos eventos locais.

– Lamento, mas acho que não vou conseguir acabar de ajustar o vestido antes do jantar desta noite – disse Fiona a lady Cecily, voltando com maestria a conversa para águas mundanas. Ela franziu a testa para o brocado azul-gelo em suas mãos. – Prometi a Marilla que terminaria esse primeiro. Depois farei o seu.

– Com certeza Marilla pode esperar – disse Catriona. – Você viu o vestido vermelho que ela estava usando hoje?

Fiona bufou.

– Se eu tivesse visto, pode ter certeza que teria subido aquele corpete uns bons centímetros.

– Mas e quanto a você? – perguntou lady Cecily. – Insisto que ajuste seu próprio vestido antes do meu.

– Tolice – retrucou Fiona. – Posso...

– Não aceitarei um não como resposta – insistiu lady Cecily –, e mesmo se alterar um único babado para mim, não usarei o vestido até o seu estar pronto.

Fiona levantou os olhos para ela, uma expressão surpresa surgindo atrás dos óculos.

– É muito generoso da sua parte – disse por fim.

Lady Cecily deu de ombros, como se andar por aí em vestidos mal-ajustados não fosse nada de mais para a filha de um conde.

– Não vamos ganhar nada reclamando da nossa situação – comentou.

– Tente dizer isso à minha irmã – murmurou Fiona.

Catriona e lady Cecily olharam para ela com expressões idênticas de solidariedade.

Fiona apenas revirou os olhos e voltou a costurar.

Alguns instantes depois, lady Cecily se voltou para Catriona e perguntou:

– Os sobrinhos do Sr. Ferguson já visitaram Finovair antes?

Catriona balançou a cabeça.

– Em primeiro lugar, ninguém o chama de Sr. Ferguson. É sempre Taran. Não sei por que... já que não temos o hábito por aqui de tratar as pessoas de forma tão íntima. E, em segundo lugar, não sei dizer. – Ela se voltou para Fiona. – Estávamos conversando sobre isso mais cedo. Eu, com certeza, nunca os havia visto.

– Nem eu – disse Fiona.

– Você os conhece? – perguntou Catriona a Cecily. – Imagino que seria mais provável você ter esbarrado com eles em Londres.

– Conheço, é claro – respondeu lady Cecily –, e fui apresentada a lorde Oakley. Mas nunca ao conde de Rocheforte.

– Por que não?

Lady Cecily pareceu hesitar, e um leve rubor coloriu seu rosto.

– Suponho que nossos caminhos não tenham se cruzado.

Catriona sabia reconhecer uma mentira quando ouvia uma. Mas com certeza não iria comentar nada a respeito.

Fiona, no entanto, aparentemente não compartilhava da reticência de Catriona, porque murmurou:

– Ele me parece um tanto libertino.

– Sim – admitiu lady Cecily. – Imagino que seja por isso que nossos caminhos não tenham se cruzado.

– Pois a mim ele *não* parece um libertino – comentou Catriona.

Lady Cecily se voltou para ela com os olhos arregalados de interesse.

– Como assim?

– É que ele está sempre sorrindo. Não troquei mais de duas palavras com o homem, mas ele me parece ser *gentil demais* para um libertino.

– Ele é muito bonito, é claro – observou Fiona.

– Bem, *talvez* – murmurou Catriona.

Fiona sorriu.

– Você só está dizendo isso porque se apaixonou pelo duque.

– Não me apaixonei! – insistiu Catriona.

Arqueando as sobrancelhas, Fiona falou:

– Pode me agradecer mais tarde por ter garantido a vocês um tempo sozinhos no salão de visitas.

Lady Cecily cerrou os lábios (provavelmente para não rir), depois falou:

– Já ao duque de Bretton, eu *fui* apresentada.

– É mesmo? – perguntou Fiona, com grande interesse, poupando Catriona do trabalho de fingir que não estava morrendo de vontade de saber mais.

– Ah, sim. Não que eu fosse fingir uma grande amizade, mas nossos pais frequentaram Cambridge juntos e normalmente o duque colocava o nome no meu cartão de danças sempre que nossos caminhos se cruzavam em um baile.

Catriona ficou imaginando como seria dançar nos braços de John, sentir a mão dele em sua cintura. Ele a puxaria mais para perto, talvez até um pouco perto demais para as regras de decoro, e ela sentiria o calor dele emanando pelo ar até pousar nela como um beijo.

Catriona sentiu o corpo ficar quente, o que era um absurdo. Estavam no auge do inverno, faltava menos de uma semana para o Natal, e ela estava presa no castelo frio e decadente de Taran Ferguson. Deveria estar congelando. Mas, ao que parecia, pensar no duque de Bretton era o bastante para deixá-la superaquecida.

– Aceita uma xícara de chá? – perguntou Fiona.

– *Sim!* – respondeu Catriona, talvez com mais intensidade do que a pergunta merecia.

– Foi servido pouco antes de você chegar – avisou Fiona –, e mesmo então já não estava quente.

– Não tem problema – respondeu ela, pensando que de repente aceitaria até uma limonada gelada naquele momento, de tão afogueada que estava.

Ela se serviu de uma xícara, lenta e metodicamente, pois precisava de tempo para se recompor.

– Alguma de vocês sabe quais são os nossos planos para o jantar? – perguntou lady Cecily.

– A Sra. McVittie já colocou a mesa – informou Catriona.

Ela vira a mesa posta depois que deixara o duque – *John*, lembrou a si mesma – na sala de estar. Estava desnorteada, mas não tanto a ponto de não parar para investigar a arrumação dos assentos à mesa. Taran ficaria na cabeceira, com Marilla a sua direita, seguida pelo Sr. Rocheforte, então Fiona, o duque, lady Cecily, lorde Oakley, Catriona e novamente Taran.

Catriona havia trocado de lugar com lady Cecily, certa de que ninguém (com exceção de Taran, provavelmente) se importaria.

– Por favor, me diga que não estou perto de Taran – falou Fiona.

– Essa honra coube a Marilla – disse Catriona. Ela lançou um olhar solidário para lady Cecily (mas não tão solidário a ponto de se arrepender por ter trocado os lugares à mesa). – E a você, lamento.

– Acho que não há problemas. – Lady Cecily deu um gole no chá. – Por acaso você reparou em quem está do meu outro lado?

– Acho que lorde Oakley, mas não tenho certeza – mentiu Catriona.

Ninguém precisava saber que ela havia decorado a ordem dos lugares à mesa.

– Ah. – Lady Cecily voltou a levar a xícara aos lábios. – Muito agradável.

A conversa se deteve nesse ponto. Então, depois que Fiona voltou a atenção novamente para a costura, lady Cecily desabafou:

– Alguma de vocês está com frio? Estou congelando.

– O chá não está muito quente – comentou Catriona, já que a súbita declaração parecia pedir algum tipo de resposta.

– E o fogo está muito baixo – acrescentou lady Cecily. – Talvez eu deva procurar alguém para cuidar disso.

– Ora, eu mesma posso fazer isso – ofereceu-se Catriona, já ficando de pé.

Não importava que uma mulher fosse bem-nascida; nas Terras Altas, todos precisavam saber atiçar um fogo na lareira.

– Mas acho que preciso de uma manta – acrescentou lady Cecily. – Isso que estou usando... bem, não chega nem a ser um xale... – Ela mexeu na peça de tecido que estava sobre seus ombros e foi em direção à porta. – Talvez se eu me deitar um pouco.

– Isso foi muito estranho – comentou Fiona, depois que lady Cecily saiu apressada do quarto.

Nem tanto, pensou Catriona, quinze minutos depois. É que por acaso ela passou novamente pelo salão de jantar quando estava indo para seu quarto. Quando checou mais uma vez o arranjo dos lugares à mesa, viu que alguém havia mexido nos cartões de identificação. Lady Cecily e Marilla haviam mudado de lugar.

Catriona deu de ombros. Desde que ela mesma permanecesse perto do duque, não se importava onde os outros se sentassem.

CAPÍTULO 8

Mais tarde naquela noite

Quando desceu para o jantar, Bret era um novo homem.

Para começar, estava falando sozinho, algo que não tinha o hábito de fazer.

– Tenho um plano – disse baixinho, enquanto se encaminhava para as escadas. – Um plano. Sou um homem com um plano.

Ele parou e ergueu as sobrancelhas ao ouvir o que acabara de dizer. Um homem com um plano. Que absurdo.

Mas interessante.

O que talvez explicasse por que estava cantarolando. Ele nunca cantarolava. Certo? Não conseguia se lembrar. Se algum dia cantarolou, ninguém mencionara.

Catriona perceberia se ele cantarolasse. Comentaria alguma coisa. E teria muitas oportunidades para fazer isso, porque Bret ia se casar com ela.

Tudo o que ele precisava era de um momento tranquilo, longe da aglomeração de hóspedes, para fazer o pedido. Não tinha um anel de noivado adequado, mas tinha o anel de sinete da Casa de Bretton. Havia sido colocado em seu polegar quando ele ainda era menino, assim que seu dedo ficou grosso o bastante para que não caísse. O anel fora passando de dedo para dedo à medida Bret crescia, até finalmente se acomodar no dedo mínimo. A joia estava na família havia gerações, o ouro forjado durante o tempo dos Plantagenetas, a safira no centro encontrada em alguma ruína romana. Um rosto havia sido gravado na pedra, era de uma deusa antiga que algum Bretton antigo provavelmente havia rebatizado de Virgem Maria.

Aquele anel significava tudo para Bret. Era o símbolo da família dele, de seu passado, seu legado. E Bret queria colocá-lo no dedo de Catriona. Queria beijar a mão dela e pedir para que guardasse bem o anel para o filho deles.

Quando chegou à sala de jantar, viu que Rocheforte já estava lá, examinando a distribuição de lugares à mesa com os olhos semicerrados.

– Rocheforte – cumprimentou Bret em tom animado.

O rapaz afastou rapidamente a mão da mesa. Estivera planejando mexer no arranjo dos lugares? Se fosse o caso, Bret não se importava, desde que Catriona estivesse ao seu lado.

– Bretton – disse Rocheforte, com um aceno constrangido de cabeça que não lhe era característico.

– Por favor, me diga que não estou sentado perto da Srta. Marilla – pediu Bret, e se aproximou da mesa para ver por si mesmo.

– Ahn... – Rocheforte esticou o pescoço enquanto dava a volta até o outro lado da mesa. – Não. Você está entre a Srta. Burns e a outra Srta. Chisholm. A de cabelos ruivos, que usa óculos.

– E você? – perguntou Bret. – Por favor, sinta-se à vontade para trocar os cartões se precisar ficar longe dela. Seria bem feito para Oakley suportar o sofrimento de um jantar inteiro ao lado dela.

Rocheforte pigarreou e deu um sorrisinho.

– Exatamente, embora eu deva confessar que minha necessidade de *não* me sentar ao lado dela é maior do que meu desejo de que meu primo seja forçado a fazer isso.

Bret demorou algum tempo para acompanhar o raciocínio.

– De qualquer modo – continuou Rocheforte –, a Srta. Marilla já estava colocada entre Byron e Taran, portanto eu e você estamos salvos.

Bret riu.

– Você vai me perdoar se eu permanecer no salão de jantar até a hora da refeição, então? Não queremos ser vítimas de alguma troca de cartões.

– É claro que não – retrucou Rocheforte –, embora eu não ache que iríamos nos reunir em nenhum outro lugar antes da refeição.

– Não nos reuniríamos na sala de estar?

– Meu tio não seria tão civilizado. Ele vai querer comer imediatamente.

Como se seguindo a deixa, ouviram Taran atravessando o castelo, bradando alguma coisa sobre estar com fome, e tolices que só Deus sabia quais.

– E também não haverá essa história de vinho do Porto depois da refeição – dizia ele ao entrar no salão de jantar, seguido por um lorde Oakley de aparência aborrecida e mais quatro jovens damas.

Marilla foi a primeira, ainda usando o vestido vermelho do café da manhã, que desafiava a gravidade. Lady Cecily vinha logo depois, com um vestido de noite de um azul delicado, tremendo sob um xale de aparência estranha. Fiona Chisholm e Catriona foram as últimas a entrar, as duas usando a mesma roupa de quando foram raptadas.

Mulheres sensatas, as duas, concluiu Bret. Embora ele imaginasse que lady Cecily não tivera muita escolha, porque estava usando uma roupa muito fina na noite da véspera. Ao menos agora não morreria congelada.

– Sem vinho do Porto depois do jantar? – perguntou Marilla em uma voz estridente. – Ora, Taran, isso é muito selvagem da sua parte.

– Não há vinho do Porto neste castelo – declarou Taran com orgulho. – Não quando podemos beber uísque.

O olhar de Bret encontrou o de Catriona. Ela sorriu.

– Ah, além disso – continuou Taran –, não trouxe vocês aqui para serem mandadas para a sala de estar enquanto os homens se embebedam. – Ele sorriu para lady Cecily. – Sou muito mais sociável do que isso.

– É claro – murmurou lady Cecily. – Eu ficaria encantada se os cavalheiros se juntassem a nós na sala de estar, depois do jantar.

– Podemos jogar alguma coisa – anunciou Marilla.

Bret pensou ter ouvido Oakley gemer.

– Será incrível – continuou Marilla, e bateu palmas com força o bastante para fazer as outras damas prenderem a respiração e os cavalheiros desviarem o olhar.

A não ser por Taran, que encarou os seios tremulantes de Marilla com um fascínio escancarado.

– Vamos jantar? – convidou lorde Oakley com muita pressa. – A Sra. McVittie se superou, tenho certeza.

– Ah, veja, lorde Oakley – arrulhou Marilla. – O senhor está ao meu lado.

Ela se inclinou na direção do conde e murmurou alguma coisa que Bret não conseguiu ouvir. Oakley não se encolheu, portanto não pode ter sido tão ruim assim, mas sua resposta foi uma coleção de frases praticamente ininteligíveis.

– Srta. Burns – murmurou Bret, puxando a cadeira para ela. – Que prazer estarmos próximos para a refeição.

Ele não tinha certeza, mas achou tê-la visto enrubescer quando disse:

– Muito fortuito, Vossa Graça.

Será que Catriona mexera na distribuição dos lugares à mesa? Bret sorriu. Ele a amava mais a cada segundo.

– Ora, isso é uma benção – anunciou Taran, pegando a mão das damas que estavam de cada lado e apertando. – As duas moças mais adoráveis das Terras Altas bem aqui ao meu lado.

Marilla sorriu radiante e lady Cecily se encolheu, provavelmente de dor. Ao que parecia, Taran não medira a força para pegar sua mão delicada. Bret se voltou para Catriona e Fiona, mas nenhuma delas pareceu se sentir afrontada por ter sido excluída da declaração de Taran. Na verdade, Fiona parecia aliviada.

E Catriona parecia estar achando graça de tudo aquilo.

– Realmente lamentável que o restante de vocês não tenha conseguido assistir ao arremesso do *caber* – disse Marilla para as outras damas. – Foi maravilhoso. Os homens aqui reunidos são muito, muito fortes.

– Sim, mas o principal não é a distância a que se consegue arremessar – lembrou Taran. – Mas conseguir fazê-la cair sobre uma extremidade e manter-se de pé.

– Sim, sim – falou Marilla, sem dar muita importância à observação –, mas com certeza temos que admitir que às vezes a força bruta é preferível à elegância.

– Ah, Marilla – gemeu Fiona.

– Lorde Oakley me deixou sem fôlego – continuou Marilla, pousando a mão no plano horizontal que seus seios formavam no momento. – Ele é tão forte!

Oakley ficou muito vermelho. Bret quase sentiu pena dele... Quase.

– E que músculos tem! – exclamou Marilla.

Ela pousou a mão no braço de Oakley no que poderia ser um aperto. Ou uma carícia. Bret não sabia.

– Como está se sentindo, Srta. Burns? – perguntou Oakley, desvencilhando-se educadamente da mão de Marilla.

Catriona ficou encarando-o confusa, sem entender o motivo da pergunta.

– A senhorita estava prestes a desmaiar hoje mais cedo – lembrou Bret a ela, em tom gentil.

– Ah! Sim. Estou completamente recuperada – respondeu. – Muito obrigada por sua preocupação.

Sob a mesa, Bret pousou a mão sobre a dela.

– Tem certeza de que está bem? – perguntou lady Cecily com certa preocupação. – Está com o rosto um pouco vermelho.

– Estou bem – respondeu Catriona.

Ela tentou puxar a mão, mas Bret segurou-a com firmeza, o polegar desenhando círculos preguiçosos na palma sensível.

– Também arremessou o *caber*, Sr. Rocheforte? – perguntou lady Cecily.

Rocheforte se sobressaltou ligeiramente e respondeu:

– Sim. – Então, como todos o encaravam, surpresos pela resposta breve, acrescentou: – Obrigado por perguntar.

– Quem lançou mais longe? – perguntou Fiona.

– Byron – respondeu Taran, indicando Oakley com a cabeça. – Mas a tentativa de Robin não foi nada desprezível. – Ele sorriu para Marilla. – Vou deixar o castelo para ele, a senhorita sabe.

– Tio, não.

– Ah, por favor – grunhiu Taran –, não é como se alguém achasse que você tem algum tostão. Todos sabemos da situação.

Rocheforte não fez mais comentários, simplesmente permaneceu sentado muito rígido.

– Acho Finovair encantador – falou lady Cecily, sorrindo encorajadoramente para Rocheforte. – É uma herança adorável.

– Acha mesmo? – perguntou Taran, demonstrando grande interesse.

– Sim – respondeu ela, mergulhando a colher na sopa que acabara de ser colocada à sua frente por um dos homens de Taran. – É um pouco frio, mas estamos em dezembro, afinal.

– Nem sempre a pessoa pode escolher *quando* viver em seu castelo – comentou Rocheforte bruscamente.

– Robin! – falou Taran com severidade.

Mas Rocheforte apenas deu de ombros e se voltou para sua sopa.

– Você está muito estranho – comentou Oakley com o primo.

Era verdade, pensou Bret. A conversa fácil e o sorriso fácil de Rocheforte eram lendários, mas naquele momento ambos pareciam tê-lo abandonado.

– Deve ser o frio – retrucou Rocheforte.

– O frio não o estava incomodando essa tarde – comentou Marilla, inclinando-se para sorrir para ele. – Fiquei chocada quando o senhor tirou o paletó. Mas confesso que isso parece ter lhe dado maior amplitude de movimentos quando levantou o tronco.

– Lamento ter perdido isso – disse lady Cecily.

Rocheforte enrubesceu.

– *Eu* fui o único a fazer o maldito tronco aterrissar em uma das extremidades – disse Taran.

Marilla lançou um sorriso apaziguador para ele, deu uma palmadinha em sua mão e voltou novamente a atenção para Oakley, que parecia ter afastado o máximo possível a cadeira, para longe dela.

– Já se recuperou de tamanho esforço? – perguntou ela.

Oakley pigarreou, ajeitou a gravata e se virou na direção da sopa a sua frente. Em algum momento, murmurou:

– Já, sim.

Mas Marilla era implacável.

– Fiquei muito, muito feliz por ter um lenço comigo essa tarde, para secar a transpiração de sua testa.

– O lenço também estava quente – comentou Taran com uma risadinha. – Foi tirado bem de dentro do... – Ele indicou o próprio peito.

– Tio! – exclamou Oakley.

– Ah, bem, mas ela *fez isso*, não fez? E não diga que não percebeu.

– Não há um homem vivo que não repare nos seios dela – sussurrou Fiona.

Bret teve a sensação de que não deveria ter ouvido aquilo, mas sorriu mesmo assim.

– Qual será o jogo depois do jantar? – perguntou Marilla a Oakley.

Ele estava sem palavras.

– De esconder? – sugeriu Taran.

– Não – disse Marilla, batendo com o dedo no queixo, pensativa. – Não é muito sociável. E você deseja ser sociável, certo?

– Sempre desejo ser sociável – respondeu Taran.

Rocheforte tossiu alto.

– O problema em brincar de esconder – continuou Marilla – é que todos os jogadores acabam separados. E precisam ficar em silêncio, o que não é nada divertido quando o objetivo é conhecer melhor os convidados.

– A senhorita está certíssima – declarou Taran com determinação. – Que moça esperta. Eu nunca havia pensado nisso. – Ele voltou a cabeça na direção de um sobrinho, depois do outro. – Guardem essa informação, rapazes.

Oakley deu um sorriso tenso. Nem Rocheforte conseguiu se sair com uma resposta.

– Já mencionei como sou grato por não ter nenhum tio? – murmurou Bret para Catriona.

– Você não tem?

– Nem mesmo um. Minha mãe tinha seis irmãs. Três mais velhas, três mais novas.

– E seu pai?

– Filho único.

– Como eu – disse Catriona.

– É mesmo?

A parte sã e lúcida da mente de Bret lembrou a ele que haviam se conhecido apenas naquele dia, mas, ainda assim, parecia incompreensível que não soubesse daquilo.

– Eu nasci quando meus pais já estavam mais velhos – contou ela. – Fui uma surpresa.

– Também não tenho irmãos – disse Bret.

– É mesmo?

Catriona sorriu, então ele sorriu também, e foi a cena mais ridícula, do tipo que pede pássaros, corações e flores ao redor, mas Bret quase suspirou de tão encantado que estava, porque aquilo parecia expressar uma relação entre eles.

Então Fiona Chisholm fungou.

– Ah, Catriona – disse, sem conseguir disfarçar a intenção maliciosa com o tom inocente –, você acredita em amor à primeira vista?

– O quê? – perguntou Catriona, deixando cair a colher.

– O quê? – Bret se ouviu ecoar.

– O quê? – veio a voz de lady Cecily do outro extremo da mesa.

– Estava só me perguntando... – murmurou Fiona.

– *Você* acredita? – rebateu Catriona.

– Acho que não – respondeu Fiona, pensativa. – Parece bastante improvável.

– Loucura – acrescentou Rocheforte.

– Mas, não vejo por que não seria possível se apaixonar depois de uma primeira conversa significativa – continuou Fiona. – Concorda?

Bret se virou para Catriona. Ela engoliu em seco, parecendo desconfortável, e seu rosto assumira um tom muito intenso de rosa. Ele sabia que Fiona não tivera intenção de ser maldosa com seu comentário, mas, mesmo assim, era nítido que Catriona não estava gostando de ter sido colocada no centro das atenções.

– Eu acredito – anunciou Bret.

Catriona lançou um olhar de gratidão para ele.

– Acredita em quê, Vossa Graça? – perguntou Fiona.

– Em amor à primeira conversa significativa. Por que não?

– Não é mesmo? – reforçou Marilla, batendo palmas.

Então ela *se derreteu* em um sorriso para ele.

– Ai, meu Deus – sussurrou Bret.

– Disse alguma coisa? – perguntou Catriona.

Ele balançou a cabeça. Mas não soltou a mão dela.

– Cabra-cega! Que tal cabra-cega? – perguntou Marilla. – Ah, será perfeito.

– Então é disso que vamos brincar – falou Taran, sorrindo para ela do mesmo modo que ela sorria para Bret.

Santo Deus.

– Nunca fui bom em jogos e brincadeiras assim – disse Oakley, no que Bret considerou uma tentativa extremamente fraca de escapar da tortura que se aproximava.

– Eu sei – retrucou Taran. – E é por isso que você deveria brincar com mais frequência. Hoje vai brincar e ponto final. Vossa Graça também – falou, apontando o dedo nodoso para Bret.

E foi assim que, uma hora depois, Bret se viu encolhido em um canto, respondendo ao chamado de Marilla com a voz mais baixa que conseguiu projetar.

– Cabra-cega! – cantarolava ela.

– Aqui – sussurrou ele.

– Aaah, ouvi alguém – cantarolou ela.

Bret procurou freneticamente por Catriona. Maldição. Procurou freneticamente por qualquer um, na verdade. Mas Oakley estava com metade do corpo para fora da porta, e Rocheforte desaparecera. Lady Cecily estava de pé sobre uma maldita mesa.

– Cabra-cega!

– Aqui – falou Bret sem emitir som.

Mas Marilla continuou na direção dele com uma precisão certeira. Era impossível que não estivesse enxergando por baixo da venda.

– Ah, adoro brincadeiras significativas – disse ela em um trinado.

Significativas? Santo Deus.

Ele encontrou os olhos de Catriona. Ela também havia subido na mesa, atrás de lady Cecily. *Socorro, pelo amor de Deus*, implorou. Com certeza ela teria piedade.

Mas, não, Catriona cobriu a boca com a mão e começou a rir, a traidora.

– Cabra-cega! – gritou Marilla.

Bret nem precisou se importar em mexer a boca dessa vez.

– Ah, ouvi alguém – arrulhou Marilla, ainda caminhando na direção dele. Ela esticou as mãos diante do corpo e começou a tatear. – Precisam me avisar se eu esbarrar em alguma coisa – pediu. – Mas é claro que não precisam avisar se eu esbarrar em *alguém*.

Bret foi um pouco para a esquerda. Se calculasse bem o tempo, conseguiria se esgueirar para trás do relógio de pé. Também poderia acabar derrubando o relógio, mas não estava preocupado com isso naquele momento.

Só um pouco mais... um pouquinho mais...

Marilla se virou, seguindo-o como a um farol.

– Ela é boa nessa brincadeira! – elogiou Taran.

– Sou boa em muitas brincadeiras – murmurou Marilla.

E foi quando as mãos dela encontraram o peito de Bret.

Foi tudo muito divertido.

Até deixar de ser.

Catriona, de pé sobre a mesa, agarrando o ombro de lady Cecily para se equilibrar, assistiu a Marilla perseguir o duque. Todos riam, porque *era* engraçado. Até lorde Oakley estava achando graça, logo ele que nunca ria de nada.

Mas então Marilla atacou.

– Quem poderia ser? – perguntou ela, pousando as mãos no peito de Bretton. – Lembre-se, você precisa permanecer imóvel enquanto adivinho.

Catriona franziu a testa quando viu Marilla passar as mãos pelos ombros de Bret.

– Alguém muito atlético – ronronou Marilla.

Os braços de Catriona começaram a formigar. E não de um jeito bom.

– Vejamos... – continuou Marilla. Ela correu os dedos pelo rosto de Bret, tocando ligeiramente seus lábios. – Com certeza é um homem – disse ela, como se isso já não fosse óbvio –, mas...

– Basta! – gritou Catriona.

– Srta. Burns? – disse lady Cecily.

Mas Catriona já pulara da mesa e estava atravessando o salão.

– Tire as mãos dele! – gritou, e, antes que Marilla pudesse responder, Catriona a agarrou pelos ombros e a empurrou para longe.

Marilla deixou escapar um gritinho de surpresa, e teria caído em cima da mesa se Taran não houvesse se adiantado para ampará-la.

– Sinceramente – disse Taran a Catriona em tom de acusação. – Que falta de espírito esportivo!

– Ela estava apalpando o duque – grunhiu Catriona.

– Era só uma brincadeira – fungou Marilla.

– Era... – Mas então Catriona se deteve.

Marilla não estava *mesmo* fazendo algo errado. Estava agindo exatamente de acordo com o esperado na brincadeira.

Catriona sentiu um nó na garganta e de repente se deu conta de que todos a encaravam. Com pena. Em choque. Com...

Ela olhou para o rosto de Bret, apavorada com o que encontraria ali.

E o que viu...

Foi *John.*

John Shevington, o homem por quem se apaixonara louca e espetacularmente e, ao que parecia, também publicamente.

Ele nunca mais seria o duque de Bretton para ela. Nunca mais seria nem mesmo Bret. Seria sempre John. O John *dela*. Mesmo se nunca mais se vissem, se ele deixasse Finovair e se recusasse a pisar novamente na Escócia, seria o John dela. Nunca mais conseguiria pensar nele de outra forma.

– Sinto muito – sussurrou.

Afinal, tinha feito uma cena. E agora todos estavam olhando para John, que se veria forçado a resolver a situação e encontrar um modo de rir daquilo tudo.

Porque Catriona não conseguiria. Estava reunindo todas as suas forças para não cair em lágrimas ali mesmo.

– Não – sussurrou ele. – Não sinta.

Catriona engoliu em seco e baixou os olhos para as mãos dele. Quando ele pegara as mãos dela?

– Você foi magnífica – disse John.

Ela entreabriu os lábios, surpresa.

Então ele sorriu. Um canto dos lábios se curvou, e parecia tão travesso, tão belo, tão absolutamente maravilhoso, que Catriona achou que seu coração iria explodir.

John se apoiou em um dos joelhos.

Catriona perdeu o fôlego imediatamente.

Marilla perdeu o fôlego descaradamente.

– Ele *não* vai pedi-la em casamento!

– Vou, sim – disse John com um sorriso. Então levantou os olhos e encontrou os de Catriona. – Catriona Burns, me daria a indescritível honra de ser minha esposa?

Catriona tentou falar, mas as palavras se embaralharam, ficaram presas em sua garganta e, no fim, só o que ela conseguiu fazer foi assentir. Mas assentiu com toda a determinação do mundo e, quando finalmente percebeu o rosto molhado de lágrimas, sussurrou:

– Sim. Sim, eu lhe darei a honra.

John enfiou a mão no bolso e pegou um anel antigo, o qual Catriona observou por um momento. Estava fascinada com a gravação na safira, no centro.

– Mas isso é seu – disse ela por fim.

Havia visto o anel no dedo mínimo dele. Até então não se dera conta de que havia reparado em tantos detalhes.

– Estou emprestando a você – disse John, a voz trêmula enquanto deslizava o anel no dedo de Catriona. Então ergueu a mão dela e a beijou, bem no lugar onde o ouro tocava a pele. – Para que o guarde em segurança para o nosso filho.

– Um beijo! – gritou alguém.

John sorriu e se levantou.

– Vamos, um beijo! Um beijo!

Catriona entreabriu os lábios, chocada, quando ele a puxou.

– Bem aqui? Na frente de tod...

Foi a última coisa que ela disse por um bom tempo.

CAPÍTULO 9

Dificilmente se encontraria registro adequado desta informação, mas Byron Wotton sempre acreditara que o inferno era um lugar quente.

Pois estava errado. O inferno obviamente era congelante, decrépito e ficava nas Terras Altas escocesas. E pior: era governado não por Belzebu, mas por um tio com senso de humor diabólico e sem o menor vestígio de cavalheirismo.

Byron ficara observando, perplexo, enquanto seu velho amigo, o duque de Bretton, jurava amor eterno a uma mulher que conhecera praticamente cinco minutos antes. Foi nesse momento que Taran (também conhecido como Senhor da Tortura) puxou Byron para o lado.

– Espero que esteja aprendendo alguma coisa com esse inglês tonto – sibilou o tio.

Byron observava a expressão de encantamento do amigo, que olhava bem dentro dos olhos de Catriona Burns. Sentiu-se estranho, mas não que não fosse capaz de se imaginar cativo de uma emoção como aquela.

– Do que está falando? – indagou Byron, desviando o olhar enquanto o duque puxava a noiva e a envolvia em seus braços.

Na verdade, estava apenas presumindo que o noivado era real, já que não escutara a resposta sussurrada de Catriona ao pedido de casamento.

A julgar pelo modo como Bretton abraçava a Srta. Burns, a resposta fora afirmativa. Era realmente estranho. Byron sabia muito bem que, até então, o duque não tinha a mais vaga intenção de se casar. Bret havia lhe confidenciado no verão anterior que planejava fazer isso apenas na idade madura de 35 anos, e que ainda estava a uns bons seis anos de tal marco.

Mas agora...

– Você escutou o que eu disse? – bradou Taran junto ao ombro dele. – Dei a vocês, meus sobrinhos, uma chance de fazerem a corte que não tiveram coragem de fazer por conta própria e ainda deixaram o inglês levar a melhor.

Byron encarou o tio com irritação.

– Tenho toda a coragem necessária, está bem? E deixe-me lembrá-lo de que o senhor mesmo é um homem solteiro, tio, que não fez a corte a ninguém na última década, até onde sei.

– Estou velho demais para aguentar uma mulher.

– É mais provável que nenhuma mulher consiga aguentá-lo.

– Um sacrifício assim não deveria ser exigido de nenhum homem que já passou dos cinquenta anos!

– O senhor mal passou dos cinquenta – lembrou Byron.

– Sou viúvo – declarou Taran devotamente. – Mantenho sua tia em meu coração.

Byron bufou. Nenhuma mulher em seu juízo perfeito aceitaria o velho patife.

– De volta ao ponto – insistiu o tio. – Vocês já perderam uma herdeira. E conhecem o ditado: quanto mais anos gastando as solas, mais geladas ficam as bolas.

– Está sendo claramente grosseiro, tio.

Byron olhou por cima do ombro. Bret e Catriona ainda estavam nos braços um do outro.

– Graças a Deus ele é tonto demais para perceber que Catriona Burns não tem um centavo em seu nome – murmurou Taran. – Vou lhe dizer, o pai dela vai beijar meus pés pelo que aconteceu na noite passada. Burns teria dançado uma jiga se a filha tivesse conseguido agarrar o segundo filho de um baronete, quanto mais um duque. E ele não pode dizer que não tentei servir de acompanhante aos dois.

– Fique quieto! – sussurrou Byron.

Ele conhecia o duque desde que os dois eram meninos, e, embora Bret fosse tão tranquilo que isso chegava a ser um defeito, Byron acreditava piamente que o amigo jamais permitiria que a esposa fosse insultada sem dar uma surra no responsável.

– Como eu dizia – falou o tio, felizmente abandonando o assunto anterior –, estou dando a vocês todas as oportunidades para agarrar suas noivas, como fez o camarada inglês. A brincadeira de cabra-cega parece estar funcionando. Vou me certificar de que brinquemos disso toda noite. Vocês, rapazes, são tão medrosos que precisam da ajuda de uma venda.

– Não preciso de ajuda para escolher uma esposa, nem do senhor, nem de uma *venda* – respondeu Byron, mantendo a voz tranquila.

– Realmente. Seu problema vai ser manter essa esposa depois de consegui-la – zombou o tio.

Os apaixonados finalmente se afastaram, mas Bret ainda segurava a mão de Catriona e a encarava com tamanha adoração que Byron sentiu uma pontada de inveja. Não tinha ilusões de que ele ou sua ex-noiva, lady Opal Lambert, em algum momento haviam sentido aquele tipo de encantamento febril, mas era um golpe em sua vaidade pensar que Opal quisera tanto outro homem que nem se importara com o escândalo.

– Mais uma rodada de cabra-cega – avisou o tio, adiantando-se. – Marilla, amarre de novo essa venda. Agora... onde foi parar Robin?

– Saiu da sala há uma hora, assim que a venda surgiu – comentou Byron.

Naquele momento, ele repensou as regras de cortesia que havia muito pautavam sua vida. Por que *ele* simplesmente não se retirava do salão, como fizera Robin?

– Um tremendo tolo – murmurou Taran. – Como esse rapaz acha que vai conseguir agarrar uma esposa se não consegue nem ficar quieto por uma noite?

Taran começou a bradar ordens. Bret, Catriona e os demais convidados voltaram a se reunir ao redor de Marilla, relutantes, mas obedecendo ao dono do castelo.

Marilla, por sinal, parecia claramente irritada. Ela deixara claro que tinha a esperança de atrair Bret para a armadilha do casamento, portanto devia ter ficado aborrecida que a apalpada tão íntima tenha levado o duque a um pedido de casamento... dirigido a outra mulher.

Mas quando Taran entregou a venda a Catriona, para que cobrisse os olhos de Marilla, esta abriu um belo sorriso.

– Lorde Oakley – falou Marilla –, *precisa* se juntar a nós. Essa brincadeira de criança não terá a menor graça sem o senhor.

Byron se adiantou. Taran se posicionou ao lado dele.

– *Ela* está querendo alguma coisa – sussurrou Taran em tom de aprovação. – Maldito seja Robin por deixar o salão. Consigo para ele uma jovem animada e com uma bela fortuna, e ele foge como uma ovelha diante da primeira tosa.

– Ela é uma assanhada, uma atrevida – comentou Byron, aproveitando que Marilla estava distraída, cercada pelas outras damas e suas risadinhas enquanto ajustavam a venda. – O senhor viu a forma escandalosa como se comportou com o duque?

– Você está se tornando um bastião do decoro – atacou o tio, irritado. – Um tonto pomposo e metido a santo! Ouvi falar a respeito do que fez com sua prometida, só porque a moça deu um beijo no professor de dança. Provavelmente um gesto de cortesia, apenas, e você arruinou a reputação dela por conta disso.

Byron sentiu a raiva subindo em seu peito. Ele havia encontrado a noiva recostada em um sofá, com uma perna esguia ao redor da coxa do professor. Se aquele beijo fosse a costumeira demonstração de agradecimento por uma dança, haveria muito mais homens se aglomerando nos salões de baile da Inglaterra.

– Nunca permitirei que uma devassa se torne condessa de Oakley – retrucou ele em tom frio. – Quanto à reputação dela, nunca mencionei o beijo, foi ela quem contou tudo ao pai.

– Típico dos ingleses – disse o tio, em tom de lamento. – Uma mulher escocesa sabe manter esses assuntos para si, embora uma escocesa de verdade não tenha necessidade de se desgarrar. Um kilt é capaz de manter uma mulher aquecida por todo o inverno.

Byron desviou o olhar e seus olhos encontraram os da jovem de óculos. Fiona, achava que era esse o nome dela. A expressão desdenhosa da moça deixava claro que entreouvira a conversa. Byron cerrou o maxilar; não se importava com o que ela pensava.

Não escolheria uma mulher daquele grupo ali reunido nem se alguém pagasse a ele. Na verdade, pretendia nunca mais colocar os pés em Finovair. Na semana seguinte, voltaria para Londres e, quando fosse a hora, se casaria com uma mulher que demonstrasse o devido respeito tanto pela pessoa quanto pelo título dele.

Um instante depois, Byron enfim chegou à desconfortável conclusão de que a emoção no olhar de Fiona não era exatamente desdém. Parecia pena. Maldição.

– Um tonto pomposo! – repetiu o tio, e saiu pisando duro em direção ao outro lado.

Byron respirou fundo. A brincadeira havia começado, e bastou um olhar para ele saber que a jovem com a venda vinha em sua direção, com os braços estendidos. Ao que parecia, ele também estava prestes a ser apalpado. Mas, em seu caso, nenhuma jovem dama se adiantaria para salvá-lo.

As risadinhas de Marilla eram ofegantes e desinibidas. Ela parecia o tipo de mulher que se jogaria nos braços de qualquer homem, demonstrando um verdadeiro dom para acrobacia.

Mas Byron permaneceu imóvel e muito rígido. Não seria educado se afastar dela, o grupo todo estava observando e rindo, como sempre parecia acontecer em brincadeiras absurdas como aquela. Taran, por sua vez, batia palmas como o macaco que acompanha o homem do realejo. Marilla chegava cada vez mais perto, e mais perto... ele apostaria qualquer coisa que a jovem estava conseguindo ver através da venda. Ela se encaminhava diretamente para ele, com a determinação de uma criança que viu um doce.

Byron não foi o único a perceber que Marilla estava trapaceando. Fiona observava o comportamento absurdo da irmã com uma expressão muito séria. Os óculos não impediam Byron de notar que a jovem tinha os olhos da cor de uma floresta escocesa densa, do tipo que se estende por quilômetros e quilômetros.

Então, algo perfumado e macio esbarrou nele e começou a apalpar não seu peito, mas o rosto, às gargalhadas.

– Ah, acho que sei quem é! – arrulhou Marilla. – Um queixo tão determinado e essa testa poderosa só poderiam ser de um homem... – Ela irrompeu em risadinhas. – E agora devo pedir perdão. É claro que todos os cavalheiros neste salão têm um queixo forte. Mas esse nariz... é um nariz romano.

Byron cerrou o maxilar. Não era culpa de Marilla que ele tivesse criado certa aversão ao toque desde o fim do noivado. Não era o tipo de homem que mantinha amantes, e foi com certo choque que se deu conta de que não estivera intimamente com uma mulher em meses. Não que Opal o tivesse tocado da forma íntima como Marilla estava fazendo, é claro.

Marilla agora acariciava o pescoço dele, o que era apenas um pouco mais agradável do que quando tocara seu rosto. A repulsa que Byron sentia devia ser alguma estranha reação ao trauma do noivado.

– Dê logo seu palpite, Marilla – disse a irmã em um tom de comando.

– Então, quem você acha que tem em seus braços, menina? – perguntou Taran, com uma alegria óbvia. – Quem escolhe?

– Escolho você – sussurrou Marilla, tão baixinho que ninguém a não ser Byron poderia ouvir. Então, antes que ele se desse conta do que ela pretendia, a moça disse em um tom mais alto: – Todos sabemos, é claro, que só há um modo de ter certeza... – E sem fazer nem uma pausa, Marilla se ergueu na ponta dos pés e aproximou os lábios da boca de Byron.

Byron reagiu por reflexo, empurrando-a violentamente e recuando. Então, ao se dar conta do que acabara de fazer, se adiantou rapidamente e segurou-a quando ela quase caiu.

– Peço que me perdoe – disse ele, colocando-a novamente de pé, com cuidado.

O salão ficou em silêncio. Lady Cecily estava com o olhar fixo em um canto, uma expressão de agonia no rosto, enquanto Fiona observava tudo com a mesma carranca. Bret tinha o ar encantado de um homem que percebera ter escapado por pouco de uma devoradora de homens. O duque deixou de lado qualquer concessão a um comportamento respeitável e plantou um beijo nos lábios rosados de Catriona com uma visível expressão de alívio.

– Deve se desculpar *mesmo* – lamentou-se Marilla com um biquinho, enquanto tirava a venda. – Eu poderia ter caído no chão e me machucado. – Ela arregalou os olhos azuis. – *Definitivamente,* a atitude não condiz com um cavalheiro inglês, lorde Oakley. Nem com um cavalheiro escocês, posso lhe garantir.

Ela estava certa. Byron cerrou os dentes e se curvou em uma reverência respeitosa.

– Peço as mais sinceras desculpas. Infelizmente, desde garoto tenho tendência a me assustar.

– *Esse* sobrinho é o nervoso – comentou Taran, surgindo ao lado de Byron como um espírito maligno. – Já Robin, o outro, é um homem de verdade, do tipo que sabe como manter uma mulher nos braços, embora não de pé!

O comentário grosseiro foi recebido com um silêncio retumbante da parte de todos, menos de Marilla, que deu uma risadinha. Byron estendeu o braço para ela.

– Posso acompanhá-la até as escadas? Estou certo de que estamos todos bastante cansados depois das nossas frivolidades.

Aquele era o tipo de comentário antiquado que o pai dele teria feito.

– Que Deus o perdoe, você parece mais velho do que eu – comentou Taran com uma gargalhada, como se tivesse ouvido os pensamentos de Byron.

De braço dado com Marilla, Byron seguiu a irmã dela pela porta. O vestido de noite valorizava muito o corpo de Marilla, a cintura alta enfatizava seios que, pelo padrão de qualquer homem, eram magníficos.

A roupa de Fiona, contudo, era mais conservadora: um vestido de noite em tom discreto de azul e mangas longas. Nenhum babado para quebrar um pouco sua austeridade.

Ainda assim, era possível perceber que também tinha seios fartos. E sensuais, e femininos, e todas as coisas que Byron não havia sentido ou saboreado em meses. Só porque os de Marilla estavam à mostra não significava que...

Com um sobressalto, ele voltou ao presente.

– Desculpe – falou, e virou-se para os cachos brilhantes da jovem ao seu lado. – Não ouvi o que disse.

– Eu *disse* que a tempestade está piorando – repetiu Marilla, com um toque de desaprovação na voz.

Claramente achava que Byron deveria estar atento a cada palavra dela.

Ele lançou um olhar que deixava claro que não atenderia às pretensões dela. Byron já recebera informações confiáveis de que seu olhar era temido em toda Londres. Oakley era um dos condados mais antigos do país, e Byron havia aprendido na mais tenra idade a não tolerar pessoas abusadas que forçavam familiaridade.

Marilla nem piscou. Apenas deu um tapinha no braço dele e o encarou.

– Eu o perdoarei, lorde Oakley. Sei que deve ter vários problemas muito, muito sérios passando em sua cabeça. Vocês, homens, sempre dados a esse tipo de pensamentos.

– Não acho que isso seja necessariamente uma característica do sexo masculino – disse uma voz tranquila à frente deles. Fiona estava esperando a irmã no pilar da escada. – Marilla, está na hora de desejarmos boa-noite a todos.

Marilla fez um belo biquinho.

– Não, por favor, poupe a reverência! – disse ela alegremente para Byron, que não tinha a menor intenção de fazer qualquer mesura. – Não há necessidade de tanta formalidade aqui, não concorda? – A jovem lançou um olhar significativo para algum ponto atrás deles.

Bret e a Srta. Burns mal haviam chegado à porta do salão de visitas e já começavam a se beijar de novo. – Obviamente – acrescentou ela –, aqui no castelo Finovair não estamos obrigados a adotar as regras muito, muito tolas exigidas pela sociedade londrina.

– Exatamente – falou Taran, rindo, e aparecendo atrás deles, encantado com Marilla. – Somos todos amigos aqui.

Byron lançou um olhar letal para o tio.

– Eu contestaria isso – declarou Fiona, pousando a mão no braço da irmã.

Marilla se desvencilhou de um jeito um tanto irritado, mas seu rosto não exibia nada além de doçura quando voltou a olhar para Byron.

– Acho que deveríamos nos tratar de maneira mais informal, não acha? – perguntou ela. – Meu nome é Marilla.

Seus olhos, da cor de centáureas na primavera, pareceram se derramar. Por mais absurdo que fosse, Byron sentiu uma vontade quase incontrolável de fugir, mas se conteve. Não era culpa de Marilla que tivesse olhos da mesma cor dos de Opal.

– Está pedindo isso à pessoa errada – falou Taran, com sua costumeira animação tempestuosa. – Meu sobrinho Robin, que é quem vai herdar este elegante castelo um dia, *ele* sim saberá lidar mais facilmente com uma menina adorável como você. Nosso Byron aqui é um pouco conservador. Sempre foi. Puxou ao pai. Vou lhe dizer que achei que já tinha visto de tudo quando minha outra irmã se casou com um francês, mas o pai de Byron era ainda pior. Quando ela trouxe o conde... o antigo conde, quero dizer... aqui para Finovair pela primeira vez, juro que quase fugi para as Terras Baixas. Era um homem sem humor, um velho teimoso, que agia como se todo escocês devesse lamber seus sapatos. Nunca culpei minha irmã por ter fugido da gaiola.

Byron trincou os dentes. Tinha ouvido aquela história centenas de vezes... dos dois pontos de vista.

– É claro que bastou um golpe bem dado de um escocês para mandar o conde para longe – disse Taran, rindo. – O pai de Marilla e Fiona fez as honras. Derrubou aquele inglês com um duplo no queixo. Não... – Ele fez uma pausa. – Acho que descrevi errado.

O grupo esperou, alguns parecendo até ligeiramente interessados.

– Não foi um duplo – completou Taran em tom triunfante. – Foi um circular. Nunca mais vimos aquele palhaço metido novamente nesses campos verdes de Deus. O homem nunca conheceu um escocês que não considerasse inferior, e o mesmo valia para os ingleses. Meu palpite é que não tinha nem um amigo no mundo.

– Meu pai tinha vários amigos – declarou Byron.

– Nem um – contradisse Taran. – E mais triste do que isso foi o fato de o pai de Fiona ter derrubado o infeliz com um único golpe. O homem nem sequer entrou em guarda.

Byron ouviu um gemido baixo. Seus olhos encontraram os de Fiona. Ao que parecia, ele não era o único a não ver nada de idílico no castelo Finovair.

– Meu pai não era dado a brigas e trocas de socos. – Mas ele não parou por aí. – E não sou conservador – Byron se ouviu dizer. – Na verdade, *muitos* amigos me tratam pelo primeiro nome. Que é Byron, por sinal, e convido todos vocês a usá-lo.

Bret ergueu uma das sobrancelhas, e seu rosto irradiava compaixão. Byron cerrou o maxilar de novo.

– Como falei, eu me chamo Marilla – chilreou a loira, dando mais uma palmadinha no ombro dele. – Agora vamos ficar à vontade! Já estou ansiosa para vê-lo amanhã de manhã, *Byron*. – Ela falou o nome dele com uma ênfase sussurrada que o fez cerrar ainda mais o maxilar.

Não seja tacanho, lembrou Byron a si mesmo, enquanto Fiona agarrava o braço da irmã e a levava para cima com uma desaprovação exagerada e desnecessária. Marilla era uma moça animada, isso não dava para negar.

O pai de Byron a teria rejeitado exatamente por isso.

– Bom trabalho, rapaz – disse Taran em tom de aprovação. – Não que eu queira vê-lo roubar uma herdeira bem debaixo do nariz de Robin. Ele precisa do dinheiro mais do que você. Mas é bela como uma pintura, não é? Sempre achei que era a melhor do grupo. Lady Cecily também tem um bom dote. Por que você não fica com Marilla, e reservaremos Cecily para Robin? Aquele tonto. Perdeu toda a diversão.

Byron subiu as escadas sem responder ao tio. Havia limites para a paciência de um homem, e ele já havia alcançado o seu.

Não era pomposo, disse a si mesmo. Nem conservador, nem tacanho. Esse era seu pai.

Byron só estava... irritado.

CAPÍTULO 10

Na tarde seguinte

– Sei que é empolgante se ver em uma casa com dois bons partidos, mesmo depois de o duque de Bretton ter feito aquele surpreendente pedido de casamento a Catriona – disse Fiona a Marilla. Precisou bloquear a porta do quarto de dormir para que a irmã não a afastasse para o lado e descesse as escadas correndo para retomar sua determinada perseguição aos referidos solteiros. – Mas você *precisa* fazer as coisas do jeito certo, Marilla. Nenhum dos outros dois cavalheiros ficará interessado em uma atrevida. Seu comportamento durante a brincadeira de cabra-cega não lhe deu crédito algum, e você já carrega a marca de ser uma escocesa.

Marilla encarou a irmã com irritação.

– Mas a malfalada aqui é *você*, Fiona.

– Só não seja tão descarada.

– Se eles me acham atrevida demais, é porque sua reputação arruinou minhas chances de conseguir um bom casamento antes mesmo que eu deixasse a escola – retrucou Marilla, em uma voz estridente.

Fiona respirou fundo.

– Não me parece que minha reputação perdida tenha afetado sua elegibilidade para o casamento. Sua fortuna supera qualquer preocupação desse tipo.

– Ninguém conseguiria esquecer que tipo de mulher *você* é – retorquiu Marilla. – Eu provavelmente estaria casada e feliz a essa altura, se não fosse por você.

Certamente existem alguns eventos dos quais a reputação de nenhuma mulher consegue se recuperar. Um beijo fora dos padrões do decoro? Talvez. Uma apalpadela lasciva? Talvez não. Um noivo caindo da janela do quarto em direção à morte? Jamais.

Fiona fora rotulada por todos do vilarejo onde morava como uma devassa negligente antes mesmo do pôr do sol daquele dia fatídico. No fim da semana, já era conhecida por toda a Escócia como uma fornicadora imprudente. Ou coisa pior. Por três anos, a mãe de seu antigo noivo cuspira no chão à mera insinuação da presença de Fiona, e não era a única a fazer isso.

Ninguém parecia se importar que, quando caíra, Dugald Trotter, aquele tonto pesadão, estava subindo até a janela dela sem o menor encorajamento da parte de Fiona. Estavam todos ocupados demais escandalizando-se com os modos sem-vergonha da jovem – para não mencionar o fato de que Fiona, em uma "atitude insensível", segundo a versão das pessoas, não mencionara a Dugald que a hera não seria capaz de sustentar o peso de um homem. Mesmo os que estavam inclinados a perdoar um comportamento travesso entre casais de noivos pareciam não conseguir perdoá-la por não ter alertado Dugald do perigo.

É claro que, para qualquer homem com um cérebro em funcionamento, bastaria uma olhada na hera para ter noção de que não sustentaria seu peso. Mas isso mostrava o tamanho da estupidez do noivo, ao menos na avaliação pouco caridosa de Fiona.

Dugald, ao que parecia, não prestara a atenção necessária, e Fiona não o avisara porque – como tentou argumentar, sem sucesso – jamais planejara recebê-lo ou a qualquer outra pessoa entrando pela janela.

Após a tragédia, Fiona com frequência se pegara sentindo-se ultrajada pela massiva rejeição de sua versão dos fatos. Seu próprio pai havia bradado pela casa por meses, lamentando-se por ela ter sujado o nome da família.

– Isso é o que *você* diz – bramia ele, em resposta aos protestos dela. – O que o pobre Dugald estava fazendo na sua janela, então? Uma filha mulher é mais letal do que o dente de uma serpente! Ele não escalaria pela sua hera, sua pata tonta, se você não tivesse voltado olhos carnais para ele. Ah, pobre Dugald, pobre, pobre Dugald.

A discussão parava nesse ponto, porque Fiona não se permitia comentar mais nada sempre que o coro de *pobre Dugald* alcançava proporções ensurdecedoras. Ela sabia perfeitamente que não lançara nenhum olhar convidativo a Dugald. Na verdade, Fiona nem saberia dizer como era um olhar desses.

E não teria aprendido com Dugald, que parecia vê-la apenas como um pote de ouro e não como uma mulher madura para o casamento, ao menos até a última noite de vida dele. Na verdade, Fiona sempre achou que ele estava mais interessado na fortuna do que nela.

Naquela noite específica, ela se recusara a beijar a boca encharcada de uísque dele e logo se vira imprensada contra uma parede, forçada a suportar um beijo babado acompanhado de um apertão bruto no seio. A mera lembrança a fazia estremecer. Ela esbofeteou Dugald com tanta força que ele cambaleou, e depois disso Fiona saiu correndo do salão de baile com toda a intenção de romper o noivado pela manhã.

Quanto ao que ele tinha em mente ao escalar a janela dela naquela noite... Fiona só conseguia pensar que Dugald havia decidido resolver o assunto a seu modo. Provavelmente havia planejado forçá-la a aceitar a união e a única coisa que salvara a virtude dela fora a fragilidade da hera.

Fiona certamente não poderia sugerir algo tão terrível em voz alta. Que Deus a perdoasse se desonrasse o nome de um defunto, sugerindo que ele talvez tivesse em mente algo sórdido como estupro. O *pobre Dugald* se matara, na opinião dela.

Além disso, Fiona acabara se achando sortuda. O que era a ruína de uma reputação se comparada a ser casada com uma besta? Dedicou-se, então, a construir uma vida feliz e sem marido, lembrando-se sempre de oferecer uma prece à finada mãe por ter lhe deixado a fortuna que tornara tal decisão possível.

Passados cinco anos do "incidente", como o pai dela chamava o acontecido, a maior parte das pessoas já não mudava de calçada ao vê-la se aproximar. Nas duas últimas temporadas sociais, ela chegara a se aventurar por Londres como acompanhante de Marilla – a meia-irmã parecia inclinada a causar um terrível escândalo se não fosse observada de perto.

E, embora não fosse exatamente louca pela caçula – era difícil imaginar quem poderia ser –, Fiona a amava sinceramente. De certa forma.

Em resumo, durante os últimos cinco anos, Fiona chegara à conclusão de que a hera, frágil e fatal, havia preservado não apenas a virtude dela, mas também sua felicidade.

Uma mulher abastada e solteira tinha todo o tempo disponível para ler o que desejasse. Podia aprender a fazer queijo e experimentar bálsamos medicinais apenas por prazer. Podia fazer corantes com groselhas, e logo mudar de ideia e experimentar fazer vinho com os mesmos frutos.

Livre da necessidade de caçar um homem, Fiona podia rejeitar a ideia de usar o ferro de cachear os cabelos, assim como os vestidos sedutores, que a deixavam com frio. Não precisava ficar tropeçando ao redor de um salão de baile, fingindo enxergar perfeitamente. Em vez de tudo isso, podia simplesmente usar óculos e aceitar o fato de que parecia uma tia solteirona.

Uma condição que ela provavelmente assumiria algum dia.

Era *livre.*

– Por favor, não ofereça espontaneamente um beijo a um cavalheiro – recomendou Fiona. – Pelo que vi, Oakley pareceu mais mortificado do que envaidecido.

– Beijar não é grande coisa. – Marilla ajeitou os cachos. – Você passou tempo demais afastada da sociedade, Fiona. Posso lhe assegurar que *ele* entendeu aquilo como uma brincadeira, embora *você* não tenha entendido.

Fiona contou silenciosamente até cinco. Então falou:

– Mesmo que beijar signifique tão pouco, acho que ainda assim seria melhor permitir que um cavalheiro tome a iniciativa, caso ele demonstre inclinação para isso, em vez de você caçá-lo.

– Como se eu fosse fazer algo do tipo tão rápido!

Marilla se viu de relance no espelho e parou por um momento, para arrumar um cacho solto.

Ela era extraordinariamente bela, isso era preciso admitir. Fiona atravessou o quarto e pegou uma escova de cabelos para modelar o longo cacho que caíra pelas costas de Marilla. A irmã aceitou a atenção como se fosse um dever da mais velha. Sorria e inclinava a cabeça de um modo que considerava sofisticado.

Na verdade, Marilla era tão espetacular que os homens mal conseguiam se controlar para não cair aos seus pés.

Embora também fosse verdade que pareciam perder o interesse na mesma velocidade, tão logo a conheciam melhor. Como Fiona dissera sem meias palavras ao pai delas na apresentação da irmã à sociedade, ele precisava encontrar rapidamente um marido para Marilla, antes que boatos sobre seu temperamento começassem a circular entre os bons partidos em potencial.

Lamentavelmente, isso não acontecera, embora Marilla estivesse apenas começando a perceber a ausência de pedidos de casamento. Sua vaidade era tanta que ela considerava como pretendentes em potencial todos os homens em quem reparava.

– Temos poucos dias antes que a passagem seja reaberta – disse Fiona a Marilla, dando um rápido puxão de cabelo na irmã para chamar sua atenção. – Talvez três ou quatro... cinco, no máximo.

– Sei disso – disse Marilla, soltando a mecha das mãos de Fiona.

– Não tenho dúvidas de que Rocheforte ou Oakley vão se apaixonar por você. Mas eu sugeriria que conhecesse bem quem quer que seja antes que os três dias passem.

– Rocheforte? – desdenhou Marilla. – É verdade que ele é muito bonito e conhecido por ter uma disposição esportiva... em vários aspectos. Mas, pelo pouco que vi dele, acho que já teria fugido para a França se pudesse. O homem não passou mais de cinco minutos conosco. Além do mais, eu quero um título. Um título *de verdade*, não um blefe francês.

– Está certo, então Oakley se apaixonará por você – disse Fiona, paciente. – Mas isso só vai acontecer se você souber usar suas cartas.

– Está insinuando que não sou capaz? – perguntou Marilla. – Aquela herdeira inglesa que mais parece uma freira não é páreo para mim. Embora eu tenha ficado chocada ao ver o duque cair nas garras de Catriona Burns. Ela é terrível. Nunca gostei dela.

– Eu sempre gostei – retrucou Fiona. – Catriona é extremamente gentil.

– O que estou dizendo é que Oakley não será uma grande dificuldade para mim.

– É claro que não. – Não adiantava argumentar com a autoestima elevada de Marilla, tão infinita quanto uma noite estrelada. – Tente controlar seu temperamento. Seja dócil e casta.

– Por que devo ser casta? Odeio bajular ingleses. E...

– Porque você quer um casamento com a nobreza – interrompeu-a Fiona. – Na aristocracia *inglesa*. Embora deva lembrar a você que o título de Rocheforte é antigo e honrado, não é um blefe em nenhum sentido.

– É verdade – concordou Marilla, o sorrisinho voltando aos lábios. – Quero me casar com um aristocrata. Mas não me importa a antiguidade do título de Rocheforte. Ele poderia se arrastar de joelhos por toda a Escócia implorando pela minha mão, e ainda assim eu não me casaria com ele. O homem se achou bom demais para participar das brincadeiras depois do jantar. Não sei que direito tem de ser tão arrogante... o duque e o conde ficaram muito satisfeitos em brincar conosco.

– Para se casar com o conde, você precisa ser dócil, cortês e *moderada*, como uma *aristocrata*. – Fiona se sentiu como uma preceptora recitando o alfabeto, mas aquela era a realidade de ser irmã mais velha de Marilla.

– A moderação não combina comigo. – Marilla torceu o nariz.

Uma coisa se podia dizer sobre Marilla: ela não se dava ao trabalho de mentir para si mesma.

– Finja – disse Fiona, com certa severidade. – Chega de se exibir como fez na noite passada.

– A brincadeira de cabra-cega é um convite para esse tipo de descontração – defendeu-se Marilla, com um toque de irritação na voz. – Você sabe como eu adoro travessuras assim, Fiona. Todos os homens naquele salão tentaram *me* encontrar assim que colocaram a venda nos olhos. – Ela endireitou os ombros e ajeitou o corpete do vestido azul-gelo que escolhera da coleção de antiguidades de Taran. – Acho que vou usar a sua bolsinha em vez da minha. Vai combinar melhor com a cor deste vestido. Me dê, por favor.

– Não sei onde está – falou Fiona. – Devo ter deixado cair durante o rapto. Ou talvez tenha deixado na carruagem.

Marilla ergueu uma sobrancelha.

– Que descuido da sua parte – criticou. Mas seus olhos voltaram para o espelho. – Essas roupas são muito antiquadas, mas até que gosto.

– Não vi que o decote estava tão baixo quando ajustei o vestido – disse Fiona, imaginando o choque que causaria em todos no salão se Marilla acabasse com um seio à mostra.

– Na verdade, você não fez um bom trabalho quando ajustou o vestido, por isso eu mesma tive que mexer de novo – retrucou Marilla, arrumando cuidadosamente uma mecha sedosa dos cabelos para que repousasse no vale entre os seios.

– Cuidado com o tom – alertou Fiona. – Não sou nenhuma Gata Borralheira submissa para ficar ao seu dispor, está bem? Passei a manhã toda costurando seu vestido para que você andasse seminua pelo castelo, mas se for rude comigo, Marilla, a partir de amanhã não toco mais em nenhuma agulha.

Marilla devolveu o olhar irritado da irmã.

– Você quer que eu me case, está lembrada? Imagine sua felicidade por eu deixar nossa casa! Assim poderá ter o papai só para você.

– E eu devo lembrá-la de que *você* também quer se casar – retrucou Fiona. – Por isso faço a gentileza de alertá-la para não gesticular com entusiasmo exagerado. Seu corpete pode muito bem acabar com o mínimo de decoro que ainda resta.

– Duvido.

– Por tudo o que já ouvi, os ingleses gostam que a esposa seja fria e casta.

– Isso deixa você fora do páreo – comentou Marilla, com uma risada desdenhosa. – Estou certa de que eles já sabem tudo sobre você e sobre a infame janela do seu quarto.

– Talvez – rebateu Fiona. – Mas seria melhor para você se a notícia não vazasse.

– Você mancha minha reputação com sua mera existência, sabe disso, não é?

– Você já me lembrou disso muitas vezes – disse Fiona, e acrescentou: – Você age como uma víbora, e não como a virgem doce que deveria parecer.

– Eu *sou* virgem – retorquiu Marilla. – Bem diferente de você! – Ela empinou o nariz e saiu rapidamente, em um farfalhar de saias.

Fiona demorou mais um momento olhando-se no espelho.

A roupa que encontrara no guarda-roupa realmente a favorecia. O formato de seu corpo pedia vestidos bem-ajustados nas curvas, o que não estava na moda no momento. As minúsculas bolinhas de veludo que enfeitavam o confortável corpete do vestido, e que dançavam ao longo da curva dos seios, eram um toque particularmente interessante. Na verdade, Fiona parecia mais bela naquele vestido do que nos que costumava usar. Ela gostava da ideia de que a roupa atrairia os olhares masculinos para seus pontos fortes. E mais, as saias eram ligeiramente mais curtas do que o normal, revelando os tornozelos.

Não que alguém mostrasse qualquer inclinação para espiar seus tornozelos.

Fiona suspirou e desceu os largos degraus de pedra que levavam ao grande salão. O fogo ardia na enorme lareira, mas o salão continuava gelado e com tanto eco quanto na véspera. Até os antigos criados que tinham aparecido por ali na noite anterior haviam desaparecido.

Ela hesitou por um momento, perguntando-se onde estariam os outros, e já seguia na direção da porta do salão de visitas quando ouviu a risada de Marilla.

Devia haver outro cômodo onde pudesse se recolher, talvez uma biblioteca, ou um estúdio... Fiona não queria ficar assistindo a Marilla caçando o conde ao redor de um sofá. Ao que parecia, a irmã achava que um homem que demonstrasse aquele tipo de determinação fria daria um marido complacente.

Oakley decerto não se encaixava nessa descrição.

Havia algo misterioso e incrível em relação a ele, algo que fazia todo aquele autocontrole parecer uma fachada. Ele *não* seria complacente. Disso Fiona tinha certeza. Mas também sabia que, se Marilla o queria, ela o teria.

Quando estavam em Londres, Marilla fora contida pelas restrições sociais. Mas não havia nada para detê-la ali, naquele castelo isolado. Desde pequena, a caçula sempre tomara tudo o que desejava – incluindo os brinquedos e as roupas de Fiona. Diante do rostinho de anjo da menina, com os cachos loiros e sedosos, o pai delas sempre cedera.

Naquele instante, Marilla saiu em um rompante do salão de visitas, mas o sorriso que trazia no rosto morreu no momento em que viu Fiona.

– Vá embora – sussurrou, irritada. – Você vai arruinar tudo. Esse vestido está me deixando com frio, por isso estou indo pegar um xale, mas volto logo para retomar o jogo de cartas.

– Vou tentar encontrar a biblioteca – disse Fiona.

– Fique em seu quarto – ordenou Marilla. – O conde ainda não desceu desde o almoço, mas obviamente ele é muito zeloso com a própria reputação. Não quero que se lembre de que somos irmãs, no caso de ele saber sobre a sua desgraça.

O mordomo já idoso emergiu da sala de jantar, no extremo do grande salão, no momento em que Marilla subia correndo as escadas.

– Posso ajudá-la, senhorita? – perguntou.

Fiona abriu um sorriso caloroso para ele.

– Poderia me mostrar um cômodo em que eu possa me recolher por algum tempo? A biblioteca, talvez?

– Por ali – disse ele, acenando com a cabeça para uma porta. – Ninguém entra ali, a não ser os cavalheiros, depois do jantar, para fumar e tomar conhaque. Se não se importar com o cheiro de cachorro e de um bom tabaco, ficará confortável.

– Parece perfeito – falou Fiona. – O senhor me salvou, Sr. Garvie, de verdade.

– Eu não deveria estar fazendo isso – respondeu Garvie. – A senhorita deveria se casar com o jovem conde francês. Por direito, deveria estar no salão de visitas com os outros. O patrão não vai ficar satisfeito.

– Não sou a moça certa para isso – garantiu Fiona. – Qualquer uma das outras damas dará uma castelã melhor do que eu. Posso lhe pedir que mandem trazer chá para mim, Sr. Garvie?

Fiona abriu a porta para a biblioteca e achou-a surpreendentemente aconchegante, levando-se em consideração o fato de os tetos do castelo serem tão altos. As paredes eram cobertas por estantes de livros e o fogo na lareira também era agradável.

Estar ali era muito melhor do que se juntar ao grupo no salão de visitas, participando de algum jogo ou brincadeira imaginado por Marilla apenas como desculpa para se jogar nos braços do conde frio.

Fiona andou ao longo das prateleiras, passando o dedo pelos volumes encadernados em couro. Livros sobre cultivo, sobre trabalho de serralheria, sobre aterramento...

Peças antigas, poesia... e *Persuasão*, um romance da autora de *Razão & sensibilidade*! Como uma obra como aquela fora parar na biblioteca daquele castelo? Certamente tinha sido publicada poucos meses antes.

Fiona leu as primeiras páginas e na mesma hora começou a sorrir. Sir Walter Elliot – que não lia livro algum por diversão a não ser *Baronetage* – com certeza era um belo paralelo com lorde Oakley. Sir Walter via aqueles a quem julgava inferiores com pena e desprezo, o que resumia bem o modo como o conde olhava para pessoas sem títulos de nobreza, como ela.

Fiona se jogou alegremente no sofá diante da lareira. Não era a peça de mobília mais confortável do mundo – era mais encaroçado do que macio –, mas o inigualável sir Walter prometia fazê-la esquecer o desconforto.

Passaram-se uns bons quarenta minutos antes que a Sra. McVittie aparecesse com um bule de chá, mas Fiona estava tão envolvida no romance que mal se deu conta.

Àquela altura, ela já encontrara uma posição mais confortável: a cabeça apoiada em um dos braços do sofá, os pés cruzados sobre o outro braço. Marilla teria gritado como um porco sendo abatido se entrasse ali e visse os tornozelos da irmã, vestidos com meias de seda rosa-clara. Mas a irmã estava no salão de visitas, provavelmente correndo ao redor da mobília atrás de um nobre vendado, caso já tivessem acabado de jogar cartas.

– Isso é o paraíso – comentou Fiona com a Sra. McVittie, pousando os pés no chão e sorrindo para a governanta. – Muito obrigada.

– O Sr. Garvie se encantou com a senhorita – confidenciou a Sra. McVittie, inclinando-se para colocar mais uma tora de lenha na lareira. – Ele acha que a senhorita não é do tipo que se casa, por isso pode muito bem ficar confortável. Todos os demais estão no salão de visitas, jogando cartas.

– Ele está certo – disse Fiona. – Não sou o tipo de mulher que se casa.

Ela sentiu apenas uma breve pontada de mágoa diante da ideia, o que foi um triunfo.

Em pouco tempo, Fiona havia mergulhado novamente no livro e percebera que a visionária Srta. Austen, além de criar sir Walter – que se parecia muitíssimo com o conde de Oakley –, também criara Elizabeth Elliot, um retrato perfeito da irmã da própria Fiona, que, como Elizabeth, estava "plenamente satisfeita por ainda ser tão bela como sempre", mas "sentia-se aproximar dos anos de perigo". Era verdade que Marilla tinha apenas 21 anos, mas até ela havia começado a reparar na relutância dos cavalheiros ingleses em pedir sua mão durante as três temporadas sociais a que comparecera em Londres.

Os ingleses pareciam ser extremamente sagazes. Zumbiam ao redor de Marilla como moscas ao redor do mel, mas não se aproximavam demais.

Era muito mais agradável ler sobre sir Walter e a filha dele do que ficar presa em um castelo frio com as versões personificadas de ambos. Por mais engraçados que fossem os contratempos e extravagâncias da alta sociedade nas páginas de um livro, eram eventos profundamente irritantes na vida real.

CAPÍTULO 11

Depois do almoço, Byron não conseguiu parar de pensar em como Catriona Burns olhava para Bret - os olhos cintilando, o amor evidente. A própria expectativa de Byron a respeito do casamento não incluía sentimentos dessa natureza. O pai lhe ensinara: um homem deve ter uma esposa casta e de bom berço. A paixão entre marido e mulher estava fora de questão.

A nova condessa de Oakley, como o pai o instruíra vezes sem conta, deveria ser virtuosa, ter boas maneiras e, acima de tudo, mostrar respeito, se não submissão ao marido.

Respeito e submissão não era o que Catriona sentia por Bret.

A inveja era uma emoção desconfortável. Sombria e colérica, parecia queimar em suas veias.

Antes de escolher Opal, Byron dançara com todas as donzelas solteiras que estavam disponíveis para casamento e que eram do seu nível - o que deixava moças escocesas como Marilla e Fiona de lado -, então tomara o que achou ser uma decisão inteligente e racional.

Olhando em retrospecto, tinha passado a achar todo o processo um tanto embaraçoso. Havia decidido que Opal daria uma boa mãe. Byron não conhecera bem a própria mãe, que fugira com o tio dele - o irmão mais novo do pai - quando Byron ainda era criança. Tinham ido para a América e, até onde ele sabia, ainda viviam lá.

De todo modo, não ajudou nesse quesito ter motivos para se sentir inseguro perto de mulheres. As tiradas frias do pai, que invariavelmente enfatizavam a luxúria feminina, claramente o haviam afetado.

Byron teria jurado que Opal era casta. Entre outros sinais, nunca detectara nela a mais leve sombra de desejo quando olhava para ele. Pensando melhor na docilidade com que aceitava os elogios dele, os olhos sempre baixos e o modo como virava a cabeça para o lado... ele tinha sido um tolo.

Não que quisesse fazer de uma mulher perdida sua condessa. Mas... gostaria que a esposa o amasse. O bastante para não pular na cama de outro homem.

E mais, se Bret era capaz de fazer uma mulher amá-lo, ele, Byron, com certeza também era, ora essa! Seu lado competitivo estava vindo à tona. Era capaz de fazer uma mulher olhar para ele com puro deleite. Era capaz de envolvê-la de tal forma que ela nunca olhasse para outro.

Marilla era uma candidata óbvia. Era bela, devastadoramente bela. Seus cachos eram macios como manteiga, e os olhos, de um azul encantador.

E se seu espírito jovem a levasse a um comportamento que seria classificado como ultrajante pelas matronas rígidas que governavam a aristocracia... bem, melhor assim. Afinal, Marilla estava tentando beijar *Byron*, e não um professor de dança. Provavelmente era apenas inocente em relação às coisas do mundo.

Para ser justo, a noiva dele não mostrara qualquer relutância em aceitar seus beijos, pelo que se lembrava. Ele é que havia pensado em proteger a virtude dela, e nunca se aventurara a nada além de um beijinho casto. Se a tivesse beijado mais apaixonadamente, será que Opal teria se voltado para ele e não para o professor de dança?

Talvez fosse esse o caso.

Mas Opal parecia ter planejado deliberadamente que ele a encontrasse em uma situação comprometedora. Quando Byron entrou na sala, ela não pareceu chocada, nem consternada. Parado na soleira da porta, consumido por uma fúria incandescente, viu a noiva encará-lo, enquanto afastava o professor de dança, abrir um belo sorriso e dizer:

– Bem, suponho que nosso noivado esteja terminado.

Quanto mais Byron pensava a respeito... mais se convencia de que toda a cena fora calculada. Ela provavelmente pagara ao professor pelo beijo. Isso mostrava quanto queria se ver livre do noivado. Se ver livre *dele*, o conde de Oakley.

E Byron sabia que tinha uma figura agradável, se não mais do que isso. Tinha um nariz romano, como Marilla apontara, mas não de modo exagerado. Além de tudo, era abastado e tinha um título.

No entanto, não se dera ao trabalho de cortejar Opal. Na verdade, fora um tanto arrogante e pomposo a respeito, e concedera o pedido de casamento com a expectativa de que ela fosse considerá-lo a maior benção de sua vida.

Não que Byron não reconhecesse a origem desse modelo de comportamento. Seu pai costumava julgar as pessoas apenas por seus laços de sangue e seus bens. Na presença do antigo conde, nenhuma criada erguia os olhos acima do nível do ombro a não ser que recebesse ordens para isso. Nenhuma criança, incluindo o filho dele, falava a menos que fosse solicitada a fazê-lo. Nenhuma mulher, incluindo a esposa dele, expressava desacordo com uma opinião de lorde Oakley, ao menos até onde Byron lembrava.

Ele respirou fundo e endireitou os ombros. Talvez tivesse inadvertidamente reproduzido alguns hábitos de conduta e a disposição mental do pai. Mas isso não significava que precisava mantê-los, afinal, era dono de si. O antigo conde fora um homem de sangue-frio, cuja maior preocupação era a própria reputação. Enviara Robin para Rugby depois que o pai do primo morrera, pensando o que as pessoas diriam se não o fizesse, e não deixava Robin retornar para a casa deles nas festas de fim de ano, por causa da "mácula" francesa no sangue do sobrinho.

Ele, Byron, não precisava ser como o pai. Poderia ser espontâneo e caloroso. Divertido, até. *Encantador.* Todas essas coisas que Robin era e ele não... mas só porque nunca tentara de verdade.

Não conseguia se imaginar apaixonado - mas poderia muito bem fazer uma mulher se apaixonar por ele. Por um momento, Byron considerou Fiona Chisholm como uma opção, mas havia alguma coisa no olhar da jovem que sugeria que era improvável que ela sucumbisse a sentimentos ternos. Uma espécie de reserva muito parecida com a dele.

Lady Cecily era bela como uma pintura, mas o amigo de Byron, Burbett, havia mencionado que estava quase comprometido com ela, por isso não adiantava olhar na direção da moça.

Assim, restava Marilla, uma jovem cheia de vida, linda e - de modo geral -, com bons modos. Sua alegria de viver o manteria jovem. Ele poderia brincar de cabra-cega com os próprios filhos um dia.

Byron desceu as escadas àquela tarde determinado a conquistar o coração de Marilla. Começaria reiterando o pedido que fizera a ela para que o chamasse pelo primeiro nome.

Se ele se casasse com alguém como Marilla, isso provaria a Taran que não era conservador como o pai. Quanto mais pensava a respeito, mais perfeita a jovem lhe parecia. As outras damas pareciam encará-la como uma espécie de líder: bastava ver o modo como haviam seguido a sugestão dela de brincar de cabra-cega.

Liderança era um bom atributo para uma condessa.

Byron chegou à base da escada, hesitou e então seguiu na direção da biblioteca, em vez de ir para o salão de visitas. Mesmo com a nova resolução de considerar Marilla como sua condessa, sentiu certo alívio ao descobrir que ela não estava ali.

Na verdade, a única ocupante da biblioteca era a irmã dela, Fiona. A jovem estava deitada no sofá diante da lareira, lendo um livro, os cachos ruivos jogados por cima de um dos ombros. Os óculos dela eram um acessório surpreendentemente cativante, pensou Byron. Na verdade, faziam pensar se talvez não deveriam entrar na moda.

Quando ele caminhou até a lareira, Fiona levantou os olhos do livro e franziu a sobrancelha por um instante. Ficou perfeitamente claro para Byron que a jovem se esquecera de quem ele era. Eis uma mulher que realmente não se impressionava nem um pouco com a importância dele.

– Lorde Oakley – disse Byron –, mas pode me chamar de Byron... estamos todos em termos de grande familiaridade aqui em Finovair.

Não foi nada difícil pedir que ela fizesse aquilo. Na verdade, ele até gostaria de ouvir o próprio nome dito por aqueles lábios.

Ela abaixou as pernas, se levantou, e se inclinou em uma reverência.

– Lorde Oakley – disse, os olhos sombreados pelos cílios curvos.

Byron fez uma mesura para a jovem dama e foi até o sofá. Quase ocupou um lugar mesmo sem ser convidado, porque era assim que as pessoas se comportavam informalmente. Ou pelo menos era assim que ele pensava que se comportavam. Mas seus princípios de berço levaram a melhor e ele permaneceu de pé.

– Todos concordamos em nos dirigir uns aos outros pelos primeiros nomes – informou a ela, odiando o tom arrogante no instante em que as palavras saíram de sua boca. – O meu é Byron.

Ela o encarou em silêncio por um momento. Seus olhos eram tão verdes quanto pareceram na noite da véspera, e os óculos se apoiavam em um nariz deliciosamente atrevido.

– Na verdade, o senhor e a minha irmã fizeram esse acordo entre vocês, embora eu presuma que o duque de Bretton e Catriona tenham concordado com a mesma informalidade. Toda essa falta de cerimônia o perturba? – perguntou ela, evitando usar o primeiro nome dele, percebeu Byron. E, portanto, sem garantir a ele permissão para usar o *dela*.

– Não estou acostumado a isso – admitiu ele. – Pelo que me lembro, seu nome é Fiona, certo?

– Certo – confirmou ela. E mais uma vez não deu autorização a ele para chamá-la daquela forma.

Por mais que não quisesse, aquilo incomodou Byron.

– Peço perdão por interromper sua leitura – disse ele, tendo decidido não deixar a biblioteca imediatamente, porque era *bom* para ele, poderia se dizer até que era *instrutivo*, permanecer junto a pessoas que não levavam em consideração a importância de seu título e posição. Fiona com certeza estava nessa categoria. – Posso lhe perguntar que volume atraiu seu interesse?

O conde era perigosamente belo, pensou Fiona. Mas muito comedido. Será que sequer transpirava quando fazia amor? Será que seu rosto ficava vermelho? Ele deixava escapar sons deselegantes, ou...

– Estou lendo um romance chamado *Persuasão* – disse ela, afastando os pensamentos do tópico deplorável (embora interessante).

Por ironia do destino, Fiona não havia adquirido pessoalmente informações sobre encontros íntimos daquela natureza, mas ouvira tudo a respeito. E nada do que ficara sabendo a respeito de encontros suados e cheios de grunhidos lhe parecera terrivelmente atraente.

– Entrou no cômodo errado, lorde Oakley – disse Fiona, voltando a se acomodar em um canto do sofá.

Ela marcou com o dedo o ponto em que estava no romance. Quando lorde Oakley entrara na biblioteca, o pomposo sir Walter das páginas e o pomposo conde da vida real se confundiram em sua mente... Fiona havia encarado Byron com uma expressão confusa, como se ele tivesse de algum modo se materializado das páginas do livro.

Na verdade, a comparação não era nem um pouco justa. Oakley era jovem e extremamente belo, com cabelos loiros muito claros, cortados bem curtos, e sobrancelhas negras arqueadas. Fazia Fiona se lembrar de um santo medieval entalhado em mármore: todo dignidade, virtude e alvor.

Mas Oakley ainda era lorde Byron por baixo daquela fachada encantadora. Um homem que não poderia sentir nada além de desprezo por ela.

– Aposto que estão todos tendo momentos adoráveis no salão de visitas. Devem estar sentindo a sua falta – comentou Fiona em tom encorajador.

– Estou velho demais para brincadeiras de salão – retrucou ele, como se ela tivesse mostrado algum interesse em sua idade.

– Isso quer dizer que o senhor realmente brincava quando criança? – perguntou Fiona, com um estranho misto de genuína curiosidade e enorme desejo de provocar o autocontrole obstinado dele.

Oakley parecia já ter nascido com um lenço de seda no pescoço, imaculadamente passado e elegantemente amarrado.

– Com certeza, sim.

Para ser sincera, por mais que o homem pudesse ser um espécime excepcional, fisicamente falando, não era um interlocutor muito cativante... Ainda assim, seria rude simplesmente voltar a ler na frente dele.

– Posso ajudá-lo a encontrar alguma coisa na biblioteca? – perguntou Fiona, o tom mais uma vez sugerindo que ele deveria ir para outro lugar.

Em vez disso, Oakley de fato sentou-se ao lado dela.

Fiona respirou fundo e logo desejou não ter feito aquilo. O homem até *cheirava* bem, a linho engomado e sabonete masculino. Ela não gostava de condes ingleses. Na verdade, não gostava de ingleses de um modo geral. E aquele ali a estava distraindo da leitura. Ele a fazia... a fazia pensar em coisas das quais já desistira.

Homens, por exemplo.

Fiona concordara em se casar uma vez, e já fora o bastante. Embora, é claro, o noivo em questão não fosse nada parecido com Oakley. Dugald fora um imbecil – e um imbecil bêbado e violento, ainda por cima. O conde parecia jamais ter relaxado o bastante para se entregar ao álcool.

– Lorde Oakley – disse Fiona, já perdendo a paciência –, se incomodaria muito se eu continuasse a ler meu livro?

– Posso fazer uma pergunta direta antes que retome a leitura, Srta. Chisholm?

– Se acha mesmo necessário... – respondeu ela. – Mas apenas se me permitir a mesma cortesia. O que o senhor está fazendo aqui, pelo amor de Deus? Deveria estar no salão de visitas, sendo bajulado por jovens damas em estado de adoração.

– Jovens damas em estado de adoração?

Ele pareceu sinceramente confuso.

– Espero que não tenha ficado aborrecido com a deserção de Catriona ao escolher o duque. Mas, a meu ver, tanto minha irmã quanto lady Cecily dariam esplêndidas condessas, e aposto que as duas estão prendendo a respiração até que retorne ao salão de visitas.

Um homem menos severo talvez tivesse pensado em sorrir, percebeu Fiona. Talvez Oakley até tivesse sorrido, mas com os olhos, não com os lábios.

– Pelo que entendo, a senhorita colocou a si e a Srta. Burns em outra categoria.

– O senhor não iria querer que eu o adorasse – garantiu Fiona. – Tenho uma reputação arruinada. Portanto, acho que podemos simplesmente pular a parte em que tento atraí-lo para um casamento insensato baseado em nossa inesperada proximidade, não acha?

– Essa foi uma frase muito longa.

Sim, ele estava sorrindo. Incrível.

– Posso reorganizá-la, se preferir – ofereceu Fiona.

– Não consigo decidir como devo encarar sua tirada espirituosa. Ao que parece, sou o alvo dela, assim, não deveria rir. Mas se não é para eu rir, então qual o objetivo de fazer uma tirada espirituosa?

Depois de um arquejo, Fiona disse:

– O senhor me colocou no meu lugar. E – admitiu com relutância – eu mereci. Não deveria ter feito graça às suas custas, especialmente porque meus gracejos foram bem fracos. Mas, na verdade, lorde Oakley, estou certa de que estão todos esperando o seu retorno ao salão de visitas. Não devo prendê-lo com essa minha falação tola.

Ele ficou em silêncio por um momento.

– Suponho que eu *esteja* procurando por alguém para me adorar. Embora, colocado assim, pareça uma declaração profundamente arrogante.

Fiona fez uma careta.

– Eu o ofendi de novo, não é? Sinto muito, sinceramente. Não tenho direito de julgar sua conduta, e jamais o consideraria sob essa luz.

Ela não sabia para onde olhar, por isso voltou a encarar o livro.

– Vou deixá-la com a sua leitura. Mas posso fazer uma pergunta primeiro?

– Com certeza – respondeu Fiona. Então, incapaz de se conter: – Mas como eu estou realmente morrendo de vontade de terminar o romance, ficaria grata se a fizesse agora mesmo.

Não era o livro, não exatamente. Havia algo muito perigoso no conde, principalmente por ele ser tão dominador e arrogante. Embora naquele momento houvesse nele algo um tanto inseguro também.

Não fazia sentido que uma leve pontada de ansiedade se sobrepusesse ao desprezo que Fiona sentia por homens arrogantes, mas era o que estava acontecendo. Ela não quis sequer encontrar os olhos dele de novo, com medo de ver aquele toque de insegurança totalmente irresistível.

– Minha pergunta é em relação a sua irmã.

Diante disso, Fiona levantou a cabeça com um sorriso perspicaz no rosto.

– O senhor não poderia fazer escolha melhor do que Marilla para sua condessa – disse, adulando o nobre.

Era uma declaração absolutamente falsa, mas a lealdade familiar com certeza era um bem maior do que a sinceridade.

– Eu estava me perguntando se ela já estaria de algum modo envolvida emocionalmente com alguém. Uma mulher tão linda deve ter vários admiradores na vizinhança.

– De forma alguma! Isto é – acrescentou ela –, é claro que Marilla é adorada. Mas ainda não encontrou o homem a quem gostaria de entregar sua mão em casamento.

Ele pareceu desconfiado, por isso Fiona inventou:

– E estou certa de que não preciso lhe dizer quanto ela é admirada. Marilla é uma moça muito cheia de vida.

– Até demais, diriam alguns.

Fiona enrijeceu o corpo. O comportamento de Marilla era altamente questionável, mas, ainda assim, era da irmã dela que estavam falando.

– O que exatamente o senhor quer dizer com isso? – perguntou, com o tom mais frio que conseguiu.

– Tolice – respondeu o conde, ficando de pé e fazendo uma breve mesura. – Transmitirei seus cumprimentos a todos no salão de visitas.

Fiona sentiu uma pontada de culpa. Algo semelhante a desapontamento de certo modo obscurecera os olhos dele. Embora a mera ideia fosse um absurdo. Era como se ela tivesse vislumbrado um menino solitário ali. Mas diante do belo aristocrata muito bem-vestido à sua frente, era óbvio que tinha se enganado.

– Preferia sinceramente que não fizesse isso – pediu Fiona. – Pode acabar fazendo com que sintam necessidade de me convocar para as brincadeiras barulhentas acontecendo do outro lado da parede.

Quando sorria, como aconteceu naquele momento, o rosto daquele conde-tão-tão-severo se transformava. Aqueles olhos poderiam muito bem viciar uma mulher, que então viveria apenas para aqueles instantes. Fiona voltou rapidamente os olhos para o livro, mais uma vez.

Oakley ficou parado por um momento, até que ela viu suas botas se afastando e ouviu o barulho da porta da biblioteca sendo fechada com suavidade.

Fiona ficou parada, muito quieta, mordendo o lábio, sem ler. Estava decididamente em paz com o que lhe coubera na vida, mas havia momentos em que se sentia dominar por uma onda de raiva de Dugald, uma ira tamanha que fazia arder sua garganta. Que direito ele tinha de lhe tirar a chance de se casar com um homem como o conde?

O absurdo daquele pensamento arrancou-a do momento de autopiedade. Havia acompanhado Marilla em duas das três últimas temporadas em Londres. Embora ficasse, como era o esperado, afastada, junto com as outras acompanhantes, ainda assim observara Oakley de longe. Com ou sem Dugald, ela jamais teria tido o mínimo contato com um homem como ele, sob qualquer outra circunstância.

Fiona abriu novamente *Persuasão* e afastou a tristeza. O que estava pensando? Aquela expressão implacável nos olhos faria dele um terrível...

O que estava pensando? Mesmo se não fosse conhecida por todo o país como uma perdida da pior espécie, era apenas uma moça escocesa.

Nobres como Oakley não se dignavam a baixar os olhos para alguém como ela.

Os dedos de Fiona apertaram com mais força o livro, enquanto uma súbita imagem de Marilla como condessa de Oakley surgia diante de seus olhos. Byron como cunhado dela. Sentado à frente dela à mesa de jantar antes de se retirar para o quarto com Marilla.

Ela se mudaria para a Espanha.

Não, não era longe o bastante.

CAPÍTULO 12

Duas horas depois

Fiona estava totalmente envolvida com a alegre, mas ligeiramente sofrida, heroína de *Persuasão* – para não mencionar sir Walter e a filha dele –, quando ouviu a porta da biblioteca ser aberta e rapidamente fechada de novo.

Ela estava enrodilhada sob uma manta vermelha bem quente, com um reconfortante cheiro de cachorro, e não se sentia nem um pouco inclinada a se mover.

– Olá? – chamou com relutância, e sentou.

O conde estava parado junto à porta, o dedo na frente dos lábios, pedindo silêncio. Fiona assentiu e voltou a se recostar no sofá. Havia decidido manter distância do conde. Não permitiria se deixar envolver por aquele ar de confiança e poder que ele usava como uma capa invisível. Aquela atitude provavelmente havia sido conferida a ele ainda no berço, junto com sua insígnia, ou penacho, ou fosse lá o que os condes usavam para se distinguir dos meros mortais.

Fiona leu o mesmo parágrafo três vezes, tentando concentrar a atenção nas palavras, embora cada fibra do seu ser estivesse morrendo de vontade de saber o que Byron estava fazendo. Contrariando o próprio bom senso, Fiona começara a pensar nele apenas pelo primeiro nome, uma intimidade das mais inapropriadas.

Quando leu o mesmo parágrafo pela quarta vez, e continuou sem ter ideia do que estava escrito, assumiu a derrota. Fiona sentou-se de novo para confrontar Byron no mesmo instante em que a porta foi aberta de supetão e Marilla apareceu, ruborizada e radiante. Se a jovem já era belíssima em seu estado normal, quando estava ruborizada e empolgada era exuberante.

– Ah, Byron! Tenho cer-te-za de que você está aqui! – cantarolou ela.

No momento em que percebeu a presença de Fiona, Marilla estreitou os olhos e a voz perdeu toda a intenção de ser encantadora.

– Estou procurando pelo conde. Ele entrou aqui?

A presa de Marilla estava espremida contra a parede, atrás da porta. Os lábios dele se moviam, talvez em uma prece ou súplica... de qualquer modo, a expressão do homem era a de um animal acuado. Marilla obviamente havia exagerado de novo, mas Fiona não conseguiu se forçar a se importar muito com isso.

Tornou a se voltar rapidamente para a irmã, para não trair a presença dele.

– Não, mas acho que ouvi alguém subindo as escadas correndo.

A irritação sumiu dos olhos de Marilla quando ela avaliou o significado da informação.

– É claro! O conde está escondido no quarto dele ou no meu, para que possamos aproveitar alguns momentos de privacidade quando eu encontrá-lo.

Fiona franziu a testa, e Marilla acrescentou, novamente irritada:

– As brincadeiras da alta sociedade são pouco mais do que oportunidades para flertes, o que é algo que *você* jamais compreenderia. A prenda é um beijo. Brincamos de esconde-esconde a tarde toda, mas o duque e Catriona insistem em só encontrar um ao outro, o que é cansativo para o restante de nós.

– Nesse caso – disse Fiona –, talvez seja melhor você encontrar o conde antes que lady Cecily roube um beijo dele.

Marilla deu uma risadinha zombeteira.

– Ela já provou ser do tipo séria. Estamos *todos* brincando, até Taran, e...

– *Taran* correu e se escondeu?

– Eu o encontrei nos fundos da cozinha! Ele está em surpreendente boa forma para um homem com o pé na cova. E na verdade insistiu na prenda.

Reputação – quando separada de virtude – parecia ter sido declarada irrelevante ao longo daquele confinamento imposto pela tempestade. Fiona tinha quase certeza de que o duque de Bretton e a Srta. Burns não estavam se preocupando com isso... Ora, agora que pensava a respeito, achava que tanto a virtude quanto a reputação de Catriona podiam estar em risco. Mas aquilo certamente não era problema de Fiona e, além do mais, os dois estavam noivos.

– Não ouse subir de novo ou ir para o salão de visitas – ordenou Marilla. – Nosso quarto talvez fique ocupado por algum tempo. – O sorriso dela era mais predatório do que doce.

– Estou ficando com fome – protestou Fiona. – É hora do chá.

– Você já está rechonchuda o bastante, Fiona. Poderia passar um dia inteiro sem comer e isso só faria bem a sua cintura.

Fiona provavelmente estreitara os olhos porque Marilla subitamente pareceu mais cautelosa.

– Suponho que, se precisa comer, poderia tocar a sineta para que lhe sirvam alguma coisa aqui. Certamente não serei eu a trazer a bandeja.

– A biblioteca não tem sineta – argumentou Fiona. – Na verdade, duvido que o castelo tenha algum sistema para chamar os criados.

Marilla suspirou.

– Vou pedir a algum desses velhos tolos e lamentáveis que mande alguns bolinhos para você, então.

– Gostaria de uma bebida quente também.

– Muito bem – concordou Marilla, agitada. – Mas permaneça aqui, está bem? Como eu disse, de forma alguma quero que o conde nos associe. É melhor que você fique fora de vista.

– Não vou sair daqui – prometeu Fiona.

Como era típico dela, Marilla bateu a porta ao sair.

A biblioteca voltou a ficar em silêncio. Fiona conseguia ouvir as ordens impacientes que Marilla distribuía do outro lado da porta, e então o som de seus sapatos quando partiu à caça de sua presa.

– Humilhante e, ainda assim, fascinante – comentou Fiona, assim que o som dos passos da irmã desapareceu completamente. Indo contra todo o bom senso, ela foi incapaz de conter o riso. – O incrivelmente rico e poderoso conde de Oakley se acovardando atrás de uma porta, como se os cães do inferno estivessem em seu encalço. Achei que esse tipo de cena só acontecesse nas farsas francesas. E, nelas, os personagens principais *já são* casados.

Byron se adiantou, uma raiva incontida cintilando em seus olhos.

– Sua irmã – declarou ele – é uma ameaça a todos os homens solteiros da Grã-Bretanha.

– Ah, duvido.

Na primeira vez que apontaram o conde para Fiona, em um baile, dois anos antes, ela o achara extremamente distante, como acontece com homens tão dominados pela própria importância a ponto de assemelharam-se a estátuas de gelo: rígidos e frios.

Mas agora os tons dele eram mais vívidos. Em um homem menos impressionante, a expressão de Byron poderia ser considerada infantil.

– Marilla tem opiniões fortes sobre títulos – disse Fiona. – Ela acha que acrescentam muito a um homem, como faz o tempo com um bom vinho. O que ela fez para deixá-lo tão apavorado?

O modo como Byron a encarou sugeriu que ele estava propenso ao assassinato. Fiona reagiu com um sorriso ainda mais franco, porque jamais permitiria que ele soubesse que todos aqueles olhares ameaçadores estavam causando certo efeito nela.

– Era de se imaginar que um conde tão grande e forte como o senhor não se deixaria dominar pelo medo – disse ela em uma voz falsamente doce –, mas não há por que se envergonhar. O medo é uma emoção natural.

Bastou mais um passo furioso para que ele a encarasse bem de perto.

Byron não parecia assustado... estava mais para o oposto. Ele parecia um animal enraivecido, incomodado na tranquilidade de seu covil por um intruso imprudente. Fiona adorou aquilo. O coração dela disparou, o que foi absolutamente perverso.

– Sua irmã é uma ameaça – falou Byron, irritado. – Tem ideia do que ela fez comigo? Alguma ideia?

– Não – disse Fiona, inclinando a cabeça para trás para ver a expressão dele. – Passei o tempo todo aqui, mas sem dúvida deve ter sido algo sem o menor bom senso.

Ele mostrou os dentes.

– Sou um homem calmo.

– Ah, *isso* eu posso ver – falou Fiona, achando graça.

– E *eu* posso ver que a senhorita apenas finge ser uma dama quieta, que gosta de livros.

– Ora, mas fui eu mesma que lhe falei da minha má reputação – retrucou ela, com um sorriso que só oferecia aos amigos mais próximos, porque... ora... a situação estava muito divertida. – Mas já que, ao que parece, ambos temos um lado oculto, posso lhe dizer que o seu é mais interessante? Julguei o senhor como um aristocrata frio até os ossos, mas agora está parecendo mais um bárbaro. – Ela franziu a testa. – Talvez um bárbaro sendo perseguido por um rinoceronte. Sinceramente, o que de pior Marilla pode lhe fazer? Não há acompanhantes aqui para forçá-los a se casarem só por causa de um beijo súbito.

– A senhorita me acha tedioso e previsível. Do tipo que preferiria respeito a amor em questões de casamento.

Ela o encarou boquiaberta.

– Não?

O conde apoiou os braços nas costas do sofá e se inclinou acima dela. O rubor de raiva em seu rosto estava cedendo, mas seus olhos ainda tinham a expressão intensa de um falcão. Fiona franziu a testa, pois não estava muito certa do que via naquele olhar. Intensidade e... *mágoa*?

– Ainda assim, mesmo o cavalheiro mais liberal acharia razoável evitar uma mulher que, quando o corpete do vestido desliza até a cintura, apenas ri. E o que aconteceu depois... – Ele se interrompeu, obviamente se lembrando de que estava falando com a irmã de Marilla.

– Dadas as nossas circunstâncias, não podemos ser criticadas por usar roupas que não nos caem bem – disse Fiona, indo em socorro de Marilla. – As roupas de lady Cecily pendem dela como cortinas em uma janela estreita.

– Pelo menos lady Cecily consegue se manter decentemente coberta – retorquiu Byron.

– Mais uma informação surpreendente sobre o sexo masculino – disse Fiona. – *Eu* sempre achei que os homens gostassem de arriscar um olhar para um tornozelo ou coisa assim.

– A senhorita está zombando de mim.

Fiona não conseguiu evitar e foi dominada por uma gargalhada. Quando Byron a encarou com severidade, ela se pegou praticamente rolando no sofá, sem fôlego de tanto rir até que ele abriu um sorriso relutante.

– Sinto muito – disse ela, ainda rindo. – De verdade. Obviamente estou confinada há tempo demais. É falta de ar fresco.

– Gostaria de lhe fazer uma pergunta – falou Byron, interrompendo-a. Ele deu a volta no sofá e parou diante do fogo, para encará-la melhor.

– O que aconteceu com o conde frio como o gelo? – perguntou Fiona deixando escapar uma última risadinha. – Tenho a sensação de que as fadas roubaram o senhor e devolveram um... – Ela o encarou.

– Um o quê?

As pernas musculosas dele se beneficiavam muito sob a luz do fogo. De repente, Byron não parecia um aristocrata, um aristocrata inglês. Era como se tivesse se transformado diante de seus olhos, substituído por um homem grande, musculoso, que emanava uma espécie de ardor primitivo. E...

Fiona desviou os olhos. Que maravilha... agora ela o estava encarando com o mesmo fervor com que a irmã provavelmente o fizera.

– Um gigante de sangue quente – completou ela rapidamente, já séria diante da imagem. – O que queria me perguntar, lorde Oakley?

O livro de Fiona escorregara para o chão. Ela o pegou e alisou as páginas. Ainda lhe restava um terço. Deveria se concentrar na história e parar de pensar em Byron. Ele era másculo demais, bonito demais... fugaz demais. E obviamente estava dominado por alguma emoção intensa, que mal conseguia conter.

Não era possível que Marilla tivesse provocado toda aquela paixão.

Ou talvez fosse.

Ele baixou os olhos para o livro nas mãos dela.

– Vejo que ainda está lendo. Qual é mesmo o título?

– *Persuasão*, de Jane Austen.

– E está gostando?

Fiona fitou-o e endureceu o coração. Homens belos como o conde certamente estavam acostumados a se desvencilhar dos avanços de jovens damas.

– Sim – respondeu brevemente. – Estou. Mas sei que não era essa a pergunta que desejava me fazer.

– Não é exatamente uma pergunta. Eu tinha a esperança de que a senhorita pudesse informar à sua irmã que sou um foco improvável para as atenções dela.

– Todos sabem que o senhor está procurando uma noiva – comentou Fiona, adiantando-se em defesa de Marilla. – As notícias do rompimento do seu noivado chegaram aqui antes do senhor e temo não ser capaz de alterar a maré da opinião pública. Toda jovem dama solteira o considera um foco adequado para suas atenções. *Mais* do que adequado.

– Talvez a senhorita pudesse dizer a ela que estou determinado a não me casar.

Fiona revirou os olhos.

– Por favor. Marilla não vai acreditar nisso. O senhor ainda precisa de uma esposa, só tem de encontrar uma mulher que não esteja interessada em beijar outros homens. Marilla, por sinal, jamais beijaria um criado. Como eu lhe disse, ela é louca por títulos.

– Minha noiva não estava beijando um criado – disse Byron, dando a distinta impressão de estar com os dentes cerrados. – Era o professor de dança dela.

Para choque de Fiona, ele foi até o sofá, afastou as pernas dela para o lado e se sentou.

Então Byron cruzou os braços e olhou para ela com uma expressão desafiadora.

– E também não é o caso de eu estar sendo meticuloso demais. A senhorita viu o que acabei de fazer? Está vendo *onde* estou? Sentado nesta biblioteca com uma jovem dama que se identificou como tendo uma reputação bem-menos-que-perfeita.

Outra risadinha escapou dos lábios de Fiona antes que ela conseguisse se conter. Deveria parabenizá-lo pela coragem? Ou pela elegância?

Byron a encarou com os olhos semicerrados.

– Posso ser um tonto, mas não sou um nabo metido a santo.

– Eu jamais pensaria no senhor em termos de vegetais da horta – falou Fiona em um tom encorajador.

– Sob qualquer ponto de vista, um professor de dança não é exatamente um criado. – Ele fez uma pausa. – Embora nos últimos tempos tenha começado a achar que ela armou toda a cena para poder romper o noivado.

Fiona estendeu a mão e deu um tapinha no joelho dele. O conde conservador obviamente estava tendo alguma espécie de crise de personalidade, e ela estava adorando assistir, embora tal prazer colocasse suas alegações de ser uma alma bondosa sob uma luz duvidosa.

– Ah, não subestime o fascínio que exerce um professor de dança. É *muito* mais compreensível do que se tivesse acontecido com um criado. Ele era francês?

– Se está preparando o terreno para fazer comentários difamatórios sobre as minhas habilidades de dança, como fez o meu primo, vou pedir que se contenha.

Como estava planejando fazer exatamente aquilo, ela começou de novo.

– Marilla não tem o menor interesse em beijar ninguém... a não ser, é claro, o marido dela, quando tiver um. Minha irmã *nunca* beijaria um plebeu... seus padrões são muito altos. É a escolha perfeita para o senhor.

– Sua irmã já me beijou – declarou ele. – E tive apenas um papel passivo em todo o incidente. Estou perfeitamente ciente de que foi a tolice do meu tio que nos colocou aqui, sem acompanhantes, mas...

– Exatamente! – disse Fiona, feliz em agarrar aquela desculpa. – Marilla está inebriada pela sensação de liberdade.

– Então *a senhorita* deve agir como acompanhante dela.

– Infelizmente, minha irmã não me dá a menor atenção – confessou Fiona, talvez mais honestamente do que era aconselhável.

– Não dei qualquer sinal de encorajamento a ela – falou o conde.

A testa muito franzida do conde indicava algo que Fiona desconfiava havia muito tempo. Homens gostam de seduzir, em vez de serem seduzidos.

– O senhor é muito atraente – comentou ela, amaldiçoando silenciosamente a propensão de Marilla de agir de modo tão exagerado. – E Marilla se deixou dominar pelo seu... pelo seu... – Para horror de Fiona, de repente sua cabeça pareceu vazia e a única coisa em que conseguia pensar era nas coxas do conde e naquela poderosa masculinidade que ele exalava. – Seu *encanto* – apelou. – Dominada por seu encanto, ela se viu temporariamente privada de sua modéstia de donzela.

Um sorriso discreto surgiu no rosto de Byron. Sinceramente, um homem não deveria ter um lábio inferior cheio como aquele. Não era justo com o sexo feminino.

– Eu me sinto um pouco magoado por a senhorita ter levado tanto tempo para encontrar em mim um único atributo capaz de atrair uma jovem dama como sua irmã. Além do meu título, é claro.

Fiona ignorou o comentário.

– Marilla daria uma condessa perfeita.

– Permita-me discordar.

Ela insistiu.

– Sim, ela daria. – Fiona ergueu um dedo para enumerar. – É herdeira. O senhor sabe que aqui na Escócia as terras não estão atreladas ao título, não sabe? Ela vai herdar todos os bens do meu pai, que são consideráveis.

– Seu pai vai deixar tudo para ela? E quanto à senhorita? Não tem um dote?

– Tenho minha própria fortuna, herdada da minha mãe – explicou Fiona. – Meu pai não precisou garantir um dote em meu nome.

Ela viu um brilho no olhar dele que a fez franzir a testa.

– Dinheiro não é tudo – acrescentou ela. – Não sou elegível para um casamento, ao menos não para alguém como o senhor. Já lhe contei sobre a minha reputação, embora talvez Taran tenha se esquecido dela quando recolheu as potenciais noivas. Voltando ao assunto anterior. – Ela ergueu um segundo dedo. – Marilla não apenas é herdeira, como também é linda.

– A beleza está nos olhos de quem vê – retrucou prontamente o conde.

Fiona o encarou. Não conseguia imaginar uma única pessoa que fosse considerá-lo menos do que lindo, e isso também valia para Marilla.

– Não concorda, Srta. Chisholm? Ou talvez eu possa chamá-la de Fiona? – falou o conde, inclinando-se na direção dela. A expressão nos olhos dele era calorosa. – Acho Fiona um nome adorável.

– Não sei nada sobre beleza – disse ela, com certa severidade. – Uso óculos, como pode ver. Isso evita que eu chegue a conclusões sobre as pessoas baseada em algo tão raso quanto a aparência. Mas sei que todo cavalheiro leva isso em consideração, e posso lhe assegurar que Marilla é uma das jovens damas mais lindas de toda a Escócia. E da Inglaterra também, pelo que pude ver – acrescentou, de forma um tanto precipitada.

– Sua irmã é como um cão de caça em uma perseguição sangrenta a uma raposa. E, nessa metáfora, a raposa sou eu.

Fiona fechou os olhos por um momento.

– Ela é jovem. E, como eu disse, louca por títulos. Simplesmente *louca*.

– *Louca*?

O rosto dele disse tudo.

– Eu lhe garanto que essa frase é usada nas casas mais refinadas. A Srta. Austen usa várias vezes em seu romance. – Ela abriu o livro e em um instante encontrou o parágrafo que buscava. – "As moças estavam loucas para dançar."

– Loucura não é um traço que eu esteja buscando em uma noiva.

– Sim, de fato imagino que não esteja procurando uma moça louca – disse Fiona, tentando usar um tom conciliatório. – Mas, se me permite ser franca, depois do infeliz evento com o professor de dança, o traço que o senhor certamente está buscando é a mera compreensão do decoro. Marilla não beijaria um criado nem se estivesse à beira da morte. Ela tem noção do próprio valor. Sou irmã dela, e posso *afirmar*.

– Não estou interessado no comportamento dela depois de casada.

Fiona assentiu. Não havia esperança para Marilla... bastava um olhar para o rosto determinado de Byron para saber disso.

– Vou dizer a ela. – A honestidade a fez reiterar: – Mas ela não vai me ouvir.

– Por que não? Na ausência dos pais, ela lhe deve respeito.

– O senhor não tem irmãos, por isso concluo que não faz ideia de como essa presunção é equivocada.

– Não tenho intenção de domar o vigor natural de sua irmã. Ela é realmente linda, animada e encantadora.

Fiona abriu o livro. Já estava cansada de falar de Marilla, e, além do mais, se o conde achava sua irmã encantadora, provavelmente terminaria se casando com ela, quisesse ele ou não.

– Compreendo perfeitamente – disse ela, voltando a baixar os olhos. – Informarei a ela que o senhor prefere que ela não o beije mais e que mantenha o corpete do vestido bem firme no lugar.

Um instante depois, Fiona estava imersa de novo na história do livro, determinada a ignorar o homem sentado na outra extremidade do sofá... mas ele não se mexeu.

– Achei que o senhor já estava indo – disse ela por fim, espiando-o por cima dos óculos.

– Na verdade, estava observando a senhorita.

– Uma ocupação cansativa – observou Fiona.

– Está falando sério, não está? Sua irmã de fato não vai ouvir uma repreensão da sua parte.

Como já fora excessivamente honesta, Fiona não viu motivo para ser evasiva àquela altura.

– Talvez sua ausência do salão de visitas tenha feito Marilla voltar a atenção dela para outra pessoa... o conde de Rocheforte, quem sabe.

– Tenho a impressão de que os olhos de Rocheforte estão voltados para outra direção.

Fiona ergueu uma sobrancelha.

– É mesmo? Que interessante.

– Ele é meu primo – explicou Byron. – Conheço Robin melhor do que ninguém. Ele finge que não dá importância a nada, mas na verdade tem um grande afeto por este lugar. No entanto, sem bens, não pode sustentar o castelo, por isso age como se não se importasse.

– Já vi pessoas agindo dessa forma – falou Fiona, dando-se conta de que ela mesma se comportava desse modo.

Naquele momento, a porta atrás deles se abriu. Byron ficou paralisado em um primeiro momento, então se virou lentamente, os olhos atentos e cautelosos.

CAPÍTULO 13

Fiona aguardava ansiosamente o ato seguinte da farsa francesa em que se transformara o rapto delas, mas, em vez de Marilla, foi um dos homens de Taran que entrou na biblioteca, com uma bandeja apoiada no ombro.

– Trouxe bolinhos amanteigados – disse ele com um grunhido. – E sidra aquecida. – O homem foi até a lareira e colocou a bandeja sobre uma almofada no chão. Então pousou perto da almofada um jarro de prata coberto. – Deixe aqui, para que permaneça quente – ordenou.

– Obrigada – disse Fiona. – Faremos isso.

Quando reparou em Byron, ele ficou muito sério.

– O patrão sabe que o senhor está aqui?

– Não, e você não vai contar a ele.

As palavras foram ditas em um tom duro que pareceu causar impressão.

– Que bobagem, essa história de cortejar! – disse o homem, e cuspiu no fogo. – Houve um tempo em que um homem não era obrigado a fazer isso. Estão rastejando por dinheiro, isso sim. – O olhar dele se voltou para Fiona. – Implorando a mulheres que possuem alguma fortuna. Agindo de forma antinatural. – Ele recolheu o bule de chá já gelado que haviam deixado mais cedo para Fiona e seguiu em direção à porta.

Byron foi atrás dele.

– Você não me viu aqui – declarou.

O velho escocês bufou e saiu pisando firme.

Estranhamente, o som fez Byron sorrir. Fiona chegou à conclusão de que não entendia aquele homem de verdade. Byron ficava enervado com os avanços de Marilla, mas achava divertida a rudeza sem rodeios de um serviçal. Ela o viu, então, não apenas fechar a porta, mas também trancá-la. Não entendia o que estava fazendo.

– Isso é realmente necessário? – perguntou Fiona.

– Está perguntando se eu prefiro evitar a experiência de ter outro seio desconhecido caindo em minha mão como uma ameixa madura? A resposta é sim.

Talvez ela devesse dizer alguma coisa para defender a irmã. Mas uma ameixa excessivamente madura não pareceu muito bom.

– E se não fosse um seio *desconhecido*? – perguntou Fiona, incapaz de resistir.

– Não tenho familiaridade com seios de qualquer mulher – retrucou Byron, e caminhou de volta para o sofá. – No momento, o mundo está cheio de seios desconhecidos. Embora deva ressaltar que estamos falando de um assunto muito impróprio.

– O senhor *realmente* precisa se casar – comentou Fiona, impressionada pela observação dele. – Deveria estar lá fora, rastejando aos pés de alguém... de lady Cecily, por exemplo... torcendo para ter um conhecimento mais íntimo de outras partes do corpo dela que não os pés.

– Há coisas melhores que um homem pode fazer com seu tempo do que rastejar aos pés de uma mulher – argumentou Byron.

Fiona percebeu com um sobressalto que ele estava olhando para *ela* quando voltou a se sentar. E com um sorriso preguiçoso nos lábios.

Um sorriso perigoso.

Por um momento, seu coração bateu em falso, mas logo recuperou o autocontrole.

– Certo – disse bruscamente. – O senhor pode ficar com um dos meus bolinhos, e depois, por favor, me deixe em paz. Já estou quase terminando esse romance, e estou ansiosa para saber o final.

– Se me forçar a partir agora, vou passar fome – reclamou ele, e pegou um guardanapo na bandeja.

– Só porque está com medo de entrar no salão de visitas para o chá.

Byron estendeu a mão forte na direção dos bolinhos. Que diabo, os braços e pernas daquele homem provavelmente eram tão bem-feitos quanto seus dedos.

– É mais cautela do que medo – disse ele. – Já reparou em como a tempestade piorou hoje?

Fiona nem se deu ao trabalho de olhar pelas janelas. Tendo vivido desde sempre nas Terras Altas, conhecia o uivo do vento.

– Imagino que vá piorar ainda mais até amanhã à noite. Agora o senhor está realmente nas Terras Altas, lorde Oakley.

– Meu nome é Byron – disse ele, pela terceira ou quarta vez, enquanto lhe entregava um guardanapo e um bolinho.

Ela se pegou pensando na incongruência de aquele homem se chamar Byron. Byron era um poeta, um homem que escrevia sobre o amor, sobre a meia-noite, sobre o sorriso de uma mulher. Já o conde era um tipo de personagem completamente diferente.

Ele obviamente percebeu o que ela estava pensando.

– Não tenho qualquer ligação com aquele reles fazedor de rimas, o tal lorde Byron. O nome está na minha família há gerações.

– O senhor não é poeta, então?

Fiona sorriu para ele, reconhecendo que a mera ideia era absurda. Na verdade, o nome dele devia ser alguma peça pregada pelo destino. O Byron que estava *ali*, diante dela, era o homem menos poético que Fiona já conhecera.

Por outro lado, ele poderia facilmente ser tema de poesia. Do topo de seus cabelos loiros muito claros até a ponta das botas perfeitamente engraxadas, o conde era impecável. Até a largura dos ombros e o azul-claro dos olhos.

Ele havia terminado o bolinho, então pegou o jarro e serviu sidra quente na xícara vazia dela.

– Sidra com conhaque – comentou Fiona, feliz. – A bebida perfeita para uma tarde como esta.

– Não é mais de tarde, já deve passar das seis da noite – falou Byron, servindo-se de uma xícara da sidra. – De qualquer modo, eu poderia escrever poesia se desejasse. – A teimosia dele ecoou em cada palavra.

Fiona o encarou.

– O senhor é competitivo assim em todos os aspectos da vida?

– Não é ser competitivo reconhecer que a poesia apresenta muito poucos desafios. Uma rima aqui ou ali dificilmente é um grande problema. – Ele bebeu a sidra.

Fiona pensava exatamente o oposto, mas manteve um silêncio prudente. Acabara de lhe ocorrer que talvez ele tivesse tido uma infância triste. Mas pensar que um conde – um homem imerso em luxos e privilégios – pudesse ter sido negligenciado era absurdo. Ela com certeza estava confundindo arrogância com outra coisa.

– Sua preceptora lhe ensinou a arte de escrever poemas? – perguntou ele, esticando a mão diante dela para pegar a travessa de bolinhos. – Ou a senhorita frequentou alguma escola? – Os lábios dele brilhavam por causa da manteiga.

Se tivesse coragem – e se sua vida fosse completamente diferente –, ela o beijaria ali mesmo, bem na curva do lábio inferior.

A neve açoitava a janela e a biblioteca era como um ninho muito quente e aconchegante.

– Fomos criadas basicamente por uma babá e por uma preceptora – disse ela. – Somos filhas de mães diferentes, mas infelizmente nenhuma das duas sobreviveu além dos nossos primeiros anos de vida. Minha preceptora não era poética, até onde me lembro.

– A minha achava que os versinhos infantis eram um lamentável substituto para os versículos da Bíblia – comentou o conde.

– Isso parece... tedioso – disse Fiona com sinceridade.

Ele assentiu.

– Acho que teria sido melhor se eu tivesse um irmão. Imagino que Marilla tenha sido mimada. "É bonita demais para o seu próprio bem", como diria a minha babá.

– Era o que ela dizia do senhor?

– Não sou belo – disse Byron, e estendeu a mão para o último bolinho.

– Por favor, pode deixar ao menos *um* bolinho para mim? – pediu Fiona, com firmeza.

– Ah, não sei – retrucou ele. E para surpresa dela, havia um brilho divertido e malicioso nos olhos dele. – Estou certo de que Marilla diria que devo comer todos, para proteger a circunferência da sua cintura.

– Homem cruel – disse ela, mas sem raiva.

O olhar de Byron deixava claro que ele achava que a circunferência da cintura dela estava ótima. Na verdade, aquele provavelmente era o tipo de olhar carnal que o pai de Fiona achava que ela lançara para Dugald. O que ela não fizera. Nunca.

– Não vamos brigar por causa de bolinhos, certo? – falou Byron, com a sugestão de um sorriso no canto dos lábios.

Então, ele fez algo que Fiona jamais teria esperado: levou o bolinho aos lábios dela.

Fiona o encarou.

– Vamos, abra a boca e dê uma mordida – ordenou ele.

Byron observava os lábios dela com tanta intensidade que Fiona sentiu um calor no estômago. Não era possível que aquele homem se sentisse realmente atraído por ela.

Não que fizesse qualquer diferença. Naquele momento, o conde não sabia praticamente nada sobre o passado dela, mas com certeza saberia em breve. Mas então... os olhos dele encontraram os de Fiona quando ela deu uma mordida, e o calor dentro dela tornou-se um pouco mais intenso.

Era como se eles estivessem tendo duas conversas completamente distintas, mas ainda assim simultâneas. Era extremamente desconcertante.

– Marilla foi uma criança linda – falou Fiona, incapaz de pensar em alguma outra coisa para dizer. Byron deu uma mordida no bolinho, ainda encarando-a com intensidade. – A adoração que seus cachos inspiravam não fez muito bem a ela.

– Suponho que isso a tenha levado a acreditar que era a criança mais querida das Terras Altas, em oposição à mais voluntariosa.

– Lorde Oakley – perguntou Fiona com certa curiosidade –, acha que pode estar com febre?

– De forma alguma.

– Porque o senhor parece estar agindo fora do seu padrão. Acha que seus amigos o reconheceriam se pudessem vê-lo agora?

– É claro que sim.

Ela hesitou.

– O senhor sabe que Marilla e eu comparecemos à temporada social de Londres nos últimos dois anos?

A expressão dele demonstrou certa confusão.

– Vai comer esse bolinho, ou devo terminá-lo?

Fiona aceitou o que restava do bolinho e acabou com ele em duas mordidas. A manteiga escorreu pelo dorso da mão e, sem pensar, ela lambeu. Os olhos deles voltaram a se encontrar e o calor que Fiona sentia no estômago se espalhou para suas pernas.

– Eu o vi de relance em dois bailes na última temporada – disse ela, endireitando o corpo. – Apontaram o senhor para mim como um dos solteiros mais cobiçados de Londres... isso foi antes de o senhor pedir a mão de lady Opal em casamento, é claro.

– Mas não fomos apresentados. – Ele franziu a testa de um jeito irresistível. – Eu teria me lembrado da senhorita.

– É claro que não fomos apresentados – disse ela, quase rindo dele. – Marilla e eu estamos tão distantes do seu campo de visão quanto as borboletas estão para um... um...

– Falcão? – sugeriu ele.

– Elefante?

O lado direito dos lábios dele se ergueu em um sorriso hesitante e encantador.

– Seja como for – apressou-se em dizer Fiona, lembrando a si mesma que aquela tentativa de flerte não tinha futuro algum –, acredito mesmo que seus amigos achariam que o senhor perdeu a cabeça se pudessem vê-lo agora.

– Eu gostaria de saber como é crescer tendo uma irmã – disse Byron, ignorando o comentário dela. – Ela roubava os seus brinquedos? Acredito que esse seja o comportamento comum.

– Com certeza Rocheforte roubava as suas coisas quando vocês eram meninos, não?

– Meu pai não considerava Robin uma companhia adequada para o herdeiro dele – explicou o conde. – Por causa do sangue francês do meu primo, a senhorita compreende. Só nos conhecemos já adultos, por isso não compartilhei meu quarto de brinquedos com ninguém.

O palpite dela estivera certo, então: Oakley realmente tivera uma infância solitária.

– Marilla pegava as minhas coisas emprestadas ocasionalmente – admitiu Fiona, dando um gole na sidra e tendo em seguida um acesso de tosse.

Byron se inclinou na direção dela, levou uma das mãos as suas costas e deu uma palmadinha delicada no ombro dela.

– A senhorita está bem?

A não ser pelo fato de que conseguia sentir o toque dele através do veludo antigo, das duas camisas de baixo e de um espartilho, ela estava bem. Ótima.

– A sidra do seu tio é três vezes mais forte do que a que estou acostumada.

Byron se serviu de mais uma xícara e deu um grande gole.

– É conhaque com um toque de sidra, em vez do contrário – comentou ele com um prazer evidente. – Não é como se tivéssemos que fazer alguma coisa que exija coordenação motora pelos próximos dias.

Fiona deu outro gole. A bebida desceu queimando até o estômago, lembrando-a de que um bolinho e mais duas mordidas de outro não eram exatamente uma refeição.

– Vamos voltar ao assunto de sua infância – disse Byron, acomodando-se no canto dele no sofá.

– Não vamos, não – retrucou Fiona. – Temos que nos juntar aos outros no salão de visitas. Deve ser quase hora do jantar.

Ela percebeu um toque de ousadia e travessura na expressão do conde, como se ele tivesse jogado toda a sua personalidade – ao menos, o que Fiona vira dela em Londres – pela janela.

– Não depois de eu ter tanto trabalho para me esgueirar até aqui – disse ele. – Além do mais, estou gostando disso. Gostando muito.

Fiona sentiu o rubor subir por seu pescoço.

– Lorde Oakley – falou ela, em tom cauteloso –, o senhor bebeu alguma coisa antes dessa sidra?

– Não – respondeu ele, e apoiou a cabeça no sofá. – Não bebi. Mas talvez beba essa jarra toda... talvez nunca mais volte para o salão de visitas. – Oakley virou a cabeça e olhou bem dentro dos olhos de Fiona. – Não quero ser beijado de novo pela sua irmã. E digo isso mesmo tendo chegado a cogitar a hipótese de me casar com ela.

Fiona pigarreou.

– Compreendo.

Ele se inclinou na direção dela.

– Mas eu não me importaria se a senhorita me beijasse. E se me chamar de Oakley mais uma vez, *eu* vou beijá-la. Veja que estou avisando com antecedência.

– Não vou beijá-lo – exclamou Fiona, recuando. – Não beijo ninguém.

– E qual é a razão para essa abstinência?

– Não é da sua conta.

Byron recuou novamente para o canto, assentindo.

– A senhorita provavelmente só compartilha esse tipo de informação com os mais íntimos. Amigos.

Fiona olhou de relance para ele, sentindo-se tímida, mas não conseguiu se forçar a contar ao conde sobre Dugald. Ainda não.

– Marilla e eu não brigávamos por causa de brinquedos – disse, olhando para o fogo. – Eu não me incomodava de compartilhar meus pertences com ela. Mas quando crescemos, minha irmã passou a querer muito um porta-retratos que era meu.

Ele estendeu o braço longo pelas costas do sofá. Era impressionante que apesar de Oakley não estar tocando nela... ainda assim estava.

– Ela pegava esse porta-retratos?

Fiona assentiu.

– Mas eu sempre o recuperava.

– E aquele porta-retratos guardava uma foto de sua mãe já falecida – disse ele.

Fiona sentiu que ele pegava um cacho de seus cabelos.

– Como conseguiu adivinhar isso?

Fiona se virou para encará-lo, e a mecha deslizou dos dedos dele. Como estava sentindo um pouco de frio nos pés, ela puxou as pernas para cima do sofá e passou os braços ao redor dos joelhos.

– Poder de dedução – respondeu Byron, dando de ombros. – Desconfio que a senhorita sempre tenha dado a Marilla tudo o que ela quer, porque duvido que seja apegada a qualquer objeto material. Só conseguiria pensar em uma coisa de que não abriria mão. E Marilla iria querer justamente isso, mais do que qualquer outra coisa, por saber que era importante para a senhorita.

Fiona voltou a olhar de relance para ele, e se deu conta de que havia outra coisa que jamais cederia para Marilla... mas *ele* não era dela para que o reivindicasse. Foi um pensamento horrível. Já havia sido bastante difícil se recuperar das complicações causadas pela morte de Dugald. Ela não precisava, ainda por cima, se apaixonar por um lorde absurdamente belo e complicado.

– Era uma moldura muito, *muito* bonita – disse Fiona, percebendo só depois de falar que havia adotado a frase favorita de Marilla. – De prata, adornada com pérolas, e é claro que minha irmã era muito nova quando a viu pela primeira vez.

Byron se levantou, foi até o fogo e colocou cuidadosamente mais dois pedaços de lenha na lareira. Enquanto o observava, Fiona se pegou pensando que ele provavelmente fazia tudo com cuidado. O conde voltou para o sofá, mas por algum motivo não ocupou a ponta, e sim o meio.

Na verdade, o quadril dele tocava o sapato dela. Mais uma vez, ele passou o braço longo pelas costas do sofá e pegou um cacho dos cabelos dela. Sem saber como reagir, Fiona fingiu não reparar.

– O que aconteceu com a moldura? – perguntou ele.

– Marilla começou a roubar o porta-retratos e a escondê-lo, e então eu vasculhava o quarto dela. Meu pai acabou sabendo das nossas brigas e mandou fazer uma réplica perfeita do objeto, só que com um retrato da mãe de Marilla nele, em vez da minha. Saiba o senhor que ela era muito linda.

– Sua mãe também devia ser uma mulher de extraordinário encanto. Qual era o segredo do seu pai?

Os olhos do conde exibiam algo que Fiona reconheceu, embora não costumasse ver aquela expressão dirigida a ela. Mas vira com tanta frequência aquele brilho nos olhos dos homens que fitavam a irmã que não se enganaria a respeito de seu significado. O conde devia estar bêbado para sentir desejo por ela. Completamente bêbado.

– Na verdade, minha mãe era uma mulher comum – disse ela, ainda abraçando os joelhos.

– Duvido. – Ele fez uma pausa, então perguntou de súbito: – Como ela morreu?

– Pegou uma pneumonia em um inverno particularmente frio. Eu era muito pequena, por isso não tenho muitas lembranças dela, mas era uma mulher maternal, se entende o que quero dizer.

– Com cabelos ruivos escuros como os seus?

Fiona assentiu.

– Seus cabelos têm todas as cores do fogo, parecem uma pilha de lenha que pode explodir em chamas a qualquer momento. E os cachos enrolados em meu dedo parecem metal derretido. – Sem se deter, ele indagou: – O que aconteceu quando o retrato chegou?

– Nada – respondeu Fiona com certa tristeza.

A irmã havia deixado o retrato, pintado por sir Thomas Lawrence a partir de uma imagem antiga, completamente de lado, como se tivesse custado apenas alguns centavos. Ela ainda conseguia ver a expressão magoada do pai. "Pérolas são tão antiquadas, papai", havia dito Marilla, aborrecida. "O senhor não sabe *nada*? Juro que não pertenço a esse buraco lamacento. Pertenço a Londres."

O conde deu um puxãozinho na mecha que segurava, mais ou menos como ela fizera com Marilla naquela manhã.

– Lorde Oak...

E então ele puxou com mais força.

– Byron – disse Fiona com relutância. – Essa conversa não é nada adequada. De forma alguma. Não desejo chamá-lo pelo primeiro nome.

– E por que não?

– Porque esse momento é como um estranho conto de fadas, e amanhã, ou provavelmente depois de amanhã, a neve vai parar de cair, o caminho estará acessível e o senhor retornará à sua vida. E eu, à minha.

– Irá a Londres para a temporada social em março próximo?

– Não – apressou-se em dizer Fiona, pois na mesma hora se deu conta de que preferiria morrer a ficar sentada em um salão de baile vendo o conde de Oakley valsar com outra mulher, enquanto todos tentavam decifrar sua expressão altiva. – Não gostei muito do senhor quando o vi lá.

Ele assentiu, parecendo entender.

– A senhorita também não gostaria de mim agora. Mas não podemos fingir que sou alguém diferente? Alguém agradável? Afinal, estamos presos aqui. – Ele fez um gesto indicando a janela, completamente coberta de neve e gelo.

– Não sou muito imaginativa – disse Fiona em tom severo. – Só o que consigo ver é um conde conhecido por ser um homem bastante meticuloso, mas que ao que parece perdeu a cabeça. Seria diferente se eu fosse Marilla. Mas o senhor não ficou loucamente abalado pela minha beleza não existente. Desse modo, a única forma de explicar seu flerte é crer que está fazendo isso apenas para evitar minha irmã. O que não é muito lisonjeiro para mim.

– Por que eu não poderia estar fascinado pelo seu rosto? O que, por sinal, estou. – Byron estendeu a mão para servir mais sidra na xícara de ambos.

Fiona estava totalmente confusa.

– Quão forte é essa sidra?

– A senhorita é linda, tem uma beleza suave. É como uma flor que só conseguimos ver depois que nos afastamos da carruagem e seguimos campo adentro: então, escondidas atrás de uma pedra, lá estão suas pétalas azuis como uma gota de oceano em plena terra firme.

– Santo Deus – deixou escapar Fiona, perplexa com aquele surto de lirismo. – Talvez o senhor tenha, sim, algo em comum com lorde Byron.

– Não mesmo – disse Byron, os lábios se curvando em um sorriso. – O homem leva uma vida dissoluta e merece cada gota da reputação que conquistou.

– Reputação é algo tremendamente importante para o senhor, sem a menor dúvida.

– A excelência de caráter é a maior benção que uma pessoa pode ter – retrucou ele. Pareceu estar repetindo uma frase que ouvira muitas vezes.

– É muito mais complicado do que isso. Os modos na vida pública de alguém podem destoar muito de suas características intrínsecas – respondeu ela, com o coração apertado.

Ela não podia estar se apaixonando por um homem que mal conhecia. Claramente, estava sentindo *demais*. Mais do que se permitira sentir em anos, desde os dias horríveis, lancinantes, em que percebera que o pai não acreditava nela em relação ao que acontecera com Dugald, e jamais acreditaria.

Byron esticou os pés na direção do fogo. Um pedaço de lenha se partiu ao meio, provocando uma chuva de fagulhas, como se minúsculas partículas de ouro subissem pela chaminé.

– Para o meu pai, nada importava mais do que a reputação de uma pessoa – comentou ele, os olhos fixos na xícara.

– Ele teria aprovado o término do seu noivado, então?

– Sem questionar. Embora eu deva dizer que, na verdade, foi *ela* que rompeu o noivado depois do... depois do incidente.

– O senhor a amava?

As palavras imediatamente lançaram uma onda de desejo em Fiona. Por que a noiva de Oakley beijaria um professor de dança quando poderia ter beijado aquele homem lindo e complexo? Era inconcebível.

– Não – respondeu ele, a fala lenta. – E obviamente ela também não me amava. Mas não lhe pedi amor. – A expressão do conde deixou claro que aquela era uma distinção importante. – Nunca pedi por isso.

– Pois deveria! – exclamou Fiona, antes que pudesse se conter.

Ele ficou de pé e agachou diante do fogo, usando o atiçador para empurrar um pedaço de madeira já meio queimado mais para dentro da labareda. O homem se movia com uma graça poderosa, que desmentia o corpo grande.

– Começo a compartilhar da sua opinião.

Fiona ergueu uma sobrancelha, mas ele não estava olhando para ela.

– Nem amor, nem afeto, são pré-requisitos para o casamento entre a nobreza – continuou Byron. – Mas fidelidade é. Por isso é tão importante a reputação de uma mulher: para garantir que ela não vá dormir com outro homem e deixar que esse idiota herde os bens do marido.

– Acho que bondade é importante – disse Fiona, pensando em Dugald e na total ausência dessa característica nele.

– É claro. Lucidez também é um bom atributo em uma esposa. – As palavras dele foram carregadas de humor novamente, embora tivessem, sim, um toque sombrio.

– O senhor omitiu atração física – lembrou Fiona. – Pelo que vi durante a temporada social, os cavalheiros consideram a beleza extremamente importante.

Ele estava colocando mais um pedaço de lenha no fogo, mas virou um pouco o corpo para olhar para ela.

– Por que se limita ao meu sexo? As damas também não se sentem da mesma forma a respeito da aparência de seu futuro marido?

Fiona pensou a respeito. Dugald não fora um homem bonito, nem um pouco. É claro que ela teria preferido um homem de boa aparência, mas quando o pai lhe apresentara o casamento como um fato consumado, não ocorrera a Fiona dizer não por causa da aparência do noivo.

– Geralmente não temos liberdade de escolha em relação a isso.

Ele voltou a olhar para o fogo.

– O professor de dança estava ficando careca. Isso é o que eu mais lembro: a parte de trás da cabeça dele brilhava.

Sem se dar conta do que fazia, Fiona se levantou e andou até se posicionar ao lado dele. No entanto, viu-se perdida quando de fato o alcançou. Obviamente ele se importava com a ex-noiva infiel, por mais que alegasse o contrário. Ela pousou a mão, hesitante, no ombro de Oakley. A manga de veludo do vestido estava um pouco longa demais, e as dobras caíram no braço do paletó do conde.

– Sinto muito – disse Fiona.

Byron se levantou.

– Eu não gostava tanto dela assim.

Talvez ele estivesse dizendo a verdade, mas ela soube instintivamente que o conde jamais admitiria se lady Opal tivesse partido seu coração.

Byron era um homem muito teimoso. Aquele queixo quadrado guardava uma força obstinada e máscula na qual uma mulher poderia se apoiar – e contra a qual lutaria – por toda a vida.

Fiona se viu sorrindo para ele como se o conde fosse um amigo de verdade, como se compartilhassem uma afeição sincera. De algum modo, indo contra tudo o que era razoável, Fiona tinha a sensação de que acabara de se tornar amiga de um nabo irascível e cheio de pompa que, por acaso, também era um lorde inglês.

Pela expressão nos olhos do conde, ele chegara à mesma conclusão, no mesmo momento.

Então os olhos dele pousaram nos lábios dela. Fiona umedeceu-os em um movimento automático, dado seu nervosismo.

– É claro – disse, a voz saindo de um modo ofegante que a fez lembrar-se desagradavelmente de Marilla –, é claro que o senhor não a amava! – Sem saber como, ela conseguiu dar à frase um tom atrevido e totalmente inapropriado.

Ele ergueu a sobrancelha. Estava zombando dela, mas... mas também havia uma promessa sensual na expressão.

– Não – sussurrou Fiona.

Ele não respondeu, ao menos não diretamente. Em vez disso, estendeu a mão, tirou um dos grampos dos cabelos de Fiona e, antes que ela pudesse detê-lo, mais um. Sem nada para contê-los, os fios pesados se derramaram pelos ombros dela.

Byron deixou escapar um som estrangulado que pareceu um gemido.

– O que está fazendo? – perguntou Fiona, recuando. Os óculos escorregaram pelo nariz e ela os empurrou de volta. – Já avisei ao senhor que não sou uma pessoa adequada com quem flertar, lorde Oakley.

– E eu já avisei sobre o uso do meu título – retorquiu ele, a voz rouca.

E no momento em que Fiona se lembrou da ameaça de um beijo, os braços dele a envolveram e a boca encontrou a dela.

Não foi o primeiro beijo de Fiona. Nos dias inebriantes antes de o pai acertar o noivado dela com Dugald, ela beijara dois rapazes. Por anos desde então, Fiona se lembrara de um daqueles beijos em particular. Ela conseguia lembrar até o aroma marcante das agulhas de pinheiro que estalavam sob seus pés, enquanto ela e Carrick Farquharson estavam de pé sob a sombra do muro do jardim. Fora um único beijo. Carrick partira para lutar pelo Exército de Sua Majestade e nunca retornara... seu corpo jazia em um túmulo em algum lugar na França.

A boca de Byron roçou a dela, e Fiona sentiu o mesmo aroma silvestre, o fantasma de uma promessa. Era estranho. Ela não sabia o que fazer com os braços, ou com os óculos.

A única coisa que sentia era uma profunda sensação de que aquilo era certo... junto com uma sensação igualmente poderosa de que era errado.

– Não devemos fazer isso – sussurrou.

Ele afastou-se apenas o necessário para tirar os óculos do caminho. Sempre com os olhos fixos nos dela, Byron os colocou cuidadosamente sobre o console da lareira.

O que significava que Fiona conseguia ver o rosto dele ainda mais de perto. Ela franziu a testa enquanto tentava encontrar algum sentido para aquilo que estava acontecendo.

– Por que está me beijando? – perguntou, mantendo as costas eretas a fim de não se deixar relaxar junto ao corpo dele. Então continuou, com mais determinação: – É porque sabe da minha reputação?

– Você também beijou um professor de dança?

A voz dele carregava uma sensualidade que a fez recuar um passo, e desse modo ela já não conseguia mais ver direito o rosto dele.

– Não – respondeu ela.

– Então, o que levou a isso? Não que eu fosse acreditar em boatos assim, porque qualquer tolo poderia ver que não é você a moça da família que fica distribuindo beijos como se fossem bombons.

– O nome do meu noivo era Dugald – começou ela.

Então, respirou fundo, pronta para continuar, mas ele a interrompeu:

– Que nome horrível.

As palavras subiram por seu peito, mas Fiona não conseguiu abrir a boca para contar a história da hera, da janela e de uma reputação tão manchada que era famosa por todas as Terras Altas. A verdade era que ela ansiava por mais um beijo, só um, antes que ele soubesse a verdade e lhe desse as costas com desprezo.

Quando ela não continuou, Byron segurou o rosto dela cuidadosamente com seus dedos longos, mostrando o mesmo cuidado com que fazia tudo mais. No entanto, quando colou a boca à dela, não houve nada de sensato no beijo. Fiona abriu a boca sem se dar conta, passou os braços ao redor do pescoço dele e ficou na ponta dos pés.

Foi um beijo perigoso – profundo, ousado e *feliz*. Ela sentiu na boca de Byron o gosto daquela alegria súbita e vívida, com tanta clareza quanto se ele houvesse mencionado a sensação em voz alta.

A consciência do prazer que provocava nele fez o estômago dela se agitar, dominado por um estranho calor que fez todo o seu corpo estremecer ao tocar o dele. E de repente Byron a estava beijando com tanta intensidade que ela inclinou a cabeça para trás.

Estava escuro por trás das pálpebras fechadas. Fiona se concentrou no sabor de Byron, no cheiro dele e no modo como um beijo foi emendando em outro, enchendo-a de desejo, tornando difícil o simples ato de respirar como se ela estivesse correndo, mas não para longe dele... e sim ao encontro dele, para mais perto dele.

Os braços de Fiona o envolveram com mais força, enquanto as mãos de Byron deslizavam por suas costas, puxando-a mais para junto de seu corpo. Como se fosse importante para ele que ela sentisse toda a sua firmeza, toda a força.

As línguas deles se enroscavam e Fiona enfiou os dedos pelos cabelos curtos do conde. Parte dela estava em choque, ainda sem acreditar que estava sendo beijada por um conde inglês de cabelos muito loiros e muito musculoso. Que estava fazendo com que ela se derretesse aos poucos, deixando-a impaciente, fazendo-a querer mais.

Na mesma hora o pensamento foi seguido por uma onda de pânico. Ela – *Fiona* – não se permitia ansiar por nada. Nunca se permitira. Caso contrário, teria enlouquecido. Mantivera-se sã nunca desejando o que não poderia ter, e reconhecendo que a vida tinha limites bem definidos.

Ansiar por qualquer coisa significaria reconhecer que desejava que a mãe não tivesse morrido, que o pai tivesse se importado mais com ela, que nunca tivesse conhecido Dugald, que tivessem acreditado nela... Significaria a tristeza e o desespero de saber que queria filhos, que queria um marido, que...

O pânico que a dominou era gelado e esmagador como uma onda estourando em sua cabeça. Fiona recuou.

– Não posso fazer isso – disse, a voz saindo aguda quando olhou para Byron e compreendeu que *anseio* não era uma palavra forte o bastante para descrever o que sentia. Fiona parecia ter sucumbido a uma espécie de loucura, embora mal o conhecesse.

Em um impulso de autopreservação, ela estendeu as mãos, encostou-as no peito dele e empurrou-o. Sentiu os músculos firmes sob os dedos, o que serviu apenas para aumentar seu pânico. Byron não recuou nem um passo.

– Não sou assim – declarou Fiona, a respiração entrecortada. – Não faço isso. Sei que tenho uma reputação péssima, mas não... não sou uma meretriz.

– Eu jamais pensaria isso! – apressou-se em dizer Byron, e uma parte vaga do cérebro de Fiona registrou que o peito dele subia e descia tão rápido quanto o dela, o que a fez se sentir triunfante e feliz.

Ele não era indiferente a ela, a sem graça Fiona Chisholm.

Mesmo assim, ela recuou mais um passo. *Não* se permitiria querê-lo. Ele não era dela. Nunca poderia ser.

– Não – repetiu Fiona.

Mas havia um toque de incerteza em sua voz, e os olhos dele arderam, quentes e vorazes.

Não importava que Byron não pudesse ser dela, ele claramente achava que ela poderia ser...

– Não – repetiu Fiona, e quase disse em voz alta o que estava pensando.

Mas era tolice demais sequer pensar que o conde de Oakley consideraria uma mera moça escocesa como sua condessa. O sentimento de posse que transparecia no olhar de Byron provavelmente significava que ele estava considerando fazer dela sua amante.

– Não sou uma meretriz – repetiu ela, mais firme agora. – *Não* sou. Mesmo sendo escocesa e... não sendo bela.

– Você *é* bela.

Sem entender o significado daquilo, Fiona parou por um instante, porque sempre confiara em si mesma e no próprio julgamento. A vida toda.

Tinha apenas seis anos quando se dera conta de que o pai era um homem fraco. Dez anos quando percebera que Marilla estava sempre com raiva – raiva demais para ser uma irmã amorosa. Dezesseis quando descobrira que Dugald era um homem agressivo e intimidador. E o que via no rosto do homem diante dela, no rosto daquele quase estranho, era confiança, desejo e anseio. Por *ela*.

– Não – sussurrou Fiona. – Você não deve.

Ele voltou a estender a mão para ela.

– Tarde demais. – Sua voz era determinada e confiante.

Fiona lutou para se soltar antes que os lábios dele tocassem novamente os dela, antes que outro beijo a fizesse cair naquele mar de desespero louco e ardente.

– Isso é loucura – disse ela, levando as mãos à cintura. – O senhor deveria ter mais autocontrole em vez de ficar usando seu poder de sedução com uma... com uma donzela como eu. – Porque ela era uma donzela, mesmo se ninguém acreditasse nisso. – Não estou disponível para saciar seu desejo.

– *Saciar*? – O riso cintilava nos olhos dele, junto com aquele brilho profundamente inquietante que deixava claro o desejo.

– Chame como quiser. Não sou uma meretriz, a quem qualquer um pode usar só porque a porta está trancada. Você não é o primeiro a tentar tirar vantagem de mim, sabe? E não vai ter sucesso!

Aquilo era completamente diferente de Dugald tentando escalar a janela do quarto dela, mas foi gostosa a sensação de gritar com Byron.

Também valeu a pena ver a expressão de espanto no rosto dele.

– Eu jamais me aproveitaria de você – disse ele, incomodado.

– Então por que a porta está trancada? – perguntou Fiona, em tom de desafio.

– Para manter sua maldita irmã longe – retrucou ele, irritado. – Não tem nada a ver com nós dois estarmos aqui sozinhos.

Byron foi até a porta e destrancou-a.

Mas quando se virou de volta para Fiona, já não parecia mais irritado. Parecia um menino animado.

– Graças a essa tranca, acabei de perceber que eu *arruinei* a sua reputação – disse Byron, parecendo muito satisfeito consigo mesmo. – Ficamos trancados juntos em um cômodo. Teremos que nos casar. É o que um cavalheiro faria. – Ele foi na direção dela, uma expressão determinada nos olhos.

– Ah! – Foi a expressão frustrada de Fiona, que recuou. – Por que mudou desse jeito? Não consigo entender você!

– Essa tarde eu decidi que desejava fazer uma mulher se apaixonar por mim.

Fiona o encarou irritada.

– Então eu sou material de um experimento? Está planejando abordar jovens damas com frequência a partir de agora?

Ele balançou a cabeça.

– Não.

– Então que diabo está fazendo? – perguntou ela, exasperada. – Não acredito nem por um segundo que planeje arruinar minha reputação e então se casar comigo só por isso, porque a minha reputação já está arruinada. E não é nada gentil da sua parte fazer piadinhas desse tipo com uma mulher como eu, que não tem perspectivas de se casar.

– Acho que fiquei um pouco louco. – Byron se adiantou e levantou-a nos braços. – Sempre que toco em você – sussurrou ele contra os lábios dela –, sinto como se fosse a mulher por quem procurei a vida toda, embora eu tenha negado, até para mim mesmo, que estava procurando.

Mesmo contra a própria vontade, Fiona relaxou, e Byron tomou isso como um convite, envolvendo-a em um beijo que a fez se sentir delicada e feminina, toda as coisas que ela *não era.*

Mais do que tudo, foi um beijo possessivo, do tipo que um homem dá em uma mulher que está determinado a ter para si, possuir, abraçar... Loucura ou não, todos os instintos de Fiona lhe diziam que Byron estava falando a verdade: ele queria se casar com ela. E queria levá-la para a cama. O desejo varreu seu corpo como uma droga, fazendo com que ela cambaleasse contra ele. Byron deixou escapar um gemido profundo e puxou-a para ainda mais perto.

– Não podemos – disse Fiona, as palavras saindo em um soluço. – Eu não contei sobre...

– Você será uma condessa maravilhosa.

Ele acariciava lentamente as costas dela, e Fiona sentia como se só agora tivesse despertado toda a pele do seu corpo.

– Não, não, eu não serei – disse Fiona com dificuldade, sem conseguir acreditar que estavam tendo aquela discussão. – Não nos conhecemos.

– Eu também não conhecia Opal, como obviamente ficou claro – disse ele, os olhos ardentes de desejo. As mãos dele...

– Você não deveria me tocar assim e...

Ele apertou o traseiro de Fiona e logo suas mãos envolveram os quadris dela.

– Suas curvas são maravilhosas – disse, a voz sempre rouca. – E prometo passar pelo menos quarenta anos conhecendo você.

– Sei por que está dizendo isso – disse ela, tentando ignorar as carícias, mas sem conseguir se afastar.

– Porque você é deliciosa?

– Porque você já se deu conta de que lady Opal apenas fingiu envolvimento com o professor de dança. Você conseguiu tolerar a traição porque achou que ela estava apaixonada por outro homem, mas agora está se sentindo ferido.

– Você tem sabor de maçã – comentou Byron, ignorando o comentário dela e voltando a tomar sua boca.

Fiona permitiu que o absoluto prazer daqueles lábios a arrebatasse. Aquele beijo era uma glória, o modo como as línguas brincavam, o modo como Byron a abraçava, como se ela fosse tímida, preciosa e bela, quando ela não era nada disso.

Dessa vez, foi ele quem recuou.

– Sei o bastante sobre você, Fiona.

– Você não sabe nada – retrucou ela, abalada.

– Você é muito inteligente e adora ler. – Byron deu um beijinho na sobrancelha esquerda dela. – É extremamente bondosa, mesmo com sua irmã, que desafia a generosidade de qualquer um. Você ama profundamente e é muito leal. Não tem paciência para tolices, mas é educada.

Ele beijou a sobrancelha direita de Fiona e apertou os quadris dela com mais força.

– Fora isso, tem curvas lindas – disse Byron, a voz ligeiramente mais perigosa. – Os tons avermelhados de seus cabelos fazem com que pareça a joia mais preciosa do mundo. Quero cobri-la de rubis. Quero vê-la deitada na minha cama usando apenas um colar de rubis.

Fiona tinha a sensação de estar em um sonho. Os olhos de Byron ardiam. Ele estava falando sério. E não tinha ideia, a menor ideia, do que acontecera com ela.

Fiona endireitou os ombros, reunindo coragem para quebrar o encanto que possuíra os dois, quando a porta da biblioteca foi aberta subitamente.

Eles se viraram rapidamente e viram o Sr. Garvie parado na porta.

– O jantar será servido em uma hora – disse o homem, em seu tom ríspido de sempre. – Portanto, se vocês dois pretendem se arrumar, é melhor começarem logo.

– Se me der licença – disse Fiona e, como a covarde que era, fugiu.

Podia sentir as lágrimas escorrendo enquanto subia as escadas. Aquilo era tão... tão injusto. Byron sem dúvida estava sofrendo de alguma loucura temporária. Mas ele a olhara de um jeito... e dissera aquelas coisas... palavras que Fiona nunca imaginara ouvir de ninguém.

Era cruel que não pudesse se casar com ele. Fiona se pegou pensando em Dugald com ódio, antes de se recompor.

Seu peito parecia oco, como se houvesse uma razão física para a dor que sentia. O que era um absurdo; sequer conhecia Byron. *Ele* decidira que a conhecia, mas tudo o que *Fiona* sabia a respeito dele é que era um homem incrivelmente belo, um conde inglês que fora dispensado pela noiva e que por alguma inexplicável razão decidira escolhê-la como substituta, embora ela lhe tivesse dito, pelo menos três vezes, que tinha uma reputação arruinada.

– Eu gostaria de um banho, por favor – disse Fiona a um dos homens de Taran, que encontrou desgarrado no corredor.

Ele começou a protestar, mas ela o encarou com uma expressão severa e o homem recuou.

– Vai perder o jantar – disse ele, antes de se afastar.

Se tivesse sorte, talvez.

CAPÍTULO 14

Taran não serviria o jantar no grande salão – uma tempestade daquelas proporções se infiltrava através das janelas e dominava os cômodos maiores. O vento uivava ao circular a casa, entrando por baixo das portas, deixando todo o castelo frio.

Em vez disso, o jantar foi servido na antecâmara onde faziam todas as refeições. Era pequena e agradável, e um rapaz fora designado para manter o fogo ardendo ali o dia todo. As janelas, protegidas por barras de ferro, estavam tão incrustadas de neve e gelo que o vento não conseguia sequer fazê-las vibrar.

Byron vestiu um paletó próprio para a noite e voltou a descer as escadas em um passo mais rápido do que de costume. Ele caminhou até uma das janelas e encarou a camada de neve que bloqueava totalmente a visão da tempestade lá fora. Já fazia aquela viagem anual para Finovair no inverno há uma década ou mais, mas não se lembrava de ter visto uma pilha de neve tão alta no pátio quanto a que lá estava.

Em suas reflexões, concluía que Fiona era mesmo muito diferente de Opal. Ela não desviava o olhar, encarava-o quando ria. Nunca parecia ficar sem palavras. Simplesmente dizia o que estava pensando. Para Byron, aquilo parecia tremendamente *certo*, mesmo quando se lembrava de como os olhos dela cintilavam, maliciosos.

Fiona não mentiria para ele. Zombaria dele, debateria com ele e provavelmente o deixaria morrendo de raiva, mas nunca mentiria para ele.

E ela contara sobre Marilla ter roubado o porta-retratos que lhe era tão caro. Talvez se Opal e ele tivessem conversado, realmente conversado, ela tivesse dito que não estava interessada naquele casamento, abrindo mão da necessidade de orquestrar aquela cena com o professor de dança calvo.

Se, em vez de Opal, tivesse sido Fiona a recusar a ideia de casamento, Byron sabia que ela teria dito isso sem rodeios. Supondo que estivessem noivos... Só de pensar nisso, Byron sentiu um estranho calor no peito. Gostaria de colocar um anel no dedo dela. Um anel que diria aos outros homens que tudo em Fiona – do narizinho bonitinho aos quadris curvilíneos e à expressão de perplexidade naqueles olhos lindos –, *tudo*, era *dele*.

E apenas hipoteticamente, se estivessem noivos e ela decidisse que não o queria, Fiona jamais faria uma cena dramática para comunicar isso. Nesse caso, provavelmente ela o encararia muito séria e diria quanto ele era estúpido, ciumento...

Ciumento?

Byron nunca fora propenso ao ciúme. Casamento não tinha nada a ver com isso. Tinha a ver com respeito e promessas. Mas então ele pensou por um momento e percebeu que era como se um caldeirão fervente se derramasse dentro do peito à mera ideia de um professor de dança se aproximando de Fiona.

Seus pensamentos estavam tomando um rumo bem louco...

Byron apoiou a testa no vidro da janela, só para se certificar de que não estava sonhando. O toque gélido transmitiu a ele uma profunda calma, temperada com certa euforia. Faria aquilo: se casaria com Fiona Chisholm, e teria uma condessa linda, honesta e de óculos. Ela provavelmente seria uma boa mãe, mas sinceramente ele não estava nem um pouco preocupado com isso.

Se Fiona não fosse uma boa mãe, contratariam uma babá. Ora, é claro que eles teriam uma babá. Byron queria Fiona para *si*. Então poderia...

Ele não estaria só. Teria uma amiga, uma amante, uma esposa, tudo em uma pessoa só. A euforia cresceu. Como pudera ter tanta sorte?

A sorte nunca estivera ao seu lado.

A porta foi aberta e Byron se virou com o coração disparado. Não era Fiona. Era Marilla, os seios mal contidos pelo decote de renda, os olhos se iluminando ao vê-lo.

– Você desapareceu essa tarde! – repreendeu ela, a severidade abrandada por uma risadinha indulgente.

– Passei a tarde na biblioteca – disse ele, encarando-a com atenção.

Ela se aproximou, rebolando, mas se deteve por um segundo. Então seu sorriso ficou mais largo.

– Mas Fiona não estava escondida lá? Ela reluta *tanto* em ter companhia... Prometi que mandaria alguém levar chá para ela, para que não precisasse se envergonhar de sua falta de traquejo social.

Byron puxou uma cadeira para Marilla e disse:

– Não reparei em timidez alguma.

A felicidade martelava em seu peito pelo simples fato de estar falando de Fiona.

Aquilo era ridículo. Absurdo. Era o tipo de paixão que só os meninos sentiam. Ele achou que queria que uma mulher se apaixonasse por ele, mas, em vez disso, fora ele que se apaixonara. E se pegou sorrindo para Marilla, como um menino eufórico.

– Fiona não tem amigos – comentou Marilla, gesticulando para que ele se sentasse ao lado dela. – Já que os lugares à mesa estão distribuídos aleatoriamente, Byron, espero que permaneça ao meu lado. – O sorriso dela era amplo, mas todos os sorrisos de Marilla eram assim.

Byron se sentou, pensando no que ela acabara de dizer. Aquilo não fazia sentido. Fiona era engraçada, irônica e encantadora. É claro que tinha amigos. Mas... talvez ela realmente não tivesse... talvez fosse tão solitária quanto ele.

– Onde está sua irmã? – perguntou Byron, mantendo o tom casual.

– Fiona não tem respeito com os criados. Pediu que lhe preparassem um banho não faz muito tempo, mesmo que não seja fácil para esses homens idosos subirem as escadas com os baldes de água quente. – Marilla deslizou a mão sobre a dele e franziu a testa com o que pareceu ser uma súbita franqueza. – Minha irmã não tem ideia de como conduzir uma casa grande. Meu pai se certificou de que eu fosse treinada na arte de ser uma castelã. Uma das regras mais importantes é que a senhora da casa respeite os que estão a seu serviço. Ainda assim, Fiona pede para fazer as refeições separadamente, como fez no almoço de hoje, e banhos! – Ela revirou os olhos. – Ela se banha todos os dias e nunca se importa com o trabalho que dá para os outros.

Byron lembrou com alguma satisfação dos canos modernos que mandara instalar em sua casa dois anos antes. Então, pensou em Fiona na banheira dele, o vapor se erguendo ao redor dela, a pele macia avermelhada pelo calor... E rapidamente levou o guardanapo ao colo.

De repente, Bret e a noiva entraram no cômodo, rindo. Ele estava com a mão pousada nas costas de Catriona e olhava para ela com um desejo tão óbvio que... bem, o casal tinha modos tão íntimos e impróprios quanto na véspera, mas naquele momento Byron via aquilo com novos olhos, reparando não na expressão de Catriona, mas na do duque.

Queria pousar a mão nas costas de Fiona. Nunca pensara a respeito desse gesto, mas agora percebia como um toque tão breve poderia ser possessivo. Queria puxar uma cadeira para Fiona e se sentar ao lado dela, um pouco perto demais, segurar a mão dela por baixo da mesa, como Bret e Catriona estavam fazendo naquele exato momento. Queria acompanhá-la ao jantar, depois de beijá-la até que seus lábios ficassem da cor de cerejas, como Bret fizera.

Diabo, queria se juntar a ela no banho e...

Tudo isso depois de torná-la sua noiva, é claro.

A voz de Marilla interrompeu mais uma vez os pensamentos de Byron. Ela havia segurado o braço dele e agora estava se inclinando para a frente, dizendo alguma coisa para Catriona.

– Ah, pensamos da mesma forma – arrulhou. – Byron e eu estávamos falando exatamente sobre os árduos deveres de cuidar de uma casa muito grande. Esse breve e estranho interlúdio em Finovair foi tão bom para que nos aproximássemos mais! Fico encantada em saber que estava presente quando o duque e a duquesa de Bretton se apaixonaram. Mal posso esperar para contar às minhas amigas.

Byron desvencilhou o braço, enquanto Bret lhe lançava um olhar que dizia, claro como o dia, que Marilla não chegaria a cinco quilômetros do ducado de Bretton. Byron sorriu de volta, então viu que a expressão nos olhos de Bret tornou-se ainda mais confusa.

O velho amigo ainda não havia entendido. Ora, ele mesmo mal compreendera. Tudo o que sabia era que seu corpo estava tenso, esperando que Fiona saísse logo daquele banho e se sentasse à mesa de jantar.

Taran entrou em um rompante pela porta, seguido por um séquito de homens carregando travessas.

– Lady Cecily vai jantar no quarto – avisou ele, bruscamente.

Robin não estava à vista: provavelmente também escondido em seus aposentos. E ainda nada de Fiona.

O dono do castelo se sentou e encarou Marilla com uma severidade inesperada.

– Mantenha suas mãos para si, moça. Seu pai não aprovaria.

Byron percebeu que Marilla estava segurando o braço dele mais uma vez. Ela deu um sorrisinho arrogante para Taran e não mexeu um dedo. Na verdade, chegou ainda mais perto de Byron e pediu, em uma voz sussurrada:

– Byron, conte mais sobre o seu castelo.

– Não tenho um castelo – respondeu ele calmamente.

– Que pena – comentou Marilla. – Mas suponho que poderia comprar um, se desejasse.

– Não – retrucou Byron, trocando um olhar com Bret. O duque tentava não rir, mas não estava tendo muito sucesso. – Não poderia. Há poucos castelos na Inglaterra, e ficam em locais muito afastados.

Ele nem precisou olhar para Marilla para saber que ela estava fazendo biquinho.

– Que pena! Esta é a primeira vez que fico em um castelo, e estou achando muito, muito encantador. É tão grande... tão maior do que a maioria das casas.

Naturalmente, tudo se resumia a grandiosidade, pensou Byron sem a menor piedade.

– Minha irmã é muito reservada – informou Marilla ao grupo quando eles chegaram ao segundo prato e o lugar à esquerda de Byron permanecia vazio. Não havia sinal de Fiona. – Provavelmente perdeu a coragem de descer e decidiu jantar lá em cima. Mas é claro que devemos continuar sem ela. Na nossa casa, meu pai e eu com frequência até esquecemos que ela está lá.

Byron se perguntava como teria sido a vida de Fiona com um pai e uma irmã daqueles quando ela entrou na sala e deu a volta na mesa, indo em direção ao lugar vago.

Parecia um pouco pálida, mas cumprimentou a todos com cordialidade. Só que Byron não gostou da forma como se dirigiu a ele.

– Boa noite, lorde Oakley.

Ele se levantou e puxou a cadeira para que ela se sentasse.

– Achei que havíamos concordado que não se dirigiria a mim como Oakley – disse a ela, ignorando as conversas que haviam começado.

Não que alguém tivesse ignorado a declaração. Até Marilla, que estava praticamente flertando com Taran – a mulher parecia incapaz de conduzir uma conversa que não fosse sugestiva –, se deteve no meio de uma frase.

Fiona, que acabara de se sentar, ficou imóvel e muito ruborizada. Seus cabelos estavam ligeiramente úmidos do banho e cachinhos encantadores emolduravam seu rosto. Bret olhou rapidamente do rosto dela para o de Byron, então se inclinou e sussurrou alguma coisa para Catriona. Havia um enorme sorriso no rosto dele.

Byron só queria deixar tudo claro como antes. Estava sentindo as emoções mais felizes de sua vida, e, embora o objeto daquela felicidade parecesse perplexo, ele estava inclinado a compartilhar tudo que sentia com os demais. Fiona realmente acreditava que ele a beijaria – do modo como a beijara – sem ter nenhuma intenção a partir dali?

Byron se inclinou e deu um beijinho rápido nos lábios dela, então outro em seus cachos úmidos, só para deixar tudo bem claro. Fiona permaneceu rígida como uma estátua, como se nem respirasse. Parecia... chocada?

– Ora, o nível dessa reunião está mais baixo, pelo que vejo? – provocou Marilla, do outro lado de Byron. A voz dela estava trêmula de fúria.

– Marilla – sussurrou Fiona.

– Percebo que, mais uma vez, terei de proteger minha irmã da lascívia ilícita de cavalheiros mal-intencionados – declarou Marilla, ignorando a súplica da irmã. – Já não basta que ela esteja marcada como uma perdida por toda a Escócia? Logo o *senhor*, lorde Oakley, que alega ser um modelo de decoro, precisa demonstrar tão abertamente seu desprezo por Fiona? Beijando-a abertamente diante de um grupo? Quando sabe perfeitamente bem que um homem com seu legado de nobreza jamais poderia fazer dela sua condessa? Que vergonha, lorde Oakley, que vergonha!

Byron ficou tão estupefato que apenas encarou Marilla por um momento, reparando no cruel brilho de ódio em seus olhos.

Então ele se virou lentamente de volta para Fiona. Marcada como uma perdida? *Fiona*?

Ela estava pálida como um pergaminho. Quando seus olhos encontraram os de Byron, Fiona ergueu o queixo.

– Eu disse várias vezes que tinha uma reputação. Ao que parece, não acreditou em mim.

– Sim, mas você disse a ele que seu noivo despencou da janela do seu quarto para a morte? – falou Marilla, a voz aguda.

Diante disso, Taran afastou a cadeira com violência e deu a volta na mesa, pisando firme. Estendeu a mão e puxou Marilla para que ficasse de pé.

– Você e eu vamos ter uma boa conversa, mocinha, porque está claro para todos nós que a beleza em seu rosto não tem nada a ver com o que carrega no coração. Está agindo como uma criaturinha horrorosa e cruel.

Antes que Marilla pudesse dizer mais uma palavra sequer, ele a puxou para fora da mesa, saiu com ela, e voltou a bater a porta.

– Sinto muito – disse Fiona a Byron, os lindos olhos verdes sérios como os de um monge. – Tentei mais de uma vez lhe contar o que aconteceu.

– Ele caiu da sua janela? – Byron repetiu o que ouvira, finalmente voltando a se sentar.

De repente, sentiu toda a alegria sendo drenada de seu corpo. Era como se tivesse voltado a ser o autômato de metal, o homem semimorto que era quando chegara à Escócia. O gêmeo de seu pai. Obviamente as mulheres eram tão dominadas pela luxúria quanto o pai dele o alertara, mesmo as escocesas doces, que cheiravam a pão fresco e inocência.

Um silêncio mortal se instalou à mesa. Fiona assentiu.

– Sim. Meu noivo, Dugald, perdeu a vida em uma queda. Toda Escócia sabe disso. Estou certa de que nossos amigos aqui à mesa serão gentis o bastante para esquecerem as implicações do que você disse um instante atrás.

Ela abaixou a cabeça e colocou o guardanapo no colo.

– Nunca acreditei nessa história – declarou Catriona, com um toque de ferocidade na voz –, e minha mãe também não. E ela deve saber bem dos fatos, já que era madrinha de Dugald. Gordo como era, e bêbado como um porco, por que cogitou escalar um galho de hera?

– A janela estava lá, assim como a hera, e, infelizmente, Dugald também estava – falou Fiona. – Sim, eu gostaria de um pouco de assado, por favor. Catriona, de que brincaram essa tarde?

Catriona pareceu determinada a continuar sua defesa, mas sucumbiu à expressão de súplica no rosto de Fiona.

Byron suportou mais três pratos sem dizer qualquer palavra. Taran voltou à mesa algum tempo depois, parecendo muito satisfeito consigo mesmo, mas sem Marilla. Byron estava consciente do calor do braço de Fiona ao lado do dele, mas em nenhum momento se tocaram, nem acidentalmente. A conversa seguiu até enfim ser levantado o assunto da poesia de Robert Burns, o que provocou um debate acalorado.

– Cheio de si como um fole – gritou Taran, em resposta ao elogio que Catriona fez ao poeta.

– Eu até gosto do poema sobre como ele amará sua noiva até que as rochas se fundam com o sol – murmurou Bretton, olhando, obviamente, para Catriona.

– Até as areias da vida secarem – sussurrou ela de volta para ele, mas Byron escutou.

Depois disso, ele permaneceu apenas sentado ali, pensando. Realmente pensando.

Se o pai dele estivesse vivo, a ideia de tornar condessa uma mulher com um passado duvidoso o mataria.

Byron não tinha ideia do que a mãe pensaria, porque depois que ela fugira com o tio dele, nunca mais tivera notícias.

Mas a questão, obviamente, era o que *ele*, Byron, pensava a respeito.

Fiona ainda estava pálida, mas havia se juntado à conversa sobre Burns. Byron a observou argumentar e até rir quando Taran fez algum comentário especialmente ultrajante, sem nunca olhar para ele.

Byron tinha a sensação de ter visto um relance do paraíso, só para logo em seguida tê-lo arrancado das mãos. Como poderia desonrar o sobrenome de seus ancestrais? Manchar a memória do pai daquela forma?

Aquilo tudo fora apenas uma loucura passageira, só isso.

– Você está louca! – berrou Taran para Catriona, que, ao que parecia, estava se divertindo imensamente em discutir com o velho castelão.

Não, Catriona, não.

Era *ele* que estava louco.

CAPÍTULO 15

Fiona já fora humilhada antes. A primeira lembrança disso que lhe veio à mente foi ter que permanecer sentada durante uma homilia sobre os males da luxúria, lida durante o funeral de Dugald. Aquele momento, no entanto, à mesa do castelo, era pior. Durante o funeral ela estivera em choque, e passara por tudo como num transe, ainda sem compreender que ninguém acreditava nela e que ninguém jamais acreditaria.

Agora, Fiona estava mais velha, e totalmente lúcida. Ela nunca seria capaz de esquecer o momento em que os olhos de Byron se tornaram frios. O rosto dele perdendo completamente a expressão e assim permanecendo. Era como se ele tivesse colocado uma máscara, e tudo o que restara à vista fosse o arrogante e altivo conde de Oakley, o homem que Fiona vira de longe nos salões de baile ingleses.

Quando, graças a Deus, o jantar enfim terminou, Fiona pediu licença e subiu as escadas correndo. Ela abriu a porta do quarto e encontrou Marilla sentada na cama. Na mesma hora sentiu a bile ácida subir por sua garganta. Não conseguiria – realmente *não conseguiria* – aguentar falar com a irmã naquele momento.

Sem dizer uma única palavra, Fiona foi direto para o guarda-roupa antigo e pegou a capa forrada de pele que usara durante o arremesso de troncos. Parecia tão velha quanto a mobília do castelo, e poderia ter pertencido à própria rainha Elizabeth, mas ao menos a manteria aquecida por bastante tempo.

– Peço desculpas – disse Marilla, rouca de tanto chorar. – Taran insiste.

Fiona sequer olhou por cima do ombro.

– Eu aceito. Vou até a carruagem procurar a minha bolsinha. Tenho certeza de que está lá.

– Do que está falando? Vai sair na neve?

– A carruagem está nos estábulos.

– Ora, basta mandar um criado buscá-la!

– Um pouco de ar fresco vai me fazer bem. Não precisa me esperar para ir dormir.

– Você não pode fazer uma coisa tão estúpida quanto sair nessa tempestade! Está fazendo pirraça, Fiona, tomando uma atitude muito desagradável e infantil. Eu *me desculpei.*

– Há uma corda que leva da cozinha aos estábulos. O Sr. Garvie me falou a respeito na noite em que chegamos.

Fiona quase acrescentou, *portanto, não se preocupe comigo*, mas as palavras morreram em sua boca. Estava cansada de fingir que havia algo mais entre elas do que a intragável aversão de Marilla.

– Estou sinceramente arrependida por ter contado ao conde sobre a morte de Dugald – disse a irmã.

Fiona descobrira um par de luvas que, embora antigas e com o couro rachado, eram forradas de pele como a capa. Só faltava encontrar alguma coisa mais quente do que os sapatinhos delicados que calçava para pôr nos pés. Ela começou a vasculhar o fundo do guarda-roupa.

– Está ignorando o que acabei de dizer? – perguntou Marilla, elevando um pouco a voz.

Fiona então tirou algo que parecia ser um par de botas resistentes. Ela saiu de dentro do guarda-roupa, endireitou o corpo e se virou. A irmã a encarava com uma expressão desafiadora e marcada de lágrimas.

– Não – declarou Fiona. – Nunca vai ficar tudo bem comigo. Assim que essa maldita tempestade passar, vou me mudar para a minha própria casa. Será mais fácil para todos nós. Papai pode contratar uma acompanhante para a sua próxima temporada social.

Marilla a encarou, boquiaberta.

Fiona calçou as botas, depois as luvas. Devia estar parecendo uma anciã numa fantasia de urso, só que do lado avesso. Mas quando se olhou no espelho, sequer conseguiu ver o próprio reflexo: viu os olhos azuis de Oakley. Eram de um tom extraordinário, como o céu em um dia de verão, visto por alguém deitado de costas num campo.

– Adeus – disse Fiona, saindo do quarto e fechando a porta.

– Eu não fiz por mal! – gritou Marilla, com a voz estridente.

Fiona fingiu não ouvir e continuou andando. Desceu as escadas, passou pela porta que levava à área dos criados e entrou na cozinha.

Parou para pegar um saco de maçãs e uma garrafa de vinho com os criados que estavam na cozinha. As maçãs eram para os cavalos, e o vinho para ela. Nunca bebera em excesso antes. Damas nunca se embriagavam. Mas ela não era uma dama. Estava arruinada, completamente *arruinada*.

A neve soprada pelo vento era como uma bofetada no rosto de Fiona, como um grito materializado. Afastar-se do calor da cozinha e enfrentar o vento uivante pareceu uma punição, mas ela não se importou.

Fiona não suportaria dormir no quarto com a irmã naquela noite. Também não aguentaria estar no mesmo corredor de um homem que realmente pensara – por mais breve que isso tivesse sido – em fazer dela sua condessa. Que a beijara... daquele jeito. E mais tarde a havia encarado sem expressão alguma nos olhos, como se ela não passasse de uma estranha, de uma mulher desprezível que por acaso estava sentada ao lado dele no jantar.

Ela abaixou a cabeça e manteve a mão firme na corda que ladeava o caminho. Por sorte, o vento estava varrendo o pátio e levando a neve para o outro lado, assim os flocos de neve não haviam conseguido assentar como fariam quando o vento amainasse. Uma parede de madeira surgiu tão repentinamente diante da muralha de neve que Fiona esbarrou na porta.

Um instante depois, ela cambaleava para dentro do estábulo quente e escuro.

– Quem está aí? – perguntou uma voz rouca. Então: – Ora, mas é uma mulher!

Fiona assentiu, baixou o capuz da capa e balançou o corpo para se livrar da neve.

– O Sr. Garvie disse que o senhor pode voltar para o castelo para passar a noite, se assim desejar. Ficarei aqui apenas pelo tempo necessário para procurar minha bolsinha na carruagem e logo voltarei.

– Não vou deixar uma *mulher* sozinha com meus cavalos! – bradou o homem.

– Ora essa! – gritou ela.

Fiona estendeu a mão e pegou o lampião que o homem segurava.

– Vá embora, homem – ordenou ela, com um aceno de cabeça para a porta.

– O que está fazendo aqui? – quis saber ele. – Aqui não é lugar para damas. Não vai lhe restar nem um traço de reputação.

Já bastava.

– Não sou uma dama! – gritou, a voz aguda. – Sou Fiona Chisholm. – Ela viu os olhos do homem se arregalarem e sentiu uma onda primitiva de prazer quando ele reconheceu seu nome. – Não tenho reputação e faço o que me der vontade. Maldição! Se quiser, passarei a noite toda aqui. E o senhor não pode dizer nada a respeito!

– Você está maluca – grunhiu o homem, recuando. – Não precisa gritar comigo como uma possuída. Tenha cuidado com esse lampião, está ouvindo? Não quero encontrar meu estábulo em chamas.

– Serei cuidadosa.

No instante em que a porta se fechou atrás dele, Fiona deixou escapar um soluço. Mas recusava-se a se permitir ser arrastada para aquele pântano de autopiedade. Nunca mais. Assim, ela desceu pelo corredor central do pequeno estábulo.

Os quatro cavalos que haviam puxado a carruagem do duque de Bretton esticaram a cabeça por cima de suas baias e relincharam quando ela começou a lhes oferecer maçãs. Eram animais lindos, com focinhos macios e olhos brilhantes.

Depois dos quatro cavalos estava uma bela égua, e finalmente um castrado que pegou cuidadosamente a maçã na mão esticada dela, os lábios se curvando como se estivesse desdenhando do presente.

– Byron seria um ótimo nome para você – disse ela ao castrado, enquanto acariciava a estrela em sua testa.

As orelhas negras do bicho iam para a frente e para trás, e então, como se em um gesto de solidariedade, ele apoiou o queixo no ombro de Fiona. O hálito de maçã que exalava era doce.

– Você só quer outra maçã – falou Fiona, engolindo as lágrimas.

Ela deu outra maçã a ele e percebeu que chegara ao fim das baias dos cavalos.

A carruagem do duque de Bretton tinha sido levada para dentro de portas amplas na outra extremidade do estábulo. Era imensa e sua traseira preta e brilhante cintilava na penumbra do estábulo. Ela foi até lá, abriu a porta, e levantou o lampião sem muita vontade, mas não havia nenhuma bolsa visível.

Havia outra fileira de baias, a maior parte delas vazia, do lado oposto ao que ela acabara de visitar. A última, próxima de onde Fiona começara, guardava uma fêmea de pônei, já velha. Ela ficou de pé quando Fiona se aproximou, a barriga muito redonda.

Uma lágrima escorreu pelo rosto de Fiona, porque a autopiedade que ela jurara não se permitir não era fácil de vencer. Nunca teria um filho, e portanto nunca teria um pônei... Mas ela se obrigou a parar depois de um soluço trêmulo. Então entrou na baia da fêmea, que comeu uma maçã e rapidamente voltou a se deitar na palha.

Fiona prendeu o lampião em um gancho na parede, então tirou a capa e deixou-a cair na palha. Sentou-se e, apoiada na barriga inchada do animal ao seu lado, tirou a rolha da garrafa de vinho.

Era um vinho forte e frutado, como o solo de primavera caso terra fosse comestível. Fiona deu outro gole. Era picante também, como... como pimenta. Ela examinou o rótulo. Estava bem escuro no estábulo, mesmo com a lanterna, mas conseguiu descobrir que era um vinho italiano.

Quando virou a garrafa de novo, lhe ocorreu: não precisava permanecer na Escócia com um pai que não se importava muito com ela e com uma irmã que não se importava *nada* com ela. Fiona tinha dinheiro. Não... tinha uma *fortuna*. Poderia ir embora do país.

Ela baixou lentamente a garrafa, e a felicidade causada por aquela epifania explodiu em seu coração. Iria para a Itália e passearia pelos vinhedos. Compraria uma casinha no campo... em Veneza... ou em Roma. Não precisava nem fixar residência lá... viajaria para onde desejasse. Não precisava nunca mais ver um conde inglês na vida.

Mais ideias surgiram em sua mente: gostaria de ver o Partenon, e um camelo, embora tivesse a vaga sensação de que não encontraria os dois juntos. Haviam levado um camelo ao vilarejo dela, em uma feira, quando Fiona era criança. Nunca conseguira esquecer os cílios longos e curvos, e o modo como o bicho mastigava, pensativamente, como se estivesse resolvendo os problemas do mundo, sem a menor intenção de compartilhar as soluções.

Deitada ali, bebendo, enquanto considerava as aventuras que viveria, Fiona começou a sentir frio. Depois de uma procura rápida, encontrou algumas mantas para animais e fez um ninho com elas. Então se enrodilhou ali, coberta pela capa, com o lado de pelos para baixo, e voltou a divagar. Quando a garrafa estava pela metade, teve outra epifania.

Poderia arrumar um amante. Um amante italiano. Um homem com cachos negros e pele dourada, o mais distante possível de um conde loiro e pálido.

– Não tenho mesmo qualquer reputação – disse ela ao pônei. – As pessoas acham que eu fiz tudo... tudo *aquilo* com Dugald. Mas eu não fiz. Só que isso não significa que não posso fazer o que me der vontade. Talvez eu tenha um filho, no fim das contas.

A fêmea mexeu as orelhas, encorajando-a.

– *Terei* um filho – decidiu Fiona, dando mais um gole no vinho. – Direi às pessoas que sou viúva. Tenho dinheiro mais do que o bastante para nós dois. Quem precisa da Escócia afinal? Meu pai não vai nem perceber que eu fui embora.

Mas a consciência enervante de Fiona acabara de lembrá-la de que o pai provavelmente perceberia se a filha mais velha fosse embora para nunca mais voltar. E bem nesse momento ela ouviu uma batida na parede perto da baia.

– O que é isso? – perguntou ao pônei, que pareceu não ter uma resposta.

Fiona cerrou o punho e bateu de volta na parede.

Ninguém respondeu.

– Nunca mais vou pensar nele – disse Fiona para o animal. – Nunca, jamais.

Ela olhou para a garrafa. Estava perigosamente próxima da metade. No dia seguinte, provavelmente acordaria com uma "dorzinha de cabeça", como dizia o pai dela.

Tudo bem. No dia seguinte começaria a planejar a viagem. Provavelmente havia guias de viagem na biblioteca de Taran. Já estaria a meio caminho da Itália antes que alguém se desse conta de que ela partira.

– E nunca mais vou pensar nele – falou, dando um soluço, enquanto pousava a garrafa.

Ela ouviu um estrondo quando a porta do estábulo foi aberta de supetão e bateu na parede.

– Santo Deus – murmurou Fiona, afundando ainda mais no ninho de pele.

Tinha acabado de começar a se sentir sonolenta.

Então a porta foi fechada e ela ouviu passos descendo o corredor, acompanhados por um fluxo contínuo de palavrões. Um inglês, pensou Fiona, sem se importar muito. Provavelmente o cocheiro do duque vindo checar os cavalos dele.

– *Fiona!*

O nome dela emergiu de lábios ingleses em um grunhido perigoso. Ela arregalou os olhos.

Não era o cocheiro.

– Maldição! O que você está fazendo aqui?

– Na Escócia falamos *Que diabo está fazendo aqui* – disse Fiona a ele, e puxou a capa mais para o alto, ao redor dos ombros. – Se está na Escócia, faça como os escoceses.

E, porque realmente não queria nunca mais ver aqueles olhos azuis, Fiona fechou os dela.

CAPÍTULO 16

Byron não conseguia acreditar no que estava vendo.

Depois que a irmã infernal de Fiona contara para onde ela fora, ele arriscara a vida indo até o estábulo, cambaleando pela lateral do castelo sob a tempestade, morrendo de medo de estar prestes a passar por cima do corpo caído de Fiona... só para encontrá-la deitada em um estábulo, aconchegada junto a uma eguinha velha e gorda, as duas tranquilamente adormecidas.

Ele tirou as luvas praguejando baixinho. Graças a Deus por o estábulo ser tão pequeno e preservar tão bem o calor. Seus dedos das mãos estavam queimados de frio, e os dos pés pareciam prestes a cair. Byron lançou outro olhar irritado para a moça adormecida aos seus pés.

Os cabelos dela haviam se soltado do coque. Mechas embaraçadas emolduravam seu rosto e se espalhavam por cima do pelo áspero do pônei.

Ele se agachou e pousou a mão no rosto dela. Sentiu sua pele quente, e logo Fiona abriu os olhos e deu um gritinho.

– Tire as mãos de mim!

– Você está aquecida. E... – acrescentou ele, vendo a garrafa de vinho – bêbada.

– Não estou bêbada – retrucou ela, erguendo um pouco o queixo. – Embora eu possa muito bem argumentar, já que você não me conhece, que eu poderia muito bem ser uma beb... uma bêbada inveterada. – Fiona pronunciou as palavras com muito cuidado.

Byron se inclinou e descalçou as botas, que estavam cobertas de neve. Aquela estranha alegria que Fiona Chisholm parecia inspirar estava se espalhando pelo corpo dele de novo, como ouro líquido. O tipo de alegria tola e inebriante que ele se lembrava vagamente de ter experimentado quando criança.

– O que está fazendo aqui?

Havia desconfiança nos olhos dela.

– Vim resgatá-la.

– *O quê?*

– Achei que encontraria você morta na neve – disse ele, em tom casual, batendo no chapéu para tirar a neve antes de pendurá-lo em um gancho. – Mas na verdade acho que fui eu que quase morri. Eu me perdi várias vezes enquanto tentava dar a volta no castelo para chegar ao estábulo. Estava completamente cego pela neve. Desnecessário dizer que não temos tempestades como essa em Londres.

Ela se sentou, e a capa de pele mofada escorregou de seus ombros.

– Não seguiu a corda a partir da porta da cozinha?

– Da cozinha? – Ele balançou a cabeça, negando. – Eu não sabia nada sobre isso, então simplesmente saí pela porta da frente. Sua irmã disse que você tinha vindo para cá, e quando olhei para o clima do lado de fora pensei que era algo muito tolo e perigoso de se fazer. Por isso, dei a volta no castelo, mas perdi várias vezes o contato com as paredes. Está nevando absurdamente lá fora.

– Você poderia ter morrido!

A voz dela atravessou o som abafado do vento que uivava do lado de fora.

– Você teria se importado?

Fiona voltou a se deitar.

– Não importa o que eu penso.

Mas Byron percebeu a voz dela vacilar.

– Eu não consigo ficar longe de você – disse, encarando-a. – Sei que sua reputação é... seja o que for...

– Inglês estúpido – falou Fiona, abrindo novamente os olhos. – Sei que você ouviu o que Marilla disse. Cada palavra daquilo é verdade.

Byron tirou o casaco e sacudiu a neve no corredor antes de voltar para a baia.

– Seu noivo, Dugald, tinha o cérebro de um mosquito, se achou que a hera suportaria o peso de um homem. Você está melhor sem ele.

– Não serei sua amante só porque todos pensam mal de mim! – disse ela com a voz muito aguda, e então abraçou o próprio corpo. – Acredite, já tive muitas ofertas, especialmente no primeiro ano após a morte de Dugald.

Byron ficou imóvel, enquanto uma névoa ardente de fúria dominava sua mente.

– Homens que falavam em escalar sua janela, suponho?

– Ouvi todo tipo de investida que puder imaginar envolvendo hera – disse Fiona, obviamente tentando manter um tom despreocupado, mas sem sucesso. Mas logo a voz dela ficou mais segura. – Sou uma mulher arruinada, eu sei, mas isso não significa que você pode simplesmente se aproveitar de mim.

Byron guardou toda a raiva que sentia em uma caixinha mental, com a promessa silenciosa de que arrancaria de Fiona os nomes de todos aqueles escoceses. E se agachou diante dela para que seus olhos se encontrassem. A fêmea adormecida ao lado de Fiona ergueu o focinho, sonolenta, e ele acariciou a cabeça dela.

– Eu me obriguei a ir para o meu quarto, depois tentei encontrar você de qualquer forma. Andei de um lado a outro e conversei com lady Cecily por algum tempo.

– Ela é muito gentil. Você deveria se casar com ela – disse Fiona.

– Não quero – retrucou Byron, também sem rodeios.

– Não se pode ter tudo na vida – declarou ela, olhando para ele com uma expressão que era um misto de raiva e dor. – Não aprendeu *nada*, Byron? Nem isso?

– Já quis muitas coisas. – Ele acariciou gentilmente as orelhas do pônei que se aconchegou mais em seu sono. – Quis que meu pai se importasse comigo. Quis que minha mãe voltasse para casa. Quis ser menos solitário.

Fiona apontou para a garrafa de vinho.

– Sirva-se.

– Quis uma esposa que nunca me enganasse, ou que não partisse meu coração assim como fizeram com meu pai.

– Nunca pensei nisso antes, mas acho que vinho é muito bom para acalentar um coração partido – declarou Fiona.

– Seu coração está partido?

Todo o corpo de Byron ficou imóvel, esperando pela resposta dela. Ele não sabia o que estava fazendo, o que estava dizendo. Mas sentia-se dominado pela loucura.

– Sobre o que conversou com lady Cecily? – perguntou Fiona, ignorando a pergunta dele e desviando o olhar.

– Conversamos sobre a diferença entre a opinião do mundo a respeito de uma pessoa... e quem essa pessoa realmente é.

Byron achava mesmo que aquela única frase, aquele único pensamento, mudara para sempre o curso da vida dele.

Fiona deu uma risadinha zombeteira.

– O mundo acha Cecily extremamente gentil, mesmo que um pouco entediante também, e, pelo que vi nos últimos dias, ela é mesmo.

– Não acho que lady Cecily seja entediante.

– Maravilhoso. Será uma ótima esposa. A reputação de Cecily certamente é imaculada como a neve, e merecida.

– Você acha que eu sou exatamente quem o mundo pensa que sou?

Fiona o encarou, e, por um momento, Byron viu um sentimento bruto e intenso e, cheio de desejo, naqueles olhos. Então ela piscou.

– Provavelmente não – disse Fiona, desinteressada, voltando a se deitar perto da barriga do animal. – Vou sair do país – anunciou ela.

– *O quê?*

– Vou deixar a Escócia. Não sei por que não tive essa ideia antes.

– É claro que vai – disse Byron, acalmando-se na mesma hora. – Você vai para a Inglaterra. – *Comigo*, pensou ele, sentindo nos ossos a verdade daquela declaração. – Pode chegar um pouquinho para lá? Vou colocar esse animal na baia ao lado. Não há espaço para nós três aqui.

– Não, para a Inglaterra, não – disse Fiona, com uma animação excessiva, dando espaço para que Byron pudesse fazer o pônei ficar de pé. – Pretendo morar na Itália. Os vinhedos, o sol, as ruínas... Vai ser maravilhoso! E quando eu me cansar das gôndolas, basta me mudar. Gostaria de ver um camelo. Gostaria de *conduzir* um camelo!

– Inferno! Nada disso! – grunhiu Byron.

Ele abriu a porta com um chute e passou com o pônei, olhando para Fiona com uma expressão severa por cima do ombro.

Fiona pegou a garrafa de vinho pela metade, apoiada na parede, mas se deteve.

– Você acabou de praguejar?

– Não.

Byron abriu a porta da baia ao lado e o pônei velho entrou sem pressa e deixou o corpo cair na palha. Ele voltou, então, para onde estava Fiona, e fechou a porta.

– Fico feliz por você ter praguejado comigo. – Ela sorriu mostrando os belos dentes, muito brancos. – Porque você não tem nada a ver com o que eu faço com a minha vida.

Byron sorriu de volta para ela, gostando daquela postura rebelde. Sem deixar de perceber, é claro, que a capa havia deslizado até a cintura de Fiona, permitindo o vislumbre da curva sedutora de um seio à sombra.

– E como pretende financiar essas viagens? – perguntou Byron, sentando-se na pilha de feno oposta à dela.

Fiona deu um gole da garrafa.

– Ah, herdei a fortuna da minha mãe – explicou Fiona. – Não mencionei isso? Acho que tenho mais do que Marilla, somando tudo. Tenho também um bom pedaço de terra.

Byron estendeu a mão, pegou a garrafa e levantou-a na direção do lampião a óleo.

– Essa metade é minha.

– Na verdade, o vinho é todo meu – declarou Fiona, séria. – Embora você possa tomar um gole, se quiser. Tomarei bastante vinho depois que me mudar para a Itália. Por acaso já lhe contei que estou de mudança para a Itália?

Byron apenas encarou-a.

– Acho que já – continuou Fiona, em um tom pensativo. – Bem, como você não parece estar gostando desse assunto, vamos falar sobre outra coisa. Por que tentou salvar minha triste pessoa de adormecer graciosamente na neve? Não foi você quem falou, essa tarde mesmo, que uma reputação casta era a maior bênção possível? Pois bem, essa é uma bênção que não me foi concedida, caso não tenha percebido.

– Imagino que tenha realmente dito algo dessa natureza.

– A mãe de Dugald ao menos parou de cuspir quando me vê. – Fiona fez uma pausa. – Sabe aquilo que as pessoas dizem, “não há grandes perdas sem algum ganho”? Odeio dizer isso, mas não ter aquela mulher como sogra é uma bênção.

Byron deu outro gole no vinho e deixou a garrafa de lado. Então, estendeu a mão, empurrou a capa de pele para o lado, e arrastou o corpo para a frente até conseguir segurar Fiona pelos ombros.

Ela franziu a testa para ele.

– Você não é o dono do castelo, sabe disso, não sabe? – Ela deixou escapar um soluço. – Nem o senhor do estábulo. Portanto, não ache que vou beijá-lo de novo, porque não vou. Já cansei de beijar.

Byron baixou os olhos para o rosto rosado dela, para os olhos ligeiramente enevoados, os lábios grossos, e sentiu novamente aquela estranha onda de alegria.

– Cansou para sempre?

– Ah, não – disse ela, franzindo a testa ao pensar a respeito. – Decidi abrir exceções.

– Ótimo – falou Byron com a voz suave. – Pode abrir uma para mim.

– Não. – Fiona balançou a cabeça. – Só para o meu amante italiano.

O som abafado que ele deixou escapar não era próprio para um homem civilizado.

– Dugald não era italiano, era?

– O quê? Não. Agora, por favor, se incomodaria de não ficar agachado em cima de mim feito um gato besta e grande demais?

Byron abaixou os cotovelos e, com toda calma, baixou o corpo sobre o dela. Fiona prendeu a respiração e ele deixou escapar um gemido abafado.

– Não vai haver nenhum amante italiano – avisou Byron, cerrando os dentes para não apelar para uma demonstração de masculinidade absurda e primitiva.

– Quem é você para dizer isso? – perguntou ela, com os olhos mais intensos, abraçando o pescoço dele. – Você não é meu noivo.

– Eu sei. Seu noivo está morto.

– E me arruinou por causa disso – lembrou ela.

– Certo.

Byron já decidira que não dava a menor importância a Dugald. Se ele, conde de Oakley, pretendia jogar para o alto os princípios do pai, faria isso com estilo. Em outras palavras, não apenas se casaria com a mulher mais malfalada da Escócia (segundo a própria), mas também jamais cobraria da esposa o fato de não ter chegado inocente ao leito nupcial, uma vez que fora maculada por um noivo patife, estúpido o bastante para comprometê-la e então se lançar para a morte.

– Você realmente precisa parar de flertar comigo. – Fiona o encarou com severidade. – Embora isso dificilmente possa ser chamado de flerte.

– O que é isso, então? – perguntou Byron, acomodando o corpo com mais firmeza sobre o dela.

Era espantoso como seus corpos se encaixavam com perfeição.

– Algo pior – falou ela, em um tom aborrecido.

– Ou melhor – disse Byron, abaixando a cabeça para mordiscar o lóbulo da orelha dela.

– Sei que isto não o incomoda, mas realmente preferiria não dar motivo para que todos pensassem que me deitei com você e com Dugald. Já sou o mais próximo de uma meretriz da Babilônia. A versão das Terras Altas, é claro.

– É tão ruim assim?

A orelha dela era uma delícia: pequena, redonda e delicada.

– Eu lhe disse que a mãe de Dugald atravessa a rua quando me vê.

– E quanto ao amante italiano?

– O que tem ele?

– Como se chama? – perguntou Byron, mantendo o tom despreocupado.

Não queria que ela soubesse que o italiano estava prestes a despencar de sua própria hera metafórica.

– Ora, como eu vou saber? Ainda não o conheci.

Uma imensa onda de alegria se espalhou pelo peito de Byron, e ele baixou a cabeça na direção da boca de Fiona. Tinha gosto de vinho e de Fiona, uma combinação mais potente do que o mais forte dos uísques.

– Ah, homem – sussurrou ela, quando Byron se afastou dos seus lábios e traçou uma trilha de beijos por seu maxilar. – Você me deixa doida, sabia?

– Seu sotaque escocês aparece quando você está bêbada – sussurrou ele de volta.

– Não estou bêbada! Só um pouco tonta, só isso.

– E decidiu arrumar um amante italiano?

Fiona assentiu. Parecia não notar que suas mãos exploravam as costas dele, cada toque fazendo com que ele pressionasse o corpo com mais firmeza entre as pernas dela.

– *Ti amo, amore mio.*

– Suponho que esteja tentando me fazer achar que você é italiano, e não o conde mais conservador de toda a Inglaterra.

Byron distribuiu beijos por todo o pescoço dela.

– Não sou seu amante italiano. Sou seu marido italiano.

Fiona estava de olhos fechados, mas entreabriu um deles para olhar para ele.

– Você ainda não entendeu quem eu sou?

Ele sorriu.

– Entendo, sim. A mulher mais escandalosa de toda a Escócia. Que seduziu e matou um idiota que atendia pelo nome de Dugald. Esqueci alguma coisa?

– Provavelmente não.

– Futura condessa – acrescentou ele, calmamente.

Uma ruga surgiu na testa de Fiona, e ele a beijou bem ali.

– Você ficou louco.

Ela parecia bastante convencida disso.

– Não me importo.

Byron mais uma vez tomou a boca de Fiona num beijo cheio de desejo, consumindo-a, exigindo-a.

Uma de suas mãos encontrou o caminho para os seios dela, e com um leve suspiro, Fiona arqueou o corpo na direção dele, o que provocou um rastro de fogo no ventre do conde.

– E se você mudar de ideia? – perguntou ela, algum tempo depois, a voz ligeiramente trêmula.

– Na minha família, nunca mudamos de ideia. Esse foi o problema do meu pai, na verdade.

– Problema?

– Minha mãe o abandonou quando eu era menino – disse Byron. – Ele saiu de cima de Fiona e cobriu-a novamente com a capa. Então, correu o dedo pelo nariz delicado dela. – Certo dia, eu me dei conta de que minha mãe não me convocava ao quarto dela havia alguns dias. Àquela altura eu concluí que estava morta, principalmente por causa da forma como meu pai parecia obviamente abalado.

Fiona se apoiou em um dos cotovelos, seus lindos olhos fixos no rosto dele.

– Você cresceu sem mãe.

– Assim como você. – Byron deu um beijo na pontinha do nariz dela. – Por isso adivinhei que a única coisa que você não permitiria que Marilla tirasse de você seria o retrato da sua mãe.

Os olhos dela ficaram mais suaves.

– Sinto muitíssimo, Byron.

Mas a dor da perda não fora tão sentida assim.

– Minha mãe não era muito maternal, sabe? Eu achei... achei que se encontrasse uma esposa totalmente desapaixonada, ela não pensaria em abandonar nossos filhos por outro homem.

Ela assentiu.

– Você deve ter ficado devastado quando ela partiu.

– Não cheguei a conhecê-la bem o bastante para isso, mas meu pai ficou. Ele se tornou mais ríspido, mais sério. Mesmo depois que cresci, não o questionei sobre o que aconteceu. Tinha a sensação de que ele poderia desmoronar.

– E o que isso teria provocado?

Byron pensou a respeito.

– Acho que toda aquela emoção reprimida teria irrompido... teria sido constrangedor para nós dois.

– Então você nunca perguntou a ele onde ela estava?

– Acabei reunindo as informações aos poucos, principalmente a partir de coisas que ouvi. Minha mãe fugiu com o irmão do meu pai. O irmão mais novo dele.

Fiona ficou chocada.

– Deve ter sido horrível para o seu pai!

– Deve. Ele sempre se referiu ao irmão como um homem que foi desencaminhado por uma mulher má. Por um bom tempo eu não fazia ideia de que a minha mãe era essa mulher.

– Isso é muito, muito triste. Não é de estranhar que você tenha sido ensinado a se preocupar tanto com a sua reputação.

– Não é minha reputação que está no cerne de tudo isso. – Ele se aproximou um pouco mais dela, só o bastante para que conseguisse passar um braço ao redor da cintura dela. – Gosto de tocar você.

– Se não é a sua reputação, então o que é?

– Eu não conseguiria suportar me tornar alguém como ele – explicou Byron. – Achei que se não me apaixonasse, e se escolhesse uma mulher perfeitamente casta, evitaria essa possibilidade.

– Lady Opal...

– Eu não a conhecia. Mas ela parecia pura como a neve.

Fiona riu.

– Por outro lado, ela provavelmente conhecia você bem o bastante para saber o que o afastaria.

– Eu seria capaz de matar um professor de dança se você o beijasse. – A voz dele saiu dura, despida de toda a civilidade inglesa, dando lugar a um homem colérico e possessivo.

Um homem, apenas. Byron teve a sensação de que seu coração parou enquanto esperava a resposta dela, a respiração presa no peito.

A dor aguda só cedeu quando Fiona inclinou o corpo mais para perto dele e disse:

– Não sou sua. Você não teria o direito de sequer erguer uma sobrancelha. – Havia um tom de promessa na voz dela, ousado, sedutor.

Byron respirou fundo, fez uma pequena prece de agradecimento para qualquer divindade que estivesse ouvindo, e começou a abrir com agilidade o corpete de veludo do vestido de Fiona.

– O que está fazendo? – perguntou ela, com um gritinho.

Os dedos dele ficaram paralisados.

– Quão bêbada você está?

Os olhos dela estavam desanuviados.

– Acho que acabei ficando bastante sóbria. Mas talvez você deva me passar a garrafa. Tenho certeza de que estou tendo uma alucinação, e não quero que pare.

– Não vai parar – disse ele.

Byron então abriu lentamente o casaquinho dela. É claro que Fiona estava usando várias camadas de roupas... uma blusa, um espartilho, a camisa de baixo.

Ele havia acabado de tirar a blusa dela e começava a desamarrar o espartilho, quando Fiona perguntou:

– Byron, por que está fazendo isso?

– Porque vou me casar com você.

Ela ficou em silêncio, e então:

– Perdi o momento em que você me pediu em casamento?

– Sim. Você provavelmente bebeu demais.

Byron jogou o espartilho para o lado.

Mas Fiona balançou a cabeça quando ele estendeu a mão para a camisa de baixo.

– Byron. Não.

– Quero você – declarou ele, a voz saindo como um grunhido. – Nunca quis ninguém como quero você. Eu... acho que eu...

Mas ela o interrompeu antes que ele pudesse terminar a frase.

– Você quer se casar comigo mesmo com a reputação que eu tenho.

– Você é a mulher certa para mim, Fiona – disse ele, e segurou o rosto dela entre as mãos. – Não sei explicar, mas sei que no momento em que vi você, minha vida mudou. O que eu queria da vida mudou. Não quero me casar com uma mulher que tenha tanta aversão a mim que ache necessário encenar um caso com um professor de dança. Não quero estar em segurança, nem ser prudente. É verdade que, se você me deixar, vou me transformar no meu pai e andarei por aí de coração partido, sendo horrível com tudo e com todos. Prefiro arriscar essa possibilidade a ficar sem você.

– Mas você é lindo. É um conde, um homem brilhante, e se parar de ser tão assustadoramente distante, as damas cairão aos seus pés. Não precisa se casar comigo apenas para provar que é um homem transformado.

Fiona tirou gentilmente as mãos dele de seu rosto.

– Você se casaria comigo se seu noivo não tivesse caído da janela? – perguntou Byron. – Não apenas porque sou um conde, mas... por mim?

CAPÍTULO 17

O coração de Fiona vibrava com tanta força que ela mal conseguiu ouvir a pergunta que ele fez em voz baixa. Ela sempre dissera a si mesma para não *querer* nada. E ali estava ela, quebrando todas as regras que estabelecera. Era estranho e muito apavorante descobrir quanto queria ter Byron nos braços, beijá-lo, tranquilizá-lo, fazer desaparecer aquele discreto brilho de incerteza em seus olhos.

– Sim – disse Fiona, a voz ressoando nos estábulos. – Eu iria querer você mesmo se fosse um dos homens de Taran, se fosse um dos cavalariços, se fosse apenas um amante italiano.

– Mas eu não sou – declarou Byron. – Sou seu futuro marido.

Os olhos deles se encontraram, e Byron se inclinou na direção de Fiona. Ela fechou os olhos e mergulhou naquele arrebatamento de emoção e desejo que vinha com o toque dos lábios dele.

Depois disso, não houve qualquer desacordo em relação a abrir ou não a camisa de baixo dela. Pouco tempo depois, Byron estava parado diante dela, a pele cor de creme sombreada pelo lampião a gás, os músculos poderosos das nádegas se contraindo até as coxas musculosas, as panturrilhas delgadas...

– Gosto até dos seus tornozelos – murmurou ela, devorando-o com os olhos.

O corpo dele era pesado, e estava ereto como ela nunca imaginara ser possível.

Byron não respondeu. Ficou de joelhos diante dela, devorando-a com os olhos, as mãos subindo lenta e sedutoramente pelas pernas dela. Acompanhando o movimento de dedos quentes, seguiam-se beijos ansiosos.

Fiona se contorceu em cima das mantas velhas, arqueando os quadris instintivamente na direção dele, gritando quando os lábios dele passaram a atormentar outra parte de seu corpo.

– Eu... eu...

Fiona queria dizer que nunca ouvira falar de pessoas... de pessoas respeitáveis fazendo coisas como aquelas.

Mas Byron apenas abriu mais as pernas dela, deixando a todo tempo escapar um gemido de prazer gutural.

Ele era tão cuidadoso ao tocá-la quanto era em tudo o mais: ora delicado, ora mais rude, testando para ver o que a fazia gritar de prazer, alternando com... Fiona não conseguiu encontrar palavras, porque estava ocupada demais tentando fazer o ar chegar a seus pulmões, e logo sua mente já não pensava em mais nada. Ela apenas se contorcia, e segurava, e continha, até que... Byron finalmente deixou um dedo penetrar em seu íntimo e ela quase gritou.

Fiona realmente gritou, por fim, quando o mundo explodiu em minúsculas partículas de luz que de alguma forma também eram lampejos de sensação. E que varreram o corpo dela, onda após onda.

Byron riu, então abaixou a cabeça novamente. Fiona estendeu a mão bem a tempo de agarrar a mão dele.

– Não toque!

– Por que não?

Fiona pôde ouvir o riso na voz dele, mas ignorou. O ar ainda entrava com dificuldade em seus pulmões, como se ela tivesse parado de respirar por um tempo.

– Eu... eu... só não. É demais. Intenso demais.

Byron franziu a testa. Era óbvio que Dugald tinha sido estúpido de mais de uma maneira, mas ele deu de ombros internamente. Se o escocês fora idiota demais para satisfazer a noiva, melhor para Byron.

Fiona estava deitada diante dele como um prato de morangos com creme, a pele ruborizada de prazer, os cabelos daquele ruivo escuro parecendo rubis espalhados pela lã áspera das mantas. Áspera demais para as costas dela, pensou Byron, porque não havia dúvidas de que o encontro dos corpos dos dois o faria perder o controle. Sentia-se possuído por um desejo insano, uma espécie de loucura.

Ele nunca perdera o controle durante o ato sexual, mas, com Fiona, o beijo mais suave já o deixava no limite. Ela o enlouquecia com o desejo de possuí-la, de torná-la *dele*. Saber que isso era uma estupidez não ajudava.

Fiona acabaria com as costas ardidas, e restava a Byron apenas uma gota de controle para evitar isso. Ele levantou o corpo macio dela e colocou-a em cima do próprio corpo.

Fiona equilibrou o peso apoiando-se no peito dele, então fez o biquinho mais sensual que ele já vira.

– O que está fazendo?

Byron traçou a linha do lábio inferior dela com o dedo.

– Pensei em tentarmos desse jeito na nossa primeira vez – disse ele, tentando disfarçar a intensidade do que sentia à mera visão dos seios dela... e falhando miseravelmente.

Eram seios maduros e arredondados, do tamanho perfeito para deixar um homem de joelhos de tanto desejo.

O gemido que escapou de Byron pareceu mais um grunhido quando ele ergueu o corpo para tomar com a boca um mamilo rosado, depois o outro. Fiona gostou da sensação, porque agarrou os cabelos dele e deixou escapar gritinhos entrecortados. Através da bruma de desejo que embotava sua mente, Byron pensou por um instante na sorte que tinha de encontrar uma mulher que não demonstrava medo do encontro carnal. Que não estava afastando-o e estremecendo de asco como fazia a maior parte das virgens, ou ao menos fora o que ele ouvira dizer.

Quando já não conseguia mais respirar direito, o baixo-ventre pegando fogo, ele disse em voz grave:

– *Agora...*

Fiona estava com a cabeça jogada para trás, os lindos cabelos descendo em cascata até abaixo da cintura, mas, ao ouvir o comando dele, endireitou o corpo e se debruçou contra seu peito.

A expressão no rosto dela era estranha e hesitante, e Byron se deu conta em um instante que Dugald, o imbecil, não apenas negara a sua suposta amada um orgasmo, mas que aparentemente só fizera amor com ela das maneiras convencionais.

O que só fazia com que ele e Fiona tivessem ainda mais para descobrir juntos, pensou, estremecendo de prazer e sentindo o membro ainda mais rígido.

Ele pousou as mãos nos quadris sensuais de Fiona, ergueu o corpo dela, posicionou no lugar certo e soltou-a.

Estava desesperado de desejo, louco para estar dentro dela. A boca de Fiona formou um círculo perfeito de espanto quando ele arremeteu os quadris para cima. Ela parecia seda líquida, quente e apertada.

Tão apertada que Byron ficou cego por um instante com a onda de prazer que nublou completamente sua visão. Ele jogou a cabeça para trás, apertou a carne dos quadris dela e voltou a arquear o corpo de modo a estar, pela primeira vez, com o membro completamente dentro dela. Byron deixou escapar um gemido rouco quando recuou e voltou a arremeter, sentindo o prazer se espalhar por seus braços e pernas a cada breve movimento. Ela era tão apertada... *tão* apertada.

Byron abriu os olhos.

Fiona estava inclinada para a frente, apoiada no peito dele. Não parecia estar sentindo dor exatamente, mas sua expressão era hesitante.

Ele ficou imóvel, as costas ainda arqueadas, as mãos segurando os quadris dela com firmeza. Um palavrão anglo-saxão antigo e eficaz escapou de seus lábios.

Fiona pareceu chocada.

– Não há necessidade de usar esses termos.

– Você... você... – A palavra saiu estrangulada, áspera e tensa.

– Sou virgem – disse ela, ajudando a completar. – Ou talvez deva dizer que *era* virgem. – Fiona remexeu os quadris e Byron engoliu um gemido, os dedos apertando a carne dela com desejo. – Não parece tão horrível.

– A janela? – perguntou ele em um arquejo. – A... a *hera*?

– Você realmente acha que eu seria estúpida o bastante para convidar um amante a entrar no meu quarto usando um meio de transporte vegetal?

Os olhos dela cintilavam, embora a rigidez em seu maxilar deixasse claro para Byron que a posição em que estavam, a carne pressionando seu membro, fazendo-o tremer da cabeça aos pés, não era tão deliciosa assim para ela. Quando ele começou a erguê-la, no entanto, ela agarrou o peito dele e disse:

– Não!

Byron parou na mesma hora.

Fiona desceu o corpo novamente até ele estar fundo dentro dela. Byron não conseguiu evitar: arqueou os quadris e disse o nome dela entre golfadas de ar.

– Gostou disso? – perguntou Fiona, a voz mudando da calma costumeira, do tom irônico e bem-humorado com que via o mundo para algo diferente, quase um ronronar.

Ela espalmou as mãos no peito dele, ergueu um pouco o corpo e se deixou deslizar para baixo outra vez.

Um grito abafado escapou dos lábios de Byron e ele arremeteu bem fundo, atravessando aquele último milímetro, enterrando-se em seu calor sedoso e úmido.

Fiona riu, e o som foi como uma bênção. Inclinando-se para a frente, ela repetiu o movimento. Byron finalmente recuperou o controle o suficiente para soltar os quadris dela, embora estivesse certo de que havia deixado marcas em sua pele macia. As mãos, agora livres, foram naturalmente para os seios.

Byron tinha o controle de volta, mesmo que por um elo fino e delicado como um dos fios ruivos dos cabelos de Fiona. Ela precisava aproveitar com ele aquele prazer louco e inebriante que provocava.

De olhos fechados, Fiona o montava, as mãos sobre as dele enquanto ele tocava seus seios, roçando sem parar os lindos mamilos. A cada carícia, Byron sentia um estremecimento suave percorrer o corpo dela.

Fiona estava dominada por uma sensação tão absurdamente sensual que não sabia nomeá-la. Era como a tempestade lá fora, como se tivesse sido envolvida em algo tão poderoso que sua essência se perdera no meio de um redemoinho. Onde antes não havia nada, agora estava aquele... rijo, quente... aquilo. Não conseguia pensar em uma palavra.

Byron acariciava seus seios, e toda vez que o polegar roçava nos mamilos, ele arremetia ligeiramente os quadris para cima, só o bastante para lembrá-la de que estava ali.

De que era parte dela.

A mera ideia era um bálsamo correndo em suas veias. Ela, Fiona, finalmente não estava mais só. Embora se conhecessem havia pouquíssimo tempo, ela sabia daquilo com uma certeza que dominava todo o seu corpo. O rosto de Byron, aquele rosto tão, tão lindo, estava contorcido, com uma aparência primitiva, nada graciosa... por causa *dela*.

– Você sempre vai me amar, não vai? – perguntou Fiona, as palavras saindo com um arquejo.

Toda vez que ele se movia, espirais de calor disparavam pelas pernas dela.

Byron abriu os olhos ao ouvir aquilo. E Fiona soube instintivamente que não havia uma mulher sequer em Londres que já tivesse visto, que fosse reconhecer, a expressão selvagem e possessiva que ela naquele momento via no rosto do elegante e cosmopolita conde de Oakley.

– Sempre. Você é minha – grunhiu ele, arremetendo de novo.

O corpo dela, já ajustado ao dele, aceitou-o.

Mais do que isso, convidou-o, o que fez um arrepio de prazer percorrê--lo. Fiona balançou o corpo e apoiou-se mais uma vez no peito dele, os dedos envolvendo os músculos firmes.

Ela fechou os olhos. Tinha a sensação de que seu corpo estava se resumindo a um ponto, àquilo...

As mãos grandes de Byron agarraram os quadris dela e a levantaram com facilidade, para longe dele, para um frio desagradável. Fiona soltou um gritinho de lamento, mas ele já estava agindo, rápido como um raio, jogando a capa de pele no chão, deitando-a e se colocando acima dela.

– Preciso ter você – disse Byron, a boca mal tocando a dela, a voz sufocada, mas gentil. – É esse meu maldito lado possessivo, Fiona. Preciso... preciso...

Ela levantou os olhos para ele, sentindo o sangue ferver quando Byron começou a se aproximar, e soube que aquele sempre seria o ponto fundamental na relação deles.

Byron *precisaria* possuí-la, saber que ela nunca o deixaria, acreditar naquilo com toda a sua alma. E, com o mesmo desespero, ela *precisaria* saber que ele a amava. Que seria gentil, que se colocaria entre ela e a opinião do mundo, e que sempre a defenderia.

Era essa a verdade estampada nos olhos de Byron, clara no modo como seu corpo imenso estava paralisado sobre o dela, mesmo que isso obviamente exigisse dele um esforço considerável. Ele estava apoiado sobre os cotovelos, os punhos cerrados ao lado da cabeça dela.

Fiona desceu os dedos pelas costas dele em um movimento voluptuoso, até os músculos firmes das nádegas.

– Quero você – sussurrou ela, a voz plena com a verdade daquilo que dizia. – Não sou completa sem você.

O desejo na voz dela se fundiu ao grunhido que escapou de Byron. Ele alongou o corpo dela e a preencheu. Estavam, então, ambos perdidos naquela tempestade, a cabeça dele inclinada para que pudesse enchê-la de beijos, para mergulhar em sua respiração ofegante, para lamber os lábios dela.

Enquanto ele a devorava.

Enquanto ela o devorava.

E ali, conversando sem palavras, fazendo promessas sem palavras, os dois se amaram sem palavras.

CAPÍTULO 18

Mais cedo naquela noite, pouco depois do jantar

– Bem, Taran, você encontrou a mulher perfeita para mim, não é mesmo? Tenho que admitir. – Robin ergueu o copo em um falso brinde antes de virar a bebida.

Ele se ausentara de mais um jantar. Se ausentara? Fugira, pura e simplesmente. Não que alguém se importasse com isso, a não ser Oakley – e isso só porque ficava mal para a família. *Ela* com certeza não reclamaria da ausência de um conhecido libertino. Robin estreitou os olhos contra o brilho das brasas na lareira da biblioteca.

– Maldito seja você, Taran – resmungou.

– Ah! Essa é uma palavra muito, muito forte, não?

Robin se virou. Marilla Chisholm estava parada na porta, em uma pose dramaticamente pensada, apoiada contra o batente de tal forma que seus seios se projetavam como a proa de um barco. Três dedinhos cobriam a expressão de choque formada por seus lábios.

– Perdoe-me, Srta. Chisholm – disse Robin. – Não me dei conta de que tinha companhia.

– Oh! – repetiu Marilla, afastando-se da porta e começando a caminhar a passinhos miúdos na direção dele. – Quer dizer que... estamos sozinhos?

Ela parou ao alcance fácil da mão dele, piscando repetidamente. Marilla parecia a Robin um criado tacanho, tentando compensar com entusiasmo o que lhe faltava em discernimento.

– Dificilmente se pode dizer que nós dois estamos sozinhos – garantiu Robin. – Não apenas a porta da biblioteca está totalmente aberta, como todos os homens de Taran estão por perto, de ouvidos atentos. Não ficaria surpreso se encontrasse um dos velhos camaradas enfiado embaixo daquelas almofadas ali. – Ele apontou para o sofá velho e cheio de calombos que ficava diante da lareira, as costas viradas para onde eles estavam.

Marilla lançou um olhar desconfiado para o sofá.

– Seu tio não é uma das minhas pessoas favoritas no momento. Ele teve a coragem de me arrastar para fora da mesa de jantar só para me passar um *sermão* sobre bom comportamento.

Robin ficou sinceramente surpreso, porque Taran era a última pessoa a quem se aplicaria a definição de "bom comportamento".

– Ele foi extremamente desagradável comigo.

– Isso é porque ele é basicamente desagradável mesmo – declarou Robin. – Mas o que está fazendo aqui, Srta. Marilla? Procurando sua irmã?

– Santo Deus, não. Ela saiu por aí em um acesso de raiva – disse Marilla, sem dar mais detalhes, então sorriu e deslizou para mais perto dele. – Não se sente ofendido por eu estar preocupada com a minha reputação, certo? Uma dama não é nada sem a sua reputação. Veja Fiona... – Ela parou de repente, e mais uma vez se apressou em cobrir a boca com a mão, fingindo choque diante de sua quase indiscrição.

– Infelizmente, por mais tentador que seja, devo declinar – disse Robin.

– Ah. – Marilla franziu a testa e baixou a mão. – Ah! Isso foi bem malicioso da sua parte, não foi?

– Mais uma vez, peço perdão.

Marilla deu uma palmadinha brincalhona no peito dele, então deixou a palmadinha se transformar em uma carícia, e segurou o colarinho da camisa dele entre os dedos.

– Mas então, o senhor é um homem muito, muito malicioso, não é mesmo? – Ela enfiou os dedos por baixo dos botões até encontrar a pele nua de Robin.

A pobrezinha era tão óbvia que era quase bonitinho. Quase. Claramente, Marilla estava duvidando de sua habilidade de colocar Byron aos seus pés e, por isso, ampliando seu campo de apostas. Supostamente ele deveria se sentir lisonjeado por ela sequer considerá-lo um possível candidato ao matrimônio.

– Minha cara Srta. Chisholm – disse Robin, pegando a mão dela e afastando-a –, por mais "malicioso" que eu sem dúvida seja, não sou tão distante do decoro a ponto de me aproveitar da senhorita, ou de importuná-la *seja de que maneira for*. – Ele sorriu, para amenizar a objetividade das próximas palavras. – Menos ainda de comprometê-la.

Marilla estava no processo de tentar voltar a enfiar a mão livre por baixo da camisa dele, mas ficou paralisada, e fez um biquinho.

– É mesmo?

Robin tentou se manter sério e solene, e assentiu.

– *Por que não*? – perguntou ela em um rompante, a expressão agora marcada pela irritação.

– Porque eu seria obrigado a me casar com a senhorita.

– Ora, sim. É claro – falou Marilla, revirando os olhos. – É assim que esse tipo de coisa funciona. E daí?

Santo Deus, se a moça tivesse uma gota de inteligência, seria apavorante.

– A senhorita não quer se casar comigo.

– Bem, a princípio eu não queria mesmo – admitiu ela. – O senhor não foi minha primeira escolha. Não tem dinheiro algum e sequer é um conde de verdade, é apenas um conde *francês*... e devo dizer que acho de péssimo gosto que deixe pessoas decentes pensarem que o senhor é um conde de verdade, mas isso eu perdoo.

– Agradeço a indulgência.

Marilla franziu o nariz.

– Porque, veja bem, como o senhor poderia ser a minha escolha ou a de qualquer outra moça havendo um duque e um conde de verdade disponíveis?

– É claro, eu não poderia mesmo ser.

Uma expressão travessa surgiu nos grandes olhos azuis de Marilla.

– Mas então me dei conta de como gostaria de ser dona do meu próprio castelo, ainda mais de um que eu pudesse redecorar todo ao meu gosto. Sendo assim, eu tenho o dinheiro, o senhor tem o castelo... e estamos na Escócia. Precisamos apenas é de algumas testemunhas.

Robin pensou melhor. Mesmo sem inteligência, ela *era* apavorante.

– O que eu poderia dizer sobre isso? A senhorita me honra imensamente com sua proposta.

E Robin estava sendo sincero. Ele realmente deveria considerar o que Marilla estava oferecendo, já que ela era uma candidata muito melhor do que qualquer outra a que ele tivesse o direito de aspirar. Mas então lembrou, sinceramente aliviado, que não tinha aspirações.

– Devo presumir que nem Bretton nem Byron estavam à sua altura? – indagou ele.

Ela o encarou, claramente considerando se deveria mentir, mas pareceu entender que ou ele não compraria a mentira, ou que não valia a pena o esforço.

– Sim. Quer dizer, não. Ainda não.

Por Deus, ele deveria se casar com ela nem que fosse para recompensar uma ambição tão indiscriminada. Só que... só que... *Cecily*. Como era tolo. Como era absurdo e patético. Robin deu uma gargalhada.

Ela o encarou com severidade.

– Está rindo de *mim*?

– Não. Estou rindo de mim mesmo. Embora fique lisonjeado com seu gentil interesse, temo não poder fazer o tipo de oferta que deseja.

Diante disso, Marilla recuou, e, por um instante, Robin teve medo de que ela fosse esbofeteá-lo. Isso acontecera algumas vezes, sob circunstâncias similares – jovens virgens com uma inclinação para provar o fruto proibido –, portanto ele reconheceu os sinais: o lindo rosto ganhando uma expressão ameaçadora, testa franzida, projeção do lábio inferior. Só que, abruptamente, a raiva sumiu da expressão de Marilla e ela deu de ombros. Então chegou mais perto, as mãos mais uma vez dançando sobre o peito dele.

– Como sabe? – ronronou. – Posso ser mais aberta a sugestões do que imagina.

E, com isso, colocou-se na ponta dos pés e plantou um beijo bem nos lábios dele.

Ela pegou Robin tão de surpresa que por um momento ele não reagiu. Uma parte dele estava espantada com a ousadia da moça, outra parte achava essa ousadia engraçada, mas a maior parte sentia apenas uma compaixão relutante. Sendo assim, como no fundo Robin tinha uma natureza gentil, retribuiu cuidadosamente o beijo, os lábios fechados castamente, e afastou-a antes que ela pudesse ir mais fundo.

– E paramos por aqui, meu bem.

– Mas... mas *por quê*?

– Porque nunca desejei ser o prêmio de consolação – falou Robin, ainda gentil.

– Ah... que besteira! – disse Marilla.

Então, bufando de irritação, virou-se e saiu da biblioteca pisando firme.

Com toda a calma, Robin pegou novamente a taça de vinho do Porto que tinha deixado de lado quando Marilla entrara. Voltou a enchê-la, enquanto dizia:

– Já pode se levantar do chão agora, tio.

– Não, não posso – disse uma voz rabugenta perto do sofá. – Estou caído de espanto. Você teve uma herdeira em seus braços e a dispensou. Sou capaz de morrer do mais puro horror.

– Não faça promessas que não tem a intenção de cumprir.

A cabeça grisalha de Taran surgiu acima das costas do sofá atrás do qual ele se jogara depois da chegada de Marilla.

– Está louco, rapaz? Ela tem fortuna e é a mais bela entre as que estão aqui. E tem sangue quente. É verdade que é uma encrenca ambulante, mas um homem forte é capaz de domá-la. E, mais importante de tudo, ela quer você. – O tom dele guardava um toque de inveja. – É melhor agarrar o que lhe está sendo oferecido de livre e espontânea vontade.

– Ela não quer a mim, ela quer um castelo.

– É a mesma coisa. – E, com um estalo das juntas do joelho, Taran se levantou. – Além do mais, não lhe resta muito a escolher.

– É mesmo? – perguntou Robin lentamente. – Como assim?

– Ora, o duque pediu Catriona Burns em casamento e Oakley está todo perturbado por causa de Fiona Chisholm. E sei que você não é homem o bastante para invadir o território do seu primo.

– E eu aqui, todos esses anos, pensando que isso era ser honrado – murmurou Robin.

– Você não tem uma gota de sangue escocês correndo nessas veias? Um Ferguson toma o que quer, não importa o que diga a lei.

– Ah – disse Robin, assentindo com uma expressão sábia. – De repente, todos aqueles términos abruptos em nossa árvore genealógica fazem sentido. Estavam decorando outra árvore. A árvore Tyburn.

– Argh – Taran praticamente cuspiu a palavra, desgostoso.

– Mas o senhor disse que eu não tenho escolha – falou Robin, voltando ao assunto principal. – E quanto a lady Cecily? – Ele ficou orgulhoso por ter conseguido soar tão indiferente.

– Sem esperança ali. Não mais – disse Taran.

– E por quê?

– Porque nenhuma mulher com uma gota de orgulho o aceitaria depois de ver Marilla se esfregando em você como uma gata no cio.

– Do que está falando? – perguntou Robin.

– Lady Cecily estava no corredor agora mesmo. Ia entrar, mas então viu você e Marilla de lábios colados e pareceu congelar, isso sim. Mas você não perde grande coisa, se quer saber a minha opinião. Apesar do grande dote dela.

– Taran... – A voz de Robin carregava um tom de alerta que poucos já tinham ouvido.

– Ah, ela é bem bonitinha – admitiu Taran, sem dar atenção ao sobrinho –, mas é muito cheia de si. A moça deu um pulo para trás como se você e Marilla estivessem rolando nus pelo chão.

Robin respirou fundo e endireitou os ombros. E daí? Como Marilla havia tão sucintamente descrito, ele era um homem muito, muito malicioso, e se lady Cecily não soubera disso antes, agora sabia.

Com muita calma e muito cuidado, Robin levou a taça à boca e virou a bebida toda, bem devagar.

CAPÍTULO 19

Lady Cecily Tarleton não apenas era uma dama adorável e com boas relações sociais, como também receberia uma soma inimaginável de dinheiro quando se casasse, e além disso respeitava os mais velhos e nunca era oferecida. E se algumas pessoas a achavam um pouco sem graça, e outras achavam que era boa demais para ser verdade, e uns poucos gatos pingados sussurravam que uma estátua seria mais animada, provavelmente não passavam de invejosos. A maioria das matronas da sociedade considerava que lady Cecily tinha todos os predicados para ser uma nora perfeita.

O que tornava extremamente incômodo o fato de ela ainda não ser a nora de *ninguém*.

"Pelo amor de Deus, o que há de errado com Maycott?", todos se perguntavam. Por que ele não aprovava logo algum camarada adequado e seguia com aquilo?

Nunca ocorrera a ninguém que Maycott não era a resposta para o mistério, e que a incrivelmente discreta lady Cecily não era nem tão discreta, nem de tão bom trato quanto presumiam, e que ela havia sido encorajada desde que nascera a seguir o próprio coração. No que se referia a escolher um marido, haviam dito a ela para esperar por "alguém especial", e quando Cecily perguntara como saberia quem era esse alguém, a mãe lhe garantira que "você vai saber quando encontrar".

Infelizmente, o tipo de homem que Cecily atraía eram camaradas sérios, dignos, que erroneamente acreditavam que encontrariam nela uma réplica de sua compostura. Assim, depois de três temporadas sociais, lady Cecily começara a temer jamais encontrar o homem que a mãe tinha prometido que ela reconheceria só de olhar, começara a temer se tornar uma solteirona. Com essa possibilidade aterrorizante em mente, na última temporada a jovem decidira pôr de lado os sonhos de beijos ardentes, risadas fáceis e noites apaixonadas e se concentrar em objetivos mais realistas: uma casa cheia de filhos e conversas agradáveis com um... com um homem gentil.

Ela dissera ao pai para dar o consentimento ao homem de que mais gostasse entre os que pedissem sua mão. Diante disso, o pai arrastara Cecily e o restante da família para a Escócia, onde, longe das distrações de Londres, ela poderia "fazer a maldita escolha por si mesma".

E foi assim que Cecily se viu no recém-reformado salão de baile de Bellemere, quando um grupo de homens grandes e de barba grisalha, usando kilts não muito limpos, irrompeu no salão e jogou-a, junto com algumas outras jovens damas, nos ombros, carregando-as para fora sob o aplauso animado dos outros convidados, que presumiram ser tudo parte do entretenimento programado para o baile.

Embora soubesse muito bem que ser raptada não fazia parte do entretenimento da noite, Cecily não ficara particularmente assustada. Primeiro, porque uma das moças que fora raptada com ela, Catriona Burns, obviamente conhecia aqueles homens e declarou que eram inofensivos; em segundo lugar, porque o duque de Bretton logo foi descoberto compartilhando a carruagem sacolejante delas - ou melhor, a carruagem dele; e finalmente porque, depois que chegaram ao castelo Finovair, um homem escandalosamente lindo, com cachos negros abundantes e um sorriso malicioso, pegara a mão dela e a encarara com olhos belos e risonhos, emoldurados por cílios negros. Naquele momento, Cecily se dera conta: *Mamãe estava certa.*

Pois, bem ali, um estranho sentimento brotara bem no fundo do coração da jovem, junto com uma intensa sensação de certeza, de finalmente ter chegado a um destino para o qual nem sabia estar se dirigindo. E foi assim que lady Cecily Tarleton, a respeitosa e bem-comportada filha do conde de Maycott, reconheceu com absoluta certeza que havia encontrado em Robin - conde de Rocheforte, um devasso assumido, autoproclamado pobre, o escandaloso Príncipe dos Libertinos - o homem com quem se casaria.

Ela sabia quem ele era e conhecia sua reputação, é claro. Haviam lhe apontado Rocheforte nas ruas de Londres. Não importava. A única questão era o que ela faria a respeito.

E essa questão a deixava a cada hora mais ansiosa, especialmente porque Robin passara os dois últimos dias tão ostensivo em sua ausência quanto... bem, quanto Marilla era ostensiva em sua disponibilidade. Na verdade, a determinação dele em sumir estava começando a ameaçar seriamente o plano de Cecily de se casar com ele – sim, era o que pretendia, pois, tendo finalmente encontrado o amor, não via motivo para abrir mão dele.

No entanto, não poderia simplesmente dizer a Rocheforte que o amava. Desde que nascera, fora profundamente incutida em Cecily a ideia de que uma dama *esperava* ser notada por um cavalheiro, e então ele começava a cortejá-la. Mas isso não ia funcionar naquele caso. O tempo era crucial. Logo a tempestade passaria, o desfiladeiro estaria livre e o pai dela chegaria.

Assim, quando Robin mais uma vez não apareceu para jantar, Cecily fora procurá-lo... E agora estava parada em um corredor escuro, do lado de fora da biblioteca do castelo, o rosto ardendo e os olhos marejados. Precisou recorrer a todo o seu autocontrole para não entrar pisando firme na biblioteca, empurrar Marilla para longe dele e ocupar o lugar dela.

Apenas uma coisa a impedira de fazer isso: e se Robin *não quisesse* que ela ocupasse o lugar de Marilla?

Cecily não tinha nenhum motivo para acreditar que ele desejasse tal coisa. Não tinha nada em que basear a certeza de que ele também sentia... aquela *conexão*, a não ser o modo como ele a olhara quando ela descera da carruagem de Byron, como se uma súbita percepção houvesse atingido seu jeito bem-humorado e o deixado, por um momento, abalado e vulnerável.

Cecily se afastou da porta da biblioteca e começou a caminhar, os pensamentos divididos entre a esperança e o desespero. Não se deu conta da direção que os pés haviam tomado até ouvir uma voz masculina.

– Lady Cecily, a senhorita está bem?

Ela se virou e viu lorde Oakley vindo em sua direção. Ele parecia tudo, menos satisfeito em vê-la.

– Pegou o caminho errado? Está perdida?

– Como? – Cecily olhou ao redor e percebeu que, em sua distração, havia chegado a uma parte do castelo que não reconhecia. O corredor era escuro, frio, o piso sem carpete. – Acho que estou.

– A senhorita deve estar congelando – comentou ele.

– Não. Estou bastante confortável – disse ela.

Era verdade. O pedaço de veludo que usava como xale, encontrado em uma de suas buscas pelo aposento que ocupava, era bem quente, por mais que não fosse elegante.

Por baixo do xale, ela usava mais uma vez o vestido de baile de algodão azul com que chegara, já que as costuras do vestido preto de luto haviam se desfeito.

– Duvido – falou Oakley, fazendo com que ela voltasse novamente a atenção para ele. – Permita-me conduzi-la de volta a uma parte mais quente do castelo.

A atitude dele era impaciente e, claramente, seus pensamentos estavam em outros assuntos.

– Obrigada – disse Cecily, virando-se na direção que ele indicara.

Embora nunca tivesse se encontrado com Oakley em Londres, ela conhecia a reputação dele como um homem extremamente rigoroso. Cecily o vira várias vezes na companhia de lorde Burbett, o pretendente mais solene dela, mas nunca pedira para ser apresentada. Oakley parecia o tipo de homem que sempre encontrava defeitos nas pessoas, e Cecily jamais procuraria se sentir insegura intencionalmente.

Naquele momento, o conde estava com uma expressão profundamente aborrecida, caminhando ao lado dela com as mãos às costas.

– Sinto muito por tudo isso – disse ele finalmente. – Burbett vai querer a minha cabeça quando souber.

Cecily franziu a testa. Ao que parecia, Oakley achava que Burbett ocupava uma posição mais importante na vida dela do que ocupava de fato. Ela dificilmente poderia contar a Oakley que havia recusado o pedido de casamento do amigo dele. Era Burbett quem deveria revelar a informação da maneira que escolhesse.

Oakley assumiu o silêncio que se seguiu ao seu comentário como uma repreensão pelo excesso de familiaridade, e ruborizou.

– E agora devo me desculpar de novo.

– Santo Deus, milorde – disse Cecily –, é a oitava ou nona vez que se desculpa por uma coisa ou outra. Não pode se culpar *por tudo*. Eu lhe asseguro que não estou culpando o senhor.

– Como mais ninguém na minha família parece compreender a gravidade da situação, ou assumir a culpa pelo que está acontecendo, me sinto no dever de fazer isso, nem que seja em nome do orgulho.

– O senhor não considera que seu tio, ou... – ela hesitou – ... ou seu primo estejam com a consciência devidamente pesada?

– Tio Taran não tem consciência – murmurou Oakley.

– E seu primo?

Por um momento, Cecily achou que ele talvez rejeitasse aquela abertura, mas então a rigidez que parecia uma parte essencial do homem desapareceu. Ele deu um sorriso contrito.

– Acho que, pelo bem da justiça, se a senhorita está disposta a me eximir da culpa, deve fazer o mesmo com Robin – disse Oakley. – E, embora seja impossível dizer pelo que ele demonstra, desconfio que meu primo esteja tão chocado quanto eu com a travessura tola de Taran.

– É mesmo?

Ora, *aquele* era um assunto bem mais interessante do que Burbett.

Mais uma vez Oakley deu aquele sorriso inesperado – e inesperadamente encantador.

– A esperança é a última que morre.

A oportunidade de saber mais sobre Robin era irresistível.

– Para um cavalheiro conhecido por sua... bem, por seu apreço por jovens damas, o conde certamente tem se ausentado por boa parte do tempo.

Era um comentário extremamente ousado e Cecily mal conseguia acreditar em sua coragem.

Oakley desviou os olhos para ela com certa surpresa, mas respondeu assim mesmo.

– Meu primo prefere oferecer seu *apreço* apenas a damas que já não são mais jovens senhoritas.

Ah, pensou Cecily, irritada, não se Marilla Chisholm conseguisse o que queria.

– Ora, isso não é muito educado – comentou ela.

– Não leve para o lado pessoal, milady – falou Oakley. O conde certamente estava distraído com alguma coisa... ou com alguém... para se esquecer de sua lendária discrição. – Desconfio que Robin esteja tentando garantir que não manchará a reputação de ninguém.

– Ou talvez esteja simplesmente determinado a não ser presa dos planos matrimoniais que seu tio tem para ele – sugeriu Cecily.

– Isso é possível, claro, mas duvido.

– Por quê?

– Porque não acho que Robin creia que qualquer jovem dama de boa reputação o consideraria um candidato viável ao casamento. Não, alguma outra coisa está fazendo meu primo agir de modo estranho, e sua preocupação com a própria reputação é a melhor razão que posso deduzir.

– O senhor parece perturbado.

– É porque Robin é perturbador. E irritante. E completamente tolo.

– Ao que parece, ele é o seu oposto, milorde – retorquiu Cecily, friamente, incapaz de não sair em defesa de Robin. – É compreensível que um cavalheiro tão despreocupado quanto seu primo deva testar a paciência de alguém que parece tão severo.

Oakley cerrou os lábios.

– O que as pessoas pensam de uma pessoa e quem essa pessoa realmente é nem sempre são a mesma coisa.

Cecily compreendia muito bem. Sabia que a sociedade a considerava insípida, mas desde que a família e os amigos mais íntimos soubessem quem ela era de verdade, não se importava. No entanto, ao olhar para Oakley, um pensamento lhe ocorreu.

– De quem está falando? – perguntou. – De si mesmo ou do conde?

– Talvez de nós dois. E até mesmo da senhorita, lady Cecily. Burbett declarou que a senhorita é a jovem dama mais circunspecta que ele conhece, e ainda assim, aqui está, me interrogando sobre meu primo.

Cecily sentiu o rubor subir do pescoço até o rosto.

– Mas o que eu sei das damas? – continuou ele, com uma nota de fúria na voz que a surpreendeu. – *Nada*. Bem, peço que me perdoe, porque não tive a intenção de criticá-la. Tolo que sou, insisto em ver as coisas através dos olhos da sociedade, e não através dos meus próprios. – O maxilar dele ficou rígido. – Quanto ao que eu disse, estava me referindo à despreocupação de Robin. É uma fachada que ele adota.

Cecily aguardou, torcendo para que ele elaborasse, e, depois de um instante, seu silêncio foi recompensado.

– A propensão de Robin, que alguns chamariam de *empenho*, em se desvalorizar convida as pessoas a fazerem o mesmo. Ele herdou um vinhedo do pai e, como resultado da mais pura determinação, recuperou-o da beira da ruína. Em aproximadamente uma década, estará produzindo um dos melhores Bordeaux do mundo. No entanto, as *fofocas* – ele quase cuspiu a palavra –, intrigas e os fiscais da vida alheia nunca mencionam *isso*. Os tolos só falam do empenho dele em outras áreas. E meu primo encoraja isso. – Oakley custou para dizer a última frase. – Ele admite prontamente não apenas as coisas que fez, como crimes que jamais cometeu. Consegue imaginar por que alguém faria uma coisa dessas?

Santo Deus, o que acontecera com a extrema discrição do rosto mais severo de Londres? Cecily tinha a estranha sensação de que ele não estava mais falando de Robin, e sim de outra coisa, ou de alguém, completamente diferente.

Ainda assim, ela respondeu à pergunta.

– Talvez ele espere anular as fofocas antecipando-se a elas. Fazendo isso, ele ao menos tem a satisfação de abafar o barulho que fariam e, talvez, evitar a dor que poderiam provocar.

Oakley a encarou com firmeza.

– A senhorita talvez tenha razão – murmurou ele. – De muitas maneiras, Robin também é o melhor homem que conheço. Mas eu seria um péssimo anfitrião se permitisse que meus hóspedes se expusessem involuntariamente a fofocas. Portanto, tenha cuidado, lady Cecily – acrescentou ele, sério, mas ainda gentil. – Temos um amigo em comum que jamais permitiria ter seu nome associado, mesmo que de modo superficial, a qualquer coisa remotamente inapropriada.

Ele estava falando novamente de Burbett, alertando-a de que, caso se comprometesse com Robin, Burbett não a cortejaria mais.

– Não precisa se preocupar, lorde Oakley. Não tenho a intenção de começar um flerte com seu primo.

Não. Cecily tinha ideias completamente diferentes.

– Eu jamais presumiria uma coisa dessas, lady Cecily – disse Oakley, voltando aos seus modos rígidos. – A senhorita obviamente não é o tipo de mulher que encorajaria homens a... – Ele contraiu os lábios em uma expressão que parecia mais de frustração do que de raiva. – ... a escalar a hera do lado de fora do seu quarto.

Cecily não tinha ideia do que ele quisera dizer com aquilo, mas claramente parecia algo importante. Não perdeu muito tempo pensando, no entanto, pois estava com a mente ocupada por uma ideia que surgira depois daquelas palavras.

– Hera – murmurou Cecily, o cenho franzido em concentração.

Que homem ignoraria as intenções de uma dama que se visse levada a cometer um ato daqueles? Robin não seria capaz de ignorar.

Era uma metáfora, é claro, mas, se Robin não iria atrás dela, então Cecily teria que seduzir o Príncipe dos Libertinos.

CAPÍTULO 20

Bem cedo na manhã seguinte

O céu ainda estava de um azul-cobalto intenso, empalidecendo aos poucos para chegar à cor das orquídeas azuis, quando Robin começou a andar sem rumo pela ala do castelo Finovair onde ficava a galeria de retratos havia muito abandonada. A tempestade passara, e o castelo permanecia envolto em um pesado manto de neve, as pequenas torres e a muralha tombada ainda cintilando com o gelo. Era mais bonito do que jamais fora. Mas Robin mal notou, dado que sua atenção estava fixa em outro tipo de beleza.

Quem teria imaginado que,lady Cecily Tarleton provaria ser a mulher mais perigosa de toda a Grã-Bretanha? Não para todo mundo, é claro, mas, para uma pequena população de apenas um indivíduo, era isso o que ela certamente era.

– Se não fosse tão engraçado, seria patético – murmurou Robin, o hálito saindo em uma nuvem de vapor no ar gelado do corredor.

Ele ficou feliz ao constatar o retorno do bom humor que tinha praticamente desaparecido desde que vira lady Cecily pela primeira vez, diante da carruagem de Bretton, iluminada pela luz das tochas. Havia neve nos cílios dela, e também flocos espalhados pelos cabelos escuros, como os diademas no véu da rainha das fadas. E seu rosto estava rosado onde a neve já derretera. Uma expressão ligeiramente espantada havia então abalado a suavidade de camafeu do rosto dela, seguida por um encantamento enquanto lady Cecily absorvia tudo ao redor. Dava a impressão de que ser raptada era uma ocorrência regular em sua vida, como se ela precisasse apenas aproveitar o ínterim entre o rapto e o resgate.

Como, desde o berço, Robin se vira à mercê do Destino e da Sorte – e assim logo descobrira que a aceitação de bom grado de ambos era a melhor aliada contra o desespero –, ele apreciava ver a mesma atitude em outra pessoa. Especialmente em uma "outra pessoa" tão adorável.

Quando Byron pegara a mão dela para ajudá-la a descer da carruagem, Robin percebera que *ele* queria ter ocupado o lugar do primo, e como Robin raramente se negava alguma coisa que queria – principalmente porque *sempre* se certificava de que o objeto de desejo estivesse dentro de suas possibilidades –, afastara Oakley para o lado sem titubear e se adiantara para ajudá-la. Como era de se esperar de um conhecido libertino, Robin fizera algum comentário ousado e sorrira francamente, antecipando que a dama ficaria sem fôlego – um clássico em tais situações –, ou, possivelmente, se fosse mais atrevida, soltaria uma risadinha abafada.

Lady Cecily não fizera nenhuma das duas coisas.

Em vez disso, o encarara. Uma estranha e comovente expressão de reconhecimento surgira em seus olhos cor de mel, e ela entreabrira os lábios tenros e sensuais, mas nenhuma palavra escapara deles. E Robin ficara perplexo com a força do anseio inesperado que o dominou, quase deixando-o de joelhos. Naquele exato instante ele se deu conta de como lady Cecily era muito, muito perigosa. Porque contra todas as probabilidades, quando ele já deveria estar imune a tal tipo de tolice, acabara fazendo o inimaginável: se apaixonara.

E fora, sim, amor à primeira vista.

Robin nunca se apaixonara antes, e exatamente por isso reconhecera a sensação com absoluta clareza. Pouco depois daquele primeiro momento, ele havia fugido – porque não, ele não aplacaria a própria vaidade chamando o que fizera de qualquer outra coisa – das partes mais habitáveis de Finovair em busca das que estavam se transformando em ruínas, o que, pensou ele, ao olhar ao redor, era a maior parte do castelo. Porque, por mais que pudesse estar apaixonado, Robin não era louco, e seria insanidade perseguir o que não tinha a possibilidade de alcançar.

Ele aprendera essa lição cedo na vida, quando chegara a Londres, ainda rapaz. As mães da alta sociedade não perderam tempo em alertar suas filhas contra o filho do conde francês sem recursos. E os pais foram igualmente rápidos em empurrar Robin para o lado – com a ajuda de seus criados mais musculosos –, para *garantir* que ele entendera o aviso.

Depois disso, Robin mantivera seus relacionamentos amorosos estritamente entre as damas que não exigiam casamento como pré-requisito para se dedicar aos esportes da cama. E por mais que suas conquistas não somassem nem de perto a multidão que Byron presumia – e que Robin o deixava presumir –, eram o bastante para evitar que um camarada reclamasse da vida.

E por que reclamaria, afinal?, perguntou a si mesmo, parando para olhar o pátio coberto de neve, mas sem conseguir prestar atenção. Tinha saúde, bons amigos, alguns hectares de um vinhedo que ainda conseguia manter em funcionamento e – lançou um olhar ressentido para as paredes esfareladas e cheias de buracos do corredor – algum dia herdaria um castelo escocês. O que mais poderia querer?

Ela.

Robin ficou incomodado com o pensamento traidor.

Irritado, virou-se para partir e, nesse momento, ouviu o som discreto e inequívoco de uma mulher praguejando. Aliviado por ter uma distração, ele sorriu, perguntando-se se junto com todo o legado indesejado que Taran – maldito fosse o ventre infrutífero daquele homem – pretendia lhe empurrar, ele também herdaria um fantasma... embora achasse que até os fantasmas teriam o bom senso de não assombrar um lugar tão inóspito.

Robin desceu o corredor na direção do som, bem no momento em que um amontoado de tecido vermelho em cujo topo havia uma cabeça emergia de uma porta.

Uma cabeça de cabelos escuros particularmente adorável.

Lady Cecily.

Ao que parecia, ele iria mesmo ser assombrado.

CAPÍTULO 21

Por um segundo, Robin considerou a hipótese de fingir que não a vira – de novo – e entrar no corredor adjacente. Ao evitá-la até aquele momento, estava querendo se poupar de receber uma amostra do que nunca poderia ter de verdade.

Sim, as boas maneiras haviam exigido que comparecesse ao jantar da primeira noite, mas havia se sentado o mais longe possível dela à mesa, e escapara assim que Marilla dera início à campanha para conquistar o coração de Bretton... Não, se a moça fosse ganhar qualquer coisa de Bretton, jamais seria o coração. Além do mais, qualquer tolo que visse Marilla em ação logo perceberia que o objetivo dela jamais fora o amor do homem.

Mas então Robin se deu conta de que não conseguiria resistir à oportunidade de passar algum tempo a sós com lady Cecily antes que viessem resgatá-la do castelo. Quando seus salvadores chegassem, Robin já teria ido. Não tinha a menor intenção de estar ali enquanto Marilla Chisholm convencia o pai de que os eventos ocorridos no castelo só poderiam ser redimidos com um casamento. Especificamente com ele.

Além disso, passando algum tempo com lady Cecily, talvez descobrisse que ela não era o que cada fibra de seu coração declarava que era, mas apenas uma jovem dama cuja bela aparência e cujos bons modos eram tudo o que era ou a que aspirava ser. Ao menos podia torcer por isso, pensou Robin enquanto caminhava na direção dela.

– Lady Cecily – cumprimentou ele, sentindo-se mais bem-humorado a cada passo.

Ela havia trocado as roupas de luto da véspera por um vestido de baile ainda mais velho, datando de uma era em que as mulheres precisavam se virar de lado para entrar por uma porta. Só que, sem o apoio das anquinhas que no passado teriam se projetado de seus quadris, as saias pesadas se arrastavam pelo chão, dos dois lados do corpo da jovem, como duas asas quebradas.

A seda vermelha do vestido, que provavelmente já fora da rica cor de rubi, desbotara para um tom de ferrugem, e os fios pesados de prata que bordavam as mangas e a bainha tinham se tornado esverdeados com o tempo. Enormes rosas de seda, que certamente já haviam sido brancas, agora pendiam amareladas e encardidas dos cotovelos, da cintura e dos quadris.

Mesmo no auge do reinado de Jorge VII, quando vestidos decotados estavam na moda, aquele decote seria considerado indecente, mas no corpo delgado de lady Cecily a roupa ficava tão larga que ela fora forçada a enrolar uma espécie de xale de veludo no pescoço, como um cachecol, e colocar as pontas para dentro do corpete, para preservar o decoro. O esforço aparentemente desprendera as mechas do coque elegante, e agora os cabelos também estavam enfiados por baixo do xale.

Uma imagem de sua aparência caso não tivesse sido tão habilidosa com aquele maldito xale assaltou a imaginação dele: os cabelos caindo nos ombros nus, cachos soltos brincando no decote. Um desejo ardente se espalhou pelo corpo de Robin. E ele afastou sem piedade a imagem tentadora.

– Céus, conde, o que está fazendo aqui? – perguntou lady Cecily.

Evitando você, meu amor.

– Dando minha caminhada matinal. Meu médico prescreve escalada de escombros em temperaturas glaciais ao menos três vezes por dia. – Ela o brindou com uma gargalhada diante do absurdo da ideia. – Posso lhe fazer a mesma pergunta?

Ela baixou os olhos para as saias em mau estado e deu um sorriso inesperadamente travesso.

– Só se pode usar um vestido duas vezes antes de aposentá-lo. Certamente o senhor sabe disso, não é, conde? Encontrei este no baú que o Sr. Hamish levou para o quarto, e quanto a isto... – Ela indicou o xale com uma careta.

Robin arregalou os olhos. Por Deus, não era um xale o que ela passara ao redor dos ombros, mas parte de um antigo cortinado de veludo, que ficava pendurado ao redor da cama. Ele reconheceu o tecido, pois fora usado em um quarto que havia ocupado quando criança! Ao que parecia, ela o arrancara da cama.

– É claro que devolverei ao lugar de origem – acrescentou lady Cecily.

– Meu bem – disse Robin, balançando a cabeça em um lamento fingido –, mal sei o que dizer. Não se encontram relíquias como essa jogadas por aí, sabe disso.

– Não – respondeu ela. – Encontram-se *penduradas* por aí.

Ele sufocou uma risada e tentou parecer severo.

– Mais desagradável do que a senhorita estar pilhando a casa do meu tio é que, mesmo depois de enfeitada com a tapeçaria da família que arrancou de seu suporte, ainda esteja caçando mais coisas para saquear.

– É terrível, eu sei – admitiu ela, o olhar perturbadoramente direto. – Mas é que quando encontro algo que quero muito, luto até o fim para tê-lo.

Robin encarou-a com apreciação renovada. Aquelas dificilmente seriam palavras de um modelo de decoro. E o olhar de lady Cecily era direto demais, sua expressão muito cheia de prazer e de malícia. Na verdade, os lábios tremiam na tentativa de suprimir uma risada.

Maldição.

– Quanta voracidade – comentou ele, e percebeu que a estava encarando. – Mas como posso culpá-la, não é mesmo? Ainda mais eu, que já fui acusado de defeito semelhante.

– Ah. É um defeito? – perguntou lady Cecily, fingindo inocência e olhando para ele pelo canto daqueles olhos impressionantes. A cada palavra, a cada olhar ela o encantava mais.

Aquilo era muito pior (e melhor) do que Robin havia esperado. As conversas que tivera com jovens damas durante sua primeira temporada social haviam sido completamente sem graça: coisas afáveis e banais, comentários superficiais sobre a peça mais recente, o clima, as exposições em cartaz. Nada espirituoso, nenhum subtexto, nenhum... que Deus o ajudasse... flerte.

Precisava ir embora de Finovair antes do almoço.

– Além disso – continuou lady Cecily –, seu primo alega que o senhor é um verdadeiro exemplo de moderação.

Mais uma vez, ela o pegou desprevenido. E Robin caiu na gargalhada.

– Ou a senhorita está zombando de mim, ou descobriu um primo que desconheço e que, obviamente, também me conhece muito pouco.

– Ele pareceu bastante certo do que dizia. Mas a verdade é que com vocês, homens, nunca se sabe, não é? – disse lady Cecily. – Sempre parecem ter tanta certeza de tudo. Deve ser exaustivo. Não?

– Como não tenho certeza de nada, muito menos em relação a esta conversa, não vou ousar responder.

– Ah, acho que o senhor tem muita certeza de quem e o que é, conde.

Havia humor na voz dela, e Robin não sabia exatamente como reagir. Ele sorriu para disfarçar o desconforto e disse:

– Por favor, o título é menos do que uma cortesia. Deve me chamar de Robin, especialmente depois que Marilla anunciou que estamos todos nos tratando pelo primeiro nome.

Então parte do brilho se apagou daqueles olhos extraordinários.

– Eu gostaria de chamá-lo de Robin por desejo seu, não de outra pessoa.

– É desejo meu. Gostaria que me chamasse de Robin.

Ele ouviu o toque ligeiramente suplicante na própria voz, mas não pôde evitar. Queria ouvi-la dizer o nome dele com as mais variadas entonações: em um grito de alegria, em um sussurro de intimidade, pronunciado com uma familiaridade fácil.

– Só se me chamar de Cecily.

– Seu pai dificilmente aprovaria.

As palavras escaparam sem que ele se desse conta. Quando havia se tornado alguém tão pedante? Mas ela não deveria permitir que um libertino se dirigisse a ela com tamanha informalidade.

– Ele não está aqui, e eu mesma jamais arriscaria presumir o que meu pai aprovaria ou não – disse ela com arrogância fingida. – Acho bastante audacioso da sua parte fazer isso, portanto.

A argúcia dela o encantou quase tanto quanto a rapidez de raciocínio. Além do mais, que mal haveria se brincassem de ser amigos... ou até mesmo algo mais... por algumas poucas horas?

– Vejo que não tenho escolha senão ceder à palavra de quem sabe mais, la... Cecily. Até receber outra orientação do próprio cavalheiro, vou me basear em seu aprofundado entendimento do assunto. Agora, o que está fazendo nesse clima tão inóspito já cedo pela manhã?

– Como disse, estou procurando algo para usar. Algo que me sirva melhor do que isto – disse ela, puxando as saias expostas. – A caçada me trouxe até aqui.

– Temo que vá se desapontar – disse Robin. – Essa parte do castelo não é habitada há gerações. Qualquer coisa que valesse a pena manter foi removida daqui há muito tempo.

– Que diabos.

Robin sorriu diante da discreta imprecação dela.

– Exatamente. Lamento.

– Tudo bem. Vou procurar em outro lugar. Deve haver alguma coisa escondida por aí.

Ele duvidava, mas por que desanimá-la quando ela estava obviamente se divertindo com a caça ao tesouro?

– Algum lugar em mente? – perguntou ele.

– Não. Já entrei em todos os cômodos deste corredor.

– Então talvez me permita acompanhá-la de volta a uma área mais propícia para a busca? Finovair não é muito grande, mas pode ser confuso. Propositalmente.

– Por quê?

– Faz parte da herança escocesa. Muitos jacobitas e hanoverianos espalhados a esmo pelos nossos campos, conspirando, desmascarando alguns segredos e escondendo outros. Não é de espantar que nossos castelos costumem ser cheios de passagens secretas e becos sem saída, de trancas e alcovas escondidas. E os Fergusons foram os o piores. Assim, não é de espantar que as fortalezas da família sejam as mais complexas. Você deve mesmo deixar que eu a acompanhe e...

Cecily levantou a mão, rindo.

– Chega, Robin! Já estou convencida.

Ele parecera ansioso demais? Devia estar mesmo enfeitiçado, pois seu sangue-frio era lendário.

– E eu aceito – continuou ela. – Odiaria terminar perdida entre essas paredes pela eternidade. Pode me levar aonde quiser. Sou sua!

O coração de Robin deu um pulo ao ouvir essas palavras, e ele olhou de relance para Cecily para ver o que ela havia oferecido. Não havia, no entanto, uma gota sequer de cautela em sua expressão. Cecily sorria alegremente, soberana em sua condição. Ninguém ousaria lhe fazer mal. Era filha de um conde, afinal.

Moça tola... Não se dava conta de que era adorável demais para presumir tal coisa. Ora, havia sido raptada, não é mesmo? Raptada e levada debaixo de tempestade até um castelo gelado e bárbaro, com o propósito explícito de se tornar noiva do herdeiro desse mesmíssimo castelo.

Noiva *dele*.

A ideia teve um efeito irresistível no subconsciente de Robin. E se ficasse no castelo e cortejasse Cecily? E se a seduzisse? Se usasse todo o seu talento tão exaltado para conquistá-la? Ela se deixaria levar?

Ele se deixaria levar?

Cecily deu o braço a Robin, sem imaginar os impulsos depravados que passavam pela mente dele.

– Admito – disse ela – que a ideia de ficar perdida aqui me traz uma imagem engraçada: meu pobre espírito gemendo de tristeza por trás das paredes de seus descendentes, só para ouvi-los gritar que mereço meu destino por não ter aceitado sua companhia. – Ela o fitou por entre os cílios muito negros. – Isso presumindo que nenhum descendente seu teria piedade de tolos que não sabem aceitar o que lhes é oferecido.

Robin congelou onde estava, perplexo com uma interpretação que certamente não correspondia ao que ela quisera dizer. Cecily o encarou com uma expressão que era toda inocência e confiança. Ele engoliu em seco.

– Acha que me conhece o bastante para prever o temperamento dos meus descendentes? – perguntou Robin.

Ele se deu conta de que *gostava* da ideia de que ela o conhecesse, gostava até da ideia de ela achar que o conhecia. Embora, é claro, aquilo não fosse verdade. As amantes de Robin costumavam reclamar de que o riso e o humor dele destruíam qualquer esperança de alcançar alguma intimidade que não envolvesse o corpo.

Mas ali, naquele momento, com aquela moça em um vestido claramente enorme para ela, usando um cortinado de cama como xale, parecendo uma criança que invadira o guarda-roupa da mãe, caminhando por um corredor onde um frio de doer os ossos entrava pelas janelas e se insinuava como líquen prateado pelo teto, com os hálitos de ambos condensando nuvens no ar, naquela estranha terra de conto de fadas onde a luz suave do amanhecer gelado reluzia, a presunção de familiaridade de Cecily pareceu aconchegante e... *certa*.

Talvez ele não precisasse evitá-la, afinal. Talvez eles pudessem apenas ser amigos...

Mas então Robin olhou para Cecily, apenas de relance, e reparou em como a luz se refletia em seu lábio inferior carnudo, na linha elegante do nariz, no brilho dos preciosos cachos negros e no pequeno vale quase escondido onde ela enfiara o veludo no corpete. E concluiu que não, eles não poderiam ser só amigos.

– Estou sendo presunçosa? – perguntou ela, mas não parecendo nem um pouco preocupada. – Sinto muito.

– De forma alguma – retrucou Robin com tranquilidade. – Só estou espantado por ser tão obviamente previsível a ponto de você conseguir prever os traços que meus descendentes vão herdar.

– Você é gentil, Robin – disse Cecily, examinando-o.

As palavras dela o deixaram desconfortável. Afinal, ele era um libertino e tinha péssima reputação. E era pobre. Cecily devia saber.

Ele puxou-a de volta para o seu lado e seguiram a um passo lento, como se estivessem passeando no parque St. James no auge da temporada social, não no corredor de um castelo em ruínas nos dias mais rigorosos do inverno.

– Você pode muito bem estar certa em relação aos meus descendentes – disse Robin. – *Se* os futuros condes de Rocheforte puderem ser encontrados vagando pelo castelo. Mas duvido que isso aconteça.

– Como assim? – perguntou ela. – O cavalheiro mais velho deu a entender que você herdará Finovair.

– O cavalheiro mais velho? Ah. Está se referindo a Taran, certo? Dificilmente um cavalheiro, embora certamente velho. E, sim, minha mãe foi tacanha a ponto de me dar à luz prematuramente, portanto duas semanas antes de Byron nascer. Sendo assim, Taran me condenou a ser o próximo na linha de sucessão dessa grande fraude.

Ele falava com uma indiferença bem-humorada.

– Mas mesmo diante do meu grande poder de persuasão... e posso ser muito persuasivo – Robin inclinou a cabeça e lançou um olhar divertido para Cecily, sendo recompensado com um leve rubor –, nem mesmo eu conseguiria convencer qualquer dama a morar aqui, menos ainda a criar filhos neste lugar.

– Por quê? – Ela encarou Robin, parecendo genuinamente confusa.

Por quê? O olhar dele se desviou para a extensão da galeria arruinada em que estavam. Uma vinha conseguira se esgueirar por uma rachadura na janela e agora pendia do teto, nua e retorcida como o dedo de uma bruxa, apontando acusadoramente para uma cadeira quebrada que tropegamente se inclinava contra uma parede com manchas de umidade. Cecily não estava sendo sincera. Não era possível que estivesse.

– A última moda – disse Robin com total tranquilidade – é evitar lábios azulados. Ou foi o que me disseram. E me recuso a ter uma esposa que não esteja na última moda.

Ela caiu na gargalhada, e ele não conseguiu evitar reparar que os lábios de Cecily estavam de fato ligeiramente arroxeados de frio. Sem dizer nada, Robin tirou o paletó e, sem pedir permissão, colocou-o nos ombros dela.

Cecily recuou um passo diante da gentileza não solicitada, claramente surpresa com a liberdade que Robin tomara. Ele aproveitou a oportunidade para ir além, e abotoou o paletó no pescoço dela, tirando gentilmente uma mecha de cabelo que havia se esgueirado para dentro. Então alisou o agasalho no ombro dela, sorrindo enquanto acompanhava Cecily recuar lentamente, passo a passo, até dar com os ombros na parede logo atrás.

– Peço que me perdoe, lady Cecily – disse ele, voltando à realidade. – Estou apenas fazendo minha parte para garantir que a Escócia permaneça no mesmo patamar que Londres. Seus lábios estavam ficando azuis, meu bem.

Ele não tinha a intenção de fazer mais nada. Mas os olhos dourados dela encontraram os dele naquele instante, e Robin só teve consciência das batidas do próprio coração, da respiração difícil. Então, surpreendentemente, o que pareceria impossível aconteceu: Cecily se inclinou para a frente, ergueu o rosto com os olhos fechados e os lábios projetados em um delicioso convite.

Um beijo. Algo para ficar na memória. Que mal faria?

Robin não teria sido capaz de recusar aquela oferta, tanto quanto não teria sido capaz de se recusar a respirar. Então baixou a cabeça e, com todo cuidado, levou os lábios aos dela.

CAPÍTULO 22

O desejo explodiu no instante em que suas bocas se encontraram, percorrendo o corpo de Robin como um raio. Ele se aproximou ainda mais, mantendo os punhos cerrados ao lado do corpo e desejando ir além, embora certo de que ela fugiria ao menor toque.

Mais beijos. Era só o que ele queria. Não era muita coisa, era quase nada, na verdade... era tudo.

Cecily deixou escapar um som adorável, meio surpresa, meio ultraje, um suspiro e um arquejo ao mesmo tempo, e então apoiou uma das mãos no peito dele.

Robin se aproximou ainda mais, as pernas se entrelaçando ao tecido pesado das saias dela, embora tentasse não assustá-la. Em um esforço para se conter, ele apoiou o braço dobrado na parede atrás da cabeça dela de modo a poder acessar a perfeição daqueles lábios. Então deslizou a língua por eles até que – graças a Deus! – Cecily abriu a boca e deixou que a língua encontrasse a dele.

Robin gemeu, entregando-se ao prazer dos inexperientes movimentos de exploração dela. Beijou Cecily por longos e gloriosos momentos, até sentir a mão dela subindo por seu peito, os braços dela ao redor do seu pescoço, os dedos se enfiando em seus cabelos. O corpo dele ficou rígido como pedra. Poucos centímetros a separavam de se tornar plenamente consciente do estado de excitação dele. Mas Robin queria beijá-la, não chocá-la. Então cerrou o maxilar em sinal de frustração e recuou, afastando-se da boca de Cecily.

Ela o encarou, confusa pela súbita desistência. Robin desviou os olhos e respirou bem fundo para se recompor. Suas emoções estavam em um estado caótico e desconhecido, uma mistura de desejo sexual com instinto protetor. Cecily não deveria estar ali com ele. Aquilo era um erro. Uma indulgência tola e masoquista à qual ele não deveria ter se permitido.

– Santo Deus, você é mesmo hábil nas artes da sedução, não é? – sussurrou Cecily, ofegante.

– Você não sabia? É claro que sim. Sou o Príncipe dos Libertinos, minha cara.

Robin a encarou de volta com uma expressão irônica, o apelido que um dia fora divertido agora soando como uma maldição em seus lábios.

Ela deixou os braços deslizarem. Robin a encarou, preparado para fazer um comentário desdenhoso, mas o que viu arruinou seus planos. A expressão de Cecily era séria e confusa, seu rosto estava vermelho, os olhos cintilantes e transparecendo uma franqueza enervante.

– É claro que é – disse ela. – Quer dizer, eu tinha *ouvido* falar a respeito. De fato, sua reputação tem um longo alcance. Mas é que ouvimos tanto sobre tantas pessoas que, quando as conhecemos de fato, de repente nos damos conta de que os rumores apenas exageraram o que, na verdade, nem é assim tão extraordinário.

Ele riu, surpreso com o próprio mau humor. Cecily o confundia, roubava dele a determinação, o sangue-frio, a reputação de conquistador. Despia todas as ideias que ele preconcebera a respeito de jovens damas, deixando-o desnorteado. Cecily o fascinava e desconcertava. O que estava fazendo? O que pretendia?

– Entendo – disse Robin. – Sou uma decepção, não é mesmo?

– Ah, não! De forma alguma. Você excedeu *completamente* as expectativas – apressou-se a garantir ela. E havia tamanha ingenuidade, uma solicitude tão genuína em preservar a reputação de libertino dele, que Robin não conseguiu evitar uma nova risada. – Nunca fui beijada de forma tão... tão *convincente.*

– Agora está sendo gentil, lady Cecily – agradeceu Robin, embora alguma coisa no uso da palavra "convincente" o tenha incomodado.

Cecily achava que ele estava encenando quando, na verdade, Robin nunca antes se vira tão perdido em um simples beijo. Ele ficou aborrecido ao ver que ela não havia percebido isso.

– Mas... talvez deva perguntar a opinião da Srta. Marilla a respeito – comentou Cecily. – Ela talvez pense de forma diferente.

Robin a encarou, espantado por ela ter mencionado o beijo que testemunhara. Uma minúscula brasa cintilou nas profundezas daqueles olhos cor de âmbar. *Ciúme?*

Então Cecily sorriu para ele com uma despreocupação tão fascinante que Robin engasgou. Quando levantou a mão para tocá-la, no entanto, ela já havia se virado e se afastava pela galeria. Robin se apressou para alcançá-la, e lhe ofereceu o braço mais uma vez. Cecily aceitou com uma tranquilidade que também o espantou, tendo passado tão pouco tempo do beijo ardente. Do beijo que, pensou Robin com consternação crescente, ao menos *ele* achara ardente...

– Verdade seja dita – continuou ela, como se a conversa não tivesse sido interrompida –, não conheço muitos libertinos.

– Espero que não – retrucou Robin, mais uma vez pego de surpresa pelo rumo da conversa.

Cecily deveria estar vermelha de constrangimento, ou repreendendo-o por tirar vantagem dela, ou quem sabe insistindo em provocações para que ele tentasse a sorte novamente. Todas seriam reações às quais ele estava acostumado, e pelas quais esperava. Ela *não* deveria estar agindo como se os momentos anteriores não tivessem acontecido, como se o beijo que trocaram tivesse sido insignificante. Pois para ele significara muito!

Robin nunca estivera em uma situação como aquela. Cecily o deixava confuso, desafiava suas certezas, deixava seu corpo rígido de desejo, fazia desaparecer sua autoconfiança e seu coração disparar com algo que só poderia ser descrito como uma ânsia enlouquecida... de tocá-la, de beijá-la.

– Na verdade – continuou ela –, só conheci dois libertinos legítimos, você e um primo distante, de cujas proezas só falamos em voz baixa.

– Não me diga que há um rival para a minha coroa? – disse Robin, esforçando-se para parecer tão indiferente quanto ela. – Com certeza a reputação dele não se compara à minha, certo?

– Ah, é muito pior do que a sua – retrucou ela, perfeitamente à vontade. – Posso afirmar, baseada nas palavras do próprio canalha, que ele seduziu mais de oitenta das mais respeitadas damas da sociedade.

– Ele *contou* isso? – perguntou Robin, surpreso por ela ter permissão para conversar com um reconhecido libertino, e mais ainda que a conversa tivesse sido sobre esse assunto específico.

– Sim – disse ela. – Embora não aos ouvidos de todos. Com certeza não aos dos meus pais. Ah, não. – Cecily o surpreendeu com uma risadinha. – Eles não ficariam felizes em ficar sabendo *dessa* conversa. De forma alguma.

Robin também não estava nada feliz em saber a respeito. Um ciúme ácido fez seu estômago arder. Aquele libertino desconhecido a beijara? E, depois disso, ela também tinha agido assim, tão indiferente?

– Não – continuou Cecily –, ele esperou até estarmos sozinhos, só nós dois, no baile campestre que meus pais organizaram em Surrey, no ano passado. Meus pais estavam ocupados recepcionando os convidados quando Marmeduke me convenceu a dar uma volta no terraço com ele.

Marmeduke? Ela era assim tão íntima desse patife a ponto de chamá-lo pelo primeiro nome?

– Não havia mais ninguém por perto, e ele se aproveitou sem misericórdia de nossa inesperada privacidade. – Cecily olhou de relance para Robin. – Imagino que eu deveria ter me afastado imediatamente, afinal, já estávamos longe do salão de baile havia tempo demais. Mas as histórias dele eram tão fascinantes que não consegui resistir a continuar ouvindo. Estou certa de que nossos convidados devem ter começado a se perguntar por onde andávamos – concluiu.

Robin duvidava disso, se não por mais nada, apenas por um motivo irrefutável: se lady Cecily tivesse desaparecido em um terraço com um conhecido mulherengo por tempo o bastante para provocar questionamentos, a reputação dela jamais teria sobrevivido. Mas, ao que parecia, ainda estava ali, em seu devido lugar.

Ele cometera um erro. Havia julgado mal a moça. Achou que ela fosse consciente de todas as regras sociais, que fosse uma ingênua excepcionalmente sofisticada, mas Cecily parecia tão alheia do quão próxima estivera de um desastre quanto uma criança pequena que se aproxima de um lance íngreme de escada. Cecily era um perigo para si mesma. Alguém deveria estar tomando conta da reputação dela, e, claramente, não parecia ser o caso.

Longe dele interferir, mas não poderia permitir que ela perambulasse pela sociedade sem ninguém para guiá-la ou protegê-la. Quando o pai aparecesse para buscá-la, Robin daria um jeito de ter uma conversa com o cavalheiro, para lembrá-lo de seus deveres.

Mas... mas que ideia era aquela? Ele *não* estaria ali quando o pai de Cecily chegasse. Mas... mas poderia ir a Londres...

Lá, fora da temporada social – quando havia pouco mais a fazer do que fofocar –, as línguas corriam soltas nos salões menos salutares dos clubes de cavalheiros, Assim que voltasse para a cidade, Robin encontraria aquele... aquele Marmeduke, e teria uma conversa com ele, para garantir que o desgraçado compreendesse o significado de discrição. Porque, por mais que a reputação de Robin como sedutor pudesse ser exagerada, a reputação que o pintava como alguém com quem não se deveria brincar não era.

– E qual é o nome completo do meu rival, se me permite perguntar? – Robin conseguiu dar um jeito de soar apenas curioso.

– Marmeduke, lorde Goodhue.

Robin poderia jurar que conhecia todos os libertinos de Londres.

– Acho que nunca fui apresentado ao cavalheiro.

– Não me surpreende. Ele raramente visita Londres, costuma ficar em Surrey – comentou Cecily.

– Ele mora perto da casa de campo da sua família? – perguntou Robin. *Onde* em Surrey? Sempre tivera vontade de visitar o lugar.

– Não *perto* da nossa casa. Mas *em* nossa casa. Ele se tornou nosso hóspede permanente depois de falir, alguns anos atrás, e não ter para onde ir. Na verdade, meus pais o acomodaram num aposento ao lado do meu.

Robin a encarou e sentiu uma sensação estranha apertando seu peito. Maldição. Ao que parecia, estava *chocado*. Uma sensação que não experimentava desde os 15 anos, quando a esposa do professor de latim lhe oferecera um tipo diferente de aula.

– Bem, poderiam muito bem tê-lo colocado nos aposentos dos criados – disse Cecily, na defensiva. – E tenho quase certeza de que ele teria preferido, até. Mas se do jeito que as coisas estão as criadas de quarto já estão ameaçando se demitir...

Não era apenas um espanto que a reputação da moça continuasse intacta, era um *milagre*.

– Maldição – murmurou Robin, e Cecily caiu na gargalhada.

O rosto todo dela se acendeu com o riso, os olhos dançando, as gargalhadas escapando alegremente dos lábios, o brilho dos dentes muito brancos. Era de tirar o fôlego.

– É claro que, como ele tem 83 anos e sofre de gota, tem mais chances de ganhar o Derby do que de agarrar uma delas – conseguiu dizer entre gargalhadas. – Ou a mim. Não que tenha chegado a tentar. Marmeduke tem certos limites, como todos os libertinos. – Ela lançou um olhar de lado para Robin. – Ou ao menos é o que ele me garante.

Cecily começou a rir de novo, e ele não conseguiu evitar rir também. A moça o enrolara esse tempo todo, fazendo com que Robin pagasse por tê-la feito elogiar seus beijos.

– *Touché, ma petite* – disse Robin, quando finalmente pararam de rir.

Ele ofereceu o braço a ela, e mais uma vez eles começaram sua já prolongada jornada pelo corredor gélido.

Passaram longos minutos em um silêncio camarada, e Robin se deleitou com a sensação, o calor dos dedos dela em seu braço, o aroma suave de baunilha e jasmim que entrava vez ou outra por suas narinas, o simples prazer da companhia de Cecily...

– Finovair pode ser muito gelado, mas tem um encanto considerável – comentou ela depois de algum tempo. – Embora eu entenda que você ache que sua noiva vai ser mais feliz em Londres do que aqui.

Ele deveria ter resistido, deveria ter deixado o comentário passar em branco, mas precisava dizer a ela. Ou melhor, precisava lembrar a si mesmo que ela estava muito acima dele.

– Noiva? – repetiu. – Minha cara Cecily, tenho ainda menos a oferecer a uma esposa em Londres do que aqui.

Qualquer outra moça teria ruborizado ou se desculpado, ou ao menos olhado para ele com certa aversão. Afinal, Robin acabara de cometer um dos pecados cardeais da sociedade: reconhecera a própria pobreza. Mas, no que dizia respeito a Cecily, Robin estava começando a se acostumar com o inesperado, e foi o que aconteceu.

– Mas ainda assim suponho que você queira se casar e ter uma família – comentou ela, muito séria.

– Sim – concordou Robin. – Mas me disseram que, quando se escolhe uma esposa, é preciso levar em consideração os desejos dela, também. Desejos que tenho pouca esperança de conseguir atender. Posso ser um libertino, lady Cecily, mas não sou um canalha.

Cecily o encarou por um longo momento, então seus olhos cintilaram e ela falou:

– Entendo. Então você imagina para si um futuro semelhante ao de Marmeduke?

Por Deus, *não*! Mas antes que ele pudesse refutar essa ideia horrível, Cecily continuou, do jeito que as pessoas fazem quando estão se esforçando muito para serem encorajadoras em relação a uma perspectiva muito desagradável.

– Não que haja nada errado com isso – disse ela, acrescentando baixinho: – Eu acho...

Maldição. Na cabeça dela, ele estava predestinado a ficar capengando atrás de criadas domésticas até a velhice, os dedos artríticos estendidos na esperança de beliscar uma última vez uma mocinha de andar ligeiro? Era assim que ela o via?

– Você me apavora.

– É mesmo? – perguntou Cecily. – Gostaria de saber por quê.

– A sua visão do meu futuro me apavora, digo.

– É mesmo? Mas por quê? Marmeduke é praticamente nosso mascote – disse ela. – É muito paparicado pelas minhas irmãs mais novas.

Imaginar garotinhas lindas como querubins sentadas em seus joelhos enquanto ele contava histórias devidamente censuradas sobre seus feitos de juventude, antes de elas dormirem, provocou um arrepio quase tão grande em Robin quanto a ideia de perseguir criadas. Assim, ele ignorou o comentário de Cecily e fez uma pergunta a ela:

– Você tem muitos irmãos?

– Quatro. Tenho dois irmãos mais novos, gêmeos, que foram para Eton no ano passado. Sinto muita falta deles, já que as minhas irmãs mais novas consideram brincadeiras que exigem destreza física abaixo da dignidade delas. Eu, particularmente, acho que elas adorariam viver esses momentos deliciosos se tivessem um mínimo de bom senso – confidenciou Cecily, com um brilho travesso nos olhos que Robin achou adorável.

– E você, tem irmãos ou irmãs? – quis saber ela.

– Não.

– Mas teve Oakley para testemunhar seus pecados?

Robin sorriu.

– Não. Na verdade, não. – O sorriso dele se apagou. – Robin e eu crescemos separados.

Robin só conhecera Byron quando os dois já eram adultos. Depois que os pais de Robin morreram de *influenza*, o orgulho, não a compaixão, levaram o pai de Byron a pagar pela educação do sobrinho. No entanto, o velho desagradável não vira motivo para que seu herdeiro se relacionasse com um francês pobretão qualquer. Assim, enquanto Byron foi para Eton, Robin foi mandado para Rugby. Nunca foi convidado para passar as festas de fim de ano na Casa Oakley. Em vez disso, o tio pagou para que o diretor da escola levasse Robin para sua própria casa durante esse período.

Mas não havia razão para aborrecer Cecily com esses detalhes.

– Quantas irmãs você tem? – perguntou ele.

Ela o encarou, pensativa, por longos segundos, antes de responder.

– Duas. Uma tem 19 anos e a outra, que tem 17, debutou na temporada social passada. Com muito sucesso também – declarou, com um toque de orgulho.

Robin percebeu que Cecily amava as irmãs, que tinha um afeto descomplicado e sincero pela família, e que sabia que era amada também. Isso o fez ansiar por ser incluído naquele círculo mágico. Robin franziu a testa quando se deu conta do que pensara: havia parado com esse tipo de bobagem havia anos.

– As duas receberam pedidos de casamento de cavalheiros pelos quais têm grande apreço – continuou Cecily. Estavam quase no fim do corredor, agora. Robin já conseguia ver a grande escadaria que levava à parte habitada do castelo, e um brilho suave vindo do andar de baixo. – As duas estão ansiosas para se casarem logo e terem a própria casa – contou ela. – Infelizmente, papai não quer ouvir falar disso.

– Os rapazes não são adequados? – perguntou Robin, solidarizando-se com os pobres e indignos apaixonados.

– São, sim – respondeu Cecily. – Mas meu pai é muito antiquado e se recusa a permitir que minhas irmãs mais novas se casem até eu estar fora do mercado de casamentos. Na verdade, é por isso que estamos na Escócia.

Com aquelas palavras, Robin sentiu como se algo apertasse sua garganta, e seu coração disparou no peito. Aquilo explicava por que os Maycotts estavam ali, dando uma festa em casa: o conde iria anunciar o noivado da filha. Quem era o desgraçado? Escocês, talvez; caso contrário, por que arrastar toda a sociedade até ali no auge do inverno. Mas *quem*?

Chegaram ao fim do corredor e, do topo da escadaria, observaram o saguão que ficava diante do grande salão. O som de risadas leves chegou até os dois. Bretton e sua amada. Cecily pertencia ao meio deles, deveria estar lá embaixo em sua companhia, em um ambiente iluminado, aquecido. Não ali, no frio, em meio às ruínas do castelo.

– Você parece preocupado de um modo nada lisonjeiro, Robin – comentou Cecily em tom de repreensão. – Arrisco dizer que não ouviu nada do que eu disse.

Ele ouvira cada sílaba, cada *respiração*. Robin se esforçou para sorrir.

– É claro que ouvi. Você veio para a Escócia para anunciar seu noivado.

– Não – retrucou ela, franzindo a testa. – Vim para decidir *qual* pedido de casamento aceitar.

– Qual? – repetiu ele tolamente. – São tantos assim?

Ela inclinou a cabeça e o fitou com atenção antes de responder:

– Cinco.

– Cinco?

De algum modo, Robin conseguiu fazer parecer que achava aquilo ligeiramente engraçado, que a informação despertava interesse meramente por educação. Talvez devesse considerar uma carreira nos palcos.

Cinco. E sem dúvida cada um desses cavalheiros seria capaz de oferecer a Cecily coisas que qualquer pai dedicado desejaria para a filha: segurança, posição social, riqueza. Caso contrário, Maycott teria recusado todos imediatamente. Ainda assim, *ela não estava prometida a outro*. Ainda não.

– E algum desses camaradas se destaca do resto? – disse Robin, tomando cuidado para manter os olhos voltados para a frente.

– Não – respondeu Cecily, com um leve suspiro. – Esse é o problema. Não há nenhum de que eu goste mais do que dos outros.

Robin foi dominado por um alívio absurdo. Era um covarde. E um sujeito ridículo. Embora reconhecer isso não mudasse nada.

A dor de perceber sua impotência o atingiu com força, fundo, mas não podia deixar que ela percebesse. Afinal, tinha ao menos orgulho, a única coisa que se recusara a ceder ou a comprometer em uma vida já cheia de concessões e comprometimentos.

– O que acha que devo fazer? – perguntou Cecily com determinação, o tom agora não mais leve e despreocupado.

E, embora esse fosse um papel que ele não podia representar, teria de fazê-lo assim mesmo.

– Bem – disse Robin com muita calma –, se você adiar sua decisão por mais uma temporada social, provavelmente vai receber mais cinco pedidos. Então teria toda uma equipe de críquete à disposição e poderia simplesmente escolher o melhor lançador.

Uma onda de rubor coloriu delicadamente o pescoço dela até chegar ao rosto pálido. Sem dizer nada, Cecily despiu o paletó de Robin e o entregou a ele.

– Obrigada, conde – disse, em um tom muito frio. – Vou levar sua sugestão em consideração.

Ela se virou para descer as escadas, levando consigo todos os sonhos que Robin nunca percebera ter acalentado ao longo dos anos. Cecily expusera todos de um modo muito doloroso...

Mas as coisas não podiam ficar assim.

Robin segurou-a pelo braço, virou-a e puxou-a para junto de si sem a menor civilidade ou elegância. Então inclinou o corpo dela para trás e capturou sua boca em um beijo rude e voraz. Todos os anos que não a tocaria, que não a veria, derramaram-se naquele beijo; perda e urgência, raiva e desamparo. Então, com a mesma rapidez que a reivindicara, ele a colocou novamente de pé e a soltou.

Por um longo momento, os dois ficaram se encarando, a respiração pesada, os olhares presos como em uma disputa indefinida para a qual não haveria vencedor. Robin esperou que ela o punisse, que o esbofeteasse, o insultasse, que fizesse qualquer uma das coisas que tinha todo o direito de fazer não apenas naquele momento, como também em reação ao beijo anterior. No entanto, mais uma vez Cecily não fez nada disso. Simplesmente ficou ali parada, os ombros muito eretos, a cabeça erguida, os olhos ardentes. Robin não tinha ideia do que ela estava pensando ou sentindo. Fúria? Desprezo? *Piedade*?

Finalmente, quando não conseguiu mais suportar, perguntou, desesperado:

– Não vai dizer nada?

– E você, não vai? – retrucou Cecily, no mesmo tom.

Deus, sim, havia tanto que ele queria dizer... Queria jurar lealdade, explicar o que ela provocava nele, implorar pela sua mão em casamento. Mas não podia. Não seria certo.

– Não.

Cecily virou a cabeça como se ele a houvesse esbofeteado, e Robin estendeu a mão, mas...

Mas ela já descia as escadas correndo.

Já o deixara para trás.

CAPÍTULO 23

O que, em nome de tudo o que é mais sagrado, havia de errado com aquele homem?! Ele a beijara não uma vez, mas duas, e a afastara nas duas ocasiões – embora Cecily tivesse deixado claro como o dia que não queria isso –, para então, em resposta à tentativa pateticamente óbvia dela de causar ciúmes nele, sugerir que ela montasse uma equipe de críquete. Uma equipe de *críquete*! Era só isso que Robin tinha a dizer?

Cecily desceu as escadas pisando firme, as saias de veludo batendo furiosamente nos tornozelos, mas diminuiu o passo quando levou a mão aos lábios e sentiu de novo o desejo voraz e ardente impresso por ele naquele beijo. Graças a Deus pela parede da galeria, que lhe deu suporte no momento do primeiro beijo, porque sem ela certamente seus joelhos teriam cedido diante do ataque sensual de Robin. No segundo beijo, o próprio Robin a segurara, o que foi ainda mais intenso. A mera lembrança já deixava seus joelhos bambos e a respiração acelerada outra vez.

Ela percebeu, então, que Robin nem se dera ao trabalho de abraçá-la durante o primeiro beijo. Quando ele recuou, Cecily pôde apenas presumir que havia desapontado as expectativas dele, que o beijo havia sido *jeune fille* demais para seu paladar experiente. Assim, buscou freneticamente alguma coisa para dizer que não soasse terrivelmente boba, oferecendo então a primeira coisa que surgiu em sua mente: algum comentário idiota sobre como ele beijava bem. E, por algum motivo, isso pareceu enfurecê-lo. Quase constrangê-lo.

O que deduzir daquilo, então? Por que ele a beijara de novo, e por que aquele segundo beijo parecera tão furioso, tão desesperado? E o que Robin quisera dizer com "Não vai dizer nada?"? Fora *ele* que a beijara, oras! E, finalmente, o mais importante, *por que* ele não estava vindo atrás dela naquele exato momento e...

Ah!

Cecily chegou à base da escada e tropeçou na bainha do vestido velho e horroroso. Frustrada, puxou as saias, e, ao fazer isso, tirou do lugar o cortinado de veludo. O pano caiu pela cintura dela e, no caminho, levou junto o decote largo. Ele foi caindo pelos ombros e terminou preso ao redor dos quadris como uma grande jiboia de veludo. Cecily ficou paralisada, com medo de que qualquer movimento a deixasse com os seios completamente expostos.

Seus olhos se encheram de lágrimas. Como terminara daquele jeito? Parecia uma cigana velha e bolorenta, com cheiro de cachorro molhado. Não era de espantar que Robin a tivesse deixado ir. Ela provavelmente deveria ficar feliz por ele não ter lhe dado um chute no traseiro.

– Lady Cecily? – chamou uma voz hesitante.

Ah, não. A última coisa que queria era uma plateia para testemunhar sua infelicidade. Ela fungou com vontade e secou o nariz, tentando se recompor. Ao se virar, viu Catriona Burns vindo em sua direção, a passos cautelosos e com uma expressão cuidadosamente neutra. O vestido *dela* estava bem ajustado. Uma lágrima escapou dos olhos de Cecily e escorreu por seu rosto.

– Olá, Srta. Burns – disse Cecily, sabendo que seu tom soava frágil e falso. – Levantou cedo. – Ela desviou os olhos, tentando recuperar a compostura, mas isso só fez as lágrimas caírem mais rápido. Cecily ignorou-as o melhor que pôde. – Parece que vai fazer um lindo dia. – Ela fungou. – Não acha?

– Lindo – concordou Catriona, aproximando-se de Cecily.

E, sem dizer mais nada, pegou a ponta caída do cortinado traiçoeiro e o passou ao redor dos ombros de Cecily.

A gentileza inesperada quase a fez desmoronar por completo.

– Acho que essa deve ter sido a última neve por algum tempo – comentou Catriona, com toda a tranquilidade, como se devolver a vestimenta de uma dama a um estado mínimo de decoro fosse um fato cotidiano. – O que ainda está caindo não vai durar muito. Nunca dura. Espero que em poucos dias a maior parte do acumulado tenha derretido. – Ela terminou de fechar o tecido na frente do decote de Cecily e examinou o resultado com olhos críticos. – Pronto. Como está?

Cecily baixou os olhos para o vestido desbotado, com o bordado cor de bile, as rosas caídas e o cortinado de veludo em mau estado.

– Horrível – disse. – Simplesmente péssimo.

Então Cecily levou a mão à boca e encarou Catriona com uma expressão arrependida, pois não tivera a intenção de parecer ingrata, era só que...

– Está mesmo, não é? – concordou Catriona, observando as vestes da jovem. – Horroroso.

Catriona levantou a cabeça e algo em sua expressão exagerada de lamento fez Cecily sorrir, então rir, e logo as duas estavam gargalhando.

– Agora, vamos tomar uma bela xícara de chá e comer um dos *scones* da Sra. McVittie, sim? – sugeriu Catriona quando finalmente pararam de rir. Ela passou o braço pelo de Cecily e levou-a para a sala onde o café da manhã estava sendo servido. – E aí você pode me contar o que está acontecendo.

E foi o que Cecily fez.

Cerca de uma hora depois, Cecily saía do quarto de Catriona Burns com o corpo e o espírito restaurados. Catriona, que logo se tornaria a duquesa de Byron – e não era difícil imaginar que duquesa encantadora seria –, encontrara pilhas de roupas de menino no baú que fora levado para o quarto dela, incluindo um antigo uniforme, e insistiu para que Cecily o experimentasse. Cecily resolveu mandar o decoro para o espaço e seguiu a sugestão, ficando grata ao descobrir que ela e o dono do uniforme usavam um tamanho parecido, a não ser pelo fato de o paletó ficar ligeiramente apertado. O que também acontecia nos quadris. E na parte de trás. Já na expectativa de finalmente conseguir pegar um pouco de ar fresco depois de ficar presa no castelo por tanto tempo, Cecily completou o traje com uma touca de lã que encontrou no baú.

Fortalecida pelo encorajamento de Catriona e pela empolgação por estar fazendo algo tão escandaloso quanto usar roupas masculinas, Cecily saiu do cômodo determinada a encontrar seu futuro amante e voltar a seduzi-lo. O único problema era que não tinha ideia de onde Robin poderia estar, e estava fora de cogitação perguntar a alguém onde ficavam os aposentos dele. Por mais ousada que ela houvesse se tornado nos últimos dias, havia alguns limites que não estava preparada para cruzar. Esse era um deles.

E ela havia, sim, se tornado ousada, pensou enquanto caminhava pelo corredor, entreabrindo portas e espiando dentro dos cômodos. Quem entre seus conhecidos imaginaria uma Cecily tão audaciosa, tendo conversas espirituosas com um libertino, planejando seduzir esse mesmo libertino e usando roupas masculinas durante os preparativos? Nenhum.

Na verdade, pela primeira vez fora do pequeno círculo de sua família imediata, Cecily sentia-se total e confortavelmente ela mesma. Um arrepio a percorreu. E se nunca tivesse ido para a Escócia? E se tivesse aceitado o pedido de casamento de um daqueles valorosos cavalheiros que a cortejaram? E se não tivesse sido raptada e nunca tivesse conhecido Robert Parles, conde de Rocheforte?

Teria passado o resto dos seus dias levando uma vida afastada de si mesma, experimentando emoções à distância, capsular, indistinta, como quando se bate com um machucado muito bem protegido. Não seria exatamente *doloroso*, mas também não seria estar viva; haveria sempre uma camada de formalidade e expectativas não realizadas entre ela e seu coração.

O arrepio ficou mais frio e mais profundo. E se Robin a recusasse? E se não se casasse com ela? E então? Ela conseguiria se satisfazer com menos? Conseguiria se casar por conveniência e torcer para que algo mais significativo brotasse da união? Escolheria ficar solteira e se apegar às lembranças daqueles minutos tão breves e tão intensos, deixando de lado a promessa de uma família?

Cecily desacelerou o passo e sua empolgação anterior começou a ceder. Precisava clarear a mente.

Confusa e perdida em pensamentos, olhou ao redor e percebeu que tinha ido na direção dos fundos do castelo, onde ficava a cozinha. Viu-se perto de uma janela estreita, que dava para um pátio coberto de neve, com vista para os estábulos. Perto da janela, uma porta baixa levava ao lado de fora.

Cecily ergueu a tranca, empurrou a porta e se viu no alto de um curto lance de escada que descia até desembocar em uma grossa camada de neve. Acima, o sol brilhava em um céu muito azul, fazendo a neve muito branca cintilar. Sentiu aroma de pinheiros e ouviu o canto dos pássaros.

Parada ali, Cecily viu a porta do estábulo ser aberta e de lá emergir um casal – um homem loiro e alto, com o braço passado protetoramente ao redor dos ombros de uma mulher ruiva. Surpresa, Cecily reconheceu lorde Oakley e Fiona Chisholm, que estava com os cabelos caídos ao redor dos ombros e cuja risada se espalhou pelo ar enquanto olhava para ele com uma expressão provocante. Mesmo à distância, Cecily notou a ternura com que lorde Oakley devolveu o olhar.

Não havia como alguém interpretar erroneamente o que Cecily estava vendo. A cena a fez ruborizar, mas o mais perturbador foi que não se sentiu exatamente chocada... sentiu inveja.

Cecily já começava a dar as costas aos dois, constrangida por ter invadido sem querer a privacidade deles, mas Oakley a viu e ergueu a mão para cumprimentá-la. Sem dizer uma palavra, ele se inclinou e pegou Fiona no colo. Ela deu um gritinho, mas a essa altura Oakley já abria caminho pela neve que se acumulava na altura de suas coxas, seguindo em direção à porta onde Cecily estava parada.

Um instante depois, ele estava logo abaixo dela, sem demonstrar qualquer intenção de colocar Fiona de volta ao chão.

– Lady Cecily! – disse Oakley com um sorriso largo, do tipo que ela nunca imaginara ver no rosto do conde.

– Lorde Oakley.

Ela inclinou a cabeça, esperando que ele a criticasse pela roupa, mas na mesma hora ficou claro que o conde não se importava nem um pouco com o que ela vestia, talvez não tivesse nem percebido.

– Bom dia, lady Cecily – disse Fiona, com um sorriso quase tão largo quanto o de Oakley. Então ela se virou e encarou com uma severidade nada convincente o homem que a carregava. – Lorde Oakley, poderia, por favor, me colocar no chão?

– Lady Cecily – falou o conde, enquanto colocava Fiona no degrau logo abaixo de onde Cecily estava –, gostaria que a senhorita fosse a primeira a saber que a Srta. Fiona Chisholm me deu a grande honra de aceitar ser minha esposa.

Ele ergueu a mão de Fiona, virou-a e pousou um beijo rápido na parte interna de seu pulso. Fiona ficou muito ruborizada, e Cecily viu o olhar ardente que ela lançou para a cabeça muito loira de Oakley.

Graças a alguma alquimia do coração, Oakley deve ter sentido o olhar de Fiona, porque levantou os olhos para ela. Por um segundo ficaram presos ao momento, até que Fiona se inclinou ligeiramente na direção dele. Oakley ainda estava com neve até os joelhos, mas levantou Fiona do degrau em um abraço apaixonado e...

Céus...

Sem saber o que fazer, Cecily pigarreou. O casal não prestou atenção, então pigarreou de novo. Mais alto dessa vez. Oakley levantou a cabeça, então, com a expressão irritada.

– Se está com frio, lady Cecily, posso sugerir que se recolha ao salão de estar?

– Byron – murmurou Fiona –, confesso que eu mesma estou com certo frio.

Foi o que bastou para que ele a puxasse com mais força junto ao corpo, e subisse os degraus com ela. Fiona só teve tempo de lançar um breve olhar para Cecily antes de eles desaparecerem de vista.

Espantada com o rumo inesperado dos acontecimentos, Cecily desceu por uma trilha estreita que acompanhava os muros do castelo, onde a neve se acumulara em um dos lados, formando um pequeno corredor. Ao que parecia, o ambiente do castelo agia como um verdadeiro cupido para os amantes. Catriona e Bretton, Oakley e Fiona... Ora, ela chegara mesmo a ver Taran Ferguson sucumbir a um impulso romântico e beijar Marilla Chisholm durante a brincadeira de esconde-esconde!

O único a não ser afetado pelo ambiente romântico era exatamente o renomado libertino, Robin, embora ela tivesse que admitir que ele não ficara totalmente imune ao feitiço que parecia envolver Finovair. Robin beijara Marilla, ou, como Cecily preferia pensar, permitira que Marilla o beijasse. E beijara a *ela*, Cecily. Na verdade, ele a havia beijado *intensamente*. O problema era que Robin não havia demonstrado qualquer sinal de que desejasse arrebatá-la para os estábulos, ou levantá-la nos braços, ou... ou se casar com ela.

Cecily parou subitamente, dominada pela frustração, e então viu alguém dando a volta no outro extremo do castelo, indo na direção dos estábulos. Arregalou os olhos ao perceber que era Robin. Ele olhou muito brevemente para ela, mas não parou. Talvez a tivesse confundido com algum pobre cavalariço que o tio dele vestira em roupas velhas e elegantes para impressionar os hóspedes.

Ela o acompanhou com o olhar, o casaco pesado ajustado nos ombros largos, as botas altas atravessando a neve, uma das mãos enluvadas segurando com força a alça de uma bolsa de viagem que estava pendurada em seus ombros... Por Deus, ele estava indo embora!

Robin não podia fazer isso. Senão, como ela iria convencê-lo de que deveriam se casar? Precisava detê-lo. Mas quando conseguisse finalmente atravessar toda aquela neve – que provavelmente chegaria à sua cintura –, ele já teria partido havia muito. E se o chamasse, ele talvez não escutasse, ou pior, poderia escutar e ignorá-la.

Cecily olhou desesperada ao redor, antes de ter um surto de inspiração. Com o maxilar cerrado em uma expressão de pura determinação, pegou dois punhados de neve bem grandes e compactou-os em uma bola, ignorando o frio que machucava seus dedos. Veterana de centenas de batalhas de bola de neve com os irmãos mais novos – que tinham ótima pontaria –, Cecily agiu rapidamente, mas com atenção, porque uma bola de neve frouxa, malfeita, se tornava um míssil impreciso.

Finalmente se deu por satisfeita, bem na hora. Robin já havia quase alcançado a porta do estábulo que ficava na outra extremidade. Ela teria apenas uma chance de detê-lo.

Cecily fez uma pequena oração, deu um passo à frente, preparou o braço e lançou.

A bola de neve disparou, precisa. Sua rápida trajetória foi apenas levemente alterada por um arco, enquanto seguia precisa na direção do alvo, que era o meio das costas de Robin. Só que... só que a bola de neve acabou acertando a nuca dele e, com um baque alto, se desfez.

Por uma fração de segundo, Robin pareceu paralisar. Então, lentamente, como se o tempo passasse em velocidade reduzida, a bolsa escorregou dos ombros dele, seus joelhos cederam e ele caiu de cara na neve, desaparecendo da vista de Cecily.

As pernas dela já estavam em movimento antes mesmo de ele atingir o chão. Ela se enfiou pela neve, dando impulso com os braços para avançar, certa de que havia acabado de matar o único homem que amaria.

CAPÍTULO 24

Cecily seguiu pelo pátio coberto de neve alta o mais rápido que pôde, até finalmente alcançar Robin. Ele estava deitado de bruços, o rosto enterrado na neve, um dos braços esticados, o outro dobrado embaixo do rosto. Os olhos de cílios fartos estavam fechados. Nenhum sopro de respiração agitava a neve próxima dos lábios dele.

Cecily gritou, enquanto se esforçava para cobrir os últimos metros até chegar ao lado dele, e estava prestes a cair de joelhos quando sentiu a mão de alguém agarrar sua perna e derrubá-la. Aterrissou de bruços, com um barulho seco, pois algo sob a neve acertara em cheio seu diafragma, deixando-a zonza e sem ar.

– Rá! Seu filhote do diabo! – gritou Robin, triunfante, puxando-a pelo tornozelo. – Umas boas palmadas nesse seu lombo vão lembrá-lo dos castigos para esse tipo de brincadeira. Pelo amor de Deus, pare de se debater e aceite sua punição como um homem!

Cecily conseguiu deixar escapar um som alto e estrangulado de protesto. O gorro macio com que cobrira os cabelos saíra do lugar e agora cobria seus olhos, impedindo-a de ver o rosto de Robin. Ele também não conseguia ver o dela.

– Muito bem, então, moleque maldito – disse Robin, com um tom de desprezo. – Não vou descer a mão em você. *Dessa* vez, não.

Ele segurou-a pelo cinto. Cecily sentiu que Robin mudava de posição e percebeu, horrorizada, que ele estava montando nas coxas dela. Ainda incapaz de pronunciar qualquer palavra coerente, ela voltou a se debater com um vigor renovado. Em um movimento rápido, Robin segurou seus pulsos, virou-a de costas e prendeu suas mãos ao lado da cabeça.

– Agora vamos ver seu rosto, camarada.

Ele manteve os punhos de Cecily presos acima da cabeça com uma das mãos e arrancou o gorro dela. Os cabelos, agora livres, se espalharam.

Robin a encarou, perplexo.

– Mãe de Deus. Cecily! O que está fazendo aqui?

– Eu precisava impedir! – disse ela, irritada. – Você estava indo embora. Estava... estava *indo embora*!

– Bem, sim – concordou Robin, o olhar fixo no rosto dela.

Ele parecia ter esquecido que estava mantendo a dama presa, porque mantinha as mãos firmes nos punhos dela contra a neve, uma coxa de cada lado dos quadris de Cecily.

– Por quê? – gritou ela.

– É a atitude mais aconselhável. Seu pai dificilmente vai gostar de me ver aqui. Se eu partir agora, evitaremos isso.

Por algum motivo, a lógica da resposta dele a enfureceu. Cecily se contorceu, tentando tirar Robin de cima de si, e, ao fazer isso, acabou colando o ventre ao dele. Na mesma hora, sentiu a evidência de sua masculinidade. Uma evidência muito óbvia e muito rígida.

Robin respirou fundo e deixou o ar escapar com força entre os dentes. Cecily mal escutou. Aquele breve contato provocara um turbilhão de sensações na junção de suas coxas, uma agonia entre as pernas que provocava um grande prazer, um latejar...

Robin praguejou baixinho, passou a perna por cima dela e se colocou de pé em um movimento fluido, levantando-a pelo braço sem o menor esforço.

Pela primeira vez pareceu se dar conta do que ela estava usando. Robin estreitou os olhos e cerrou o maxilar.

– Onde achou essa roupa?

– Foi Catriona Burns quem encontrou.

– E ela deu para você? Para *usar*? – perguntou ele, incrédulo.

– Sim – respondeu Cecily em tom desafiador. – São muito mais confortáveis, e duas vezes mais quentes do que aquelas que eu estava usando. E me cobrem de forma decente!

– Isso elas não fazem – declarou Robin. – Você está usando roupas de menino. O paletó está apertado demais em seus... – Ele baixou os olhos para os seios dela e, como pareceu esquecer o que estava prestes a dizer, completou com: – Essa roupa está apertada demais.

– Exatamente – retorquiu Cecily. – Ficar comprimida dentro de uma roupa masculina não pode ser chamado de provocativo.

– Eu lhe garanto que não há *nada* de masculino em sua figura – disse ele, carrancudo. – Essa calça se ajusta às suas pernas como uma segunda pele, do joelho até...

Dessa vez, o olhar dele pousou no ponto onde o tecido se esticava sobre o ventre dela, e isso teve mais efeito do que um toque, lançando uma onda de desejo líquido que voltou a dominá-la. Robin virou a cabeça em direção à parede do estábulo.

– O que há de errado com aquela mulher? – murmurou, furioso.

– Que mulher? – perguntou Cecily, as mãos na cintura.

– Catriona Burns. Achei que ela teria mais bom senso. Será que está tentando arruinar a sua reputação?

– Arruinar a minha reputação? – repetiu Cecily, sem acreditar.

– Sim – disse ele, os olhos retornando ao rosto dela. – Você não pode aparecer em público nessa... nesses... – Ele fez um gesto com a mão, abarcando a roupa dela como um todo.

– Este local dificilmente poderia ser chamado de "em público", e, sim, posso e vou – garantiu ela, a fúria deixando seu tom de voz mais alto.

Cecily sempre fizera o que era aceitável, tivera as reações convencionais, permitira-se ser guiada pelas regras e expectativas da sociedade. Mas, escondida em seu coração por todos aqueles anos, havia uma moça atrevida, esperando ser despertada pelo homem certo: um homem que não obedecesse a todos os ditames da sociedade, que reconhecesse o valor de uma pessoa antes de saber sua condição econômica, que fosse mais propenso a rir do que a fazer juízos de valor.

Robin era esse homem – mesmo que no momento estivesse fazendo uma boa imitação de seu primo, Oakley. Ou, ao menos, de como Oakley era antes de conhecer Fiona.

– *Não* – disse ele, determinado. – Não vai.

E com isso ele a levantou, jogou-a no ombro e começou a caminhar de volta para o castelo.

Aquilo era inaceitável! Oakley aninhara Fiona contra o peito, como se ela fosse a coisa mais preciosa que ele já vira, enquanto Robin a tratava como se ela fosse um saco de farinha.

– Esse dificilmente seria descrito como um comportamento decoroso, se era esse o seu objetivo – gritou Cecily, os longos cabelos balançando como um pêndulo pelas costas largas dele.

– Deixo o *objetivo* ao seu encargo, Cecily – retrucou ele. – Você não me deu escolha.

– E ainda não estou dando, a menos que planeje me despir e voltar a me vestir você mesmo!

Robin parou subitamente.

Ela provavelmente não deveria ter dito aquilo. Sentiu que os ombros largos sob seu corpo ficavam tensos, e o braço musculoso ao redor de suas coxas a apertou com um pouco mais de força.

– Que Deus me ajude – murmurou Robin.

– O que disse?

– Nada.

– Não vá embora – disse Cecily, tentando se livrar dos braços dele.

Ele a apertou com mais força.

– O quê?

– Você não pode deixar Finovair. Não pode simplesmente fugir! – gritou ela, a exasperação clara.

– *Não* estou fugindo. Já expliquei...

– Se você for, todos vão achar que está fugindo, e se estiver mesmo fazendo isso, todos vão presumir que é por alguma razão, e então farão a *pior* suposição.

Cecily apoiou as mãos nas costas largas dele, ergueu o corpo e virou a cabeça, tentando ver o rosto de Robin. Deu de cara com um maxilar muito cerrado.

– Meu Deus – murmurou ele.

– Seria muito melhor se você ficasse e encarasse a situação com bom humor, entende? – falou ela, torcendo para que o desespero não transparecesse em sua voz.

Robin parou e deixou escapar um som estrangulado.

– Não acha? – insistiu Cecily.

– Acho! – Admitir aquilo pareceu rasgá-lo por dentro. – Sim. Admito que tem razão.

– Então você não vai mais embora? – perguntou ela, conseguindo se livrar e deslizar pelo corpo dele para o chão.

Cecily sentiu intensamente cada centímetro daquele percurso... os seios pressionando os ombros dele. Ela pura maciez, ele todo rigidez.

– Ainda não – disse Robin, a voz embargada, tentando fingir que não estava tendo as mesmas sensações que ela.

– Não e ponto – declarou ela, sentindo uma onda de prazer.

– Partirei o mais cedo possível.

Mas o ardor em seus olhos negava a promessa.

CAPÍTULO 25

Naquela tarde

Robin entrou na biblioteca e parou de repente. Cecily estava diante da lareira, a silhueta destacada contra o fogo que ardia alegremente. Ainda vestia a maldita calça masculina, mas havia tirado o paletó e exibia a camisa larga por baixo. Iluminada como estava, era possível ver cada curva através do material fino.

E Cecily *tinha* curvas.

O efeito era de tirar o fôlego. O torso delicado se estreitava em uma cintura fina, antes de voltar a se ampliar nos quadris arredondados. E quando ela se inclinou para atiçar o fogo, ele pôde ver os seios projetados, a curva deliciosa do traseiro bem-feito sob o tecido esticado da calça.

Futura duquesa ou não, Catriona Burns deveria ser colocada atrás das grades por encorajar aquele crime de Cecily contra o autocontrole de um homem.

– Hamish disse que você queria me ver – anunciou ele, mal-humorado. – Aqui estou.

Ela se virou, os olhos se iluminando ao vê-lo. Por que estava feliz? Porque, Robin se deu conta, ela gostava dele. Não apenas dos beijos dele... Cecily gostava *dele*. Ele sentiu uma pontada aguda e dolorosa no peito.

– Obrigada – disse ela, e deu a volta no sofá cheio de calombos, indo na direção dele. – Queria me certificar de que você estava bem. Espero que tenha entendido que eu não pretendia acertar sua cabeça de propósito.

– É claro que não. Não precisava ficar com peso na consciência. Byron sempre declarou que eu tenho a cabeça mais dura da Inglaterra. Estou bem.

Cecily tinha um sorriso lindo, travesso e espontâneo – um sorriso que logo ele não veria mais. Comentários de que ela era uma esfinge, uma estátua e outros nada gentis que ouvira haviam se provado todos falsos. Ela não se parecia em nada com a reputação que tinha, e restava pouco tempo a ele para se deleitar com a companhia da mulher inesperada que Cecily mostrara ser.

Um dos homens de Taran havia retornado na hora do almoço com a notícia de que a neve derretia rapidamente e que provavelmente a estrada estaria livre pela manhã. Os homens de Maycott sem dúvida já estavam trabalhando para que aquilo acontecesse. O pai de Cecily logo chegaria, e Robin faria o papel que ela lhe designara.

Ele planejava parecer exasperado e indiferente. Poderia tentar evitar que Maycott enforcasse Taran – embora, naquele momento, Robin não tivesse certeza se desejava manter o tio vivo –, então finalmente iria embora. Talvez voltasse a vê-la de relance algum dia em Londres, de braço dado com seja quem for que Cecily escolhesse para se casar.

Ela parou diante dele e o sorriso desapareceu de seu rosto.

– Você ainda está bravo. Não, não negue. Posso ver em seu rosto.

Errado, minha jovem. Isso é angústia, não raiva.

– Imagino que eu mereça – disse ela com uma voz triste.

– Não estou bravo. Eu juro. Estou só... – ele tentou inventar alguma desculpa para sua expressão sombria – .... aborrecido por você não ter ouvido meu conselho de trocar de roupa.

– Diz isso porque se preocupa com a minha reputação? – perguntou ela. Então, com um sorriso esperançoso que quase partiu o coração dele, acrescentou: – Ou se preocupa *comigo*?

Preocupação. Um termo morno para o que ele sentia. Mas por que tornar aquilo mais difícil para todos, especialmente para Cecily?

– Não quero que você sofra qualquer consequência só para tentar se manter aquecida – respondeu ele.

– Vou trocar de roupa assim que soubermos que uma carruagem se aproxima – garantiu ela. – Mas por enquanto, que mal tem?

– Um mal imenso – retrucou Robin. – Você não iria querer que toda Londres soubesse que não apenas ficou presa durante quatro dias com homens que não são seus parentes, sem uma acompanhante adequada, mas que também andou por aí com uma calça justa ao corpo.

Cecily mordeu o lábio, e ele teve a forte impressão de que ela estava se controlando para não rir. Não podia culpá-la. Era ridículo, mas... Maldição! Ele *de fato* havia se transformado em Byron!

– Quem entre os que estão aqui descreveria a cena? – perguntou ela. – Catriona Burns está distraída com o duque e com as futuras núpcias, assim como Fiona está distraída com Oakley. E não acho que nem Bretton nem Oakley sejam o tipo de cavalheiro que perderia tempo fofocando sobre a escolha de roupa de uma dama.

– O quê?

– Não acho que seu primo ou Bretton...

– Não, é claro que não. Estou me referindo ao que você disse sobre a Srta. Chisholm e futuras núpcias – disse Robin.

– É verdade – confirmou Cecily. – Ouvi de ambos em pessoa... ou melhor, de Oakley em pessoa, que alardeou a novidade. Estávamos do lado de fora do estábulo, essa manhã, antes de você aparecer.

A cabeça de Robin estava girando. Cecily provavelmente percebeu a confusão dele, porque voltou a falar, pronunciando as palavras lenta e distintamente:

– Lorde Oakley pediu a Srta. Fiona em casamento, e ela aceitou. – Cecily deu uma risadinha empolgada enquanto cruzava a curta distância que a separava de Robin. – Parece que o plano maluco do seu tio acabou tendo um sucesso inesperado.

Ela parou e inclinou a cabeça para trás, para olhar bem dentro dos olhos dele.

– Exceto no seu caso, é claro. E, se me lembro bem, era você o alvo de todas as maquinações dele. Irônico, não acha?

– Muito.

– Você deve estar se sentindo um pouco excluído – implicou ela.

– Não sou o único que saiu ileso das maquinações dele. Marilla Chisholm também escapou com o coração inteiro.

Cecily cerrou os lábios e assumiu uma expressão altiva. Ao que parecia, ela não gostava de Marilla.

– Sim, embora eu duvide que ela esteja se sentindo exatamente triunfante. Mas se está parabenizando quem não sucumbiu à mira do Cupido, com certeza deve me incluir na sua lista. Eu também permaneço sem compromisso.

– Por pouco tempo, não é? – falou Robin, e antes que pudesse pensar melhor sobre o que pretendia dizer, acrescentou: – Já pensou em sua escolha?

Ela o encarou com uma expressão indecifrável.

– Conde de Rocheforte, por acaso está me oferecendo seus conselhos? Seus conselhos *sinceros*?

– Santo Deus, não – respondeu ele, abalado. – É claro que não. Jamais me arriscaria.

Cecily pousou a mão no peito dele em um gesto inconsciente de apelo. Robin sentiu a pressão de cada dedo.

– Mas eu adoraria. Só tenho minhas irmãs como conselheiras...

– E estou certo de que elas são muito mais qualificadas do que eu para orientá-la. Além do mais, é um assunto íntimo e suas irmãs conhecem seus sentimentos mais profundos.

– Assim como você – disse ela, em uma voz baixa e rouca.

O coração de Robin disparou sob a palma da mão dela, e ele se viu tentado a erguê-la nos braços e beijá-la com mais intensidade ainda do que fizera no corredor gelado do castelo.

Mas não se moveu. Não disse uma palavra, e, depois de alguns segundos, Cecily suspirou e afastou a mão do peito dele.

– No que diz respeito a conselheiras confiáveis – comentou ela –, minhas irmãs são meninas tolas, influenciadas por coisas como o corte do paletó de um cavalheiro, ou o modo como ele se porta em cima da montaria. A mais nova se apaixonou por seu pretendente porque ele arruma os cabelos no estilo Brutus.

Robin não conseguiu conter o riso ao ouvir aquilo. Cecily sorriu e voltou a se aproximar dele.

– Já você, com sua reputação de *bourreau des cœurs*, poderia me oferecer dicas inestimáveis. Como, por exemplo, saber se um cavalheiro será fiel e se vai zelar por minha reputação, se será um bom companheiro de jogos, um conselheiro, um amante carinhoso...

Ele seria essa pessoa. Mas como poderia dizer uma coisa dessas a ela? Tudo em seu passado refutava essa alegação. E mesmo se dissesse, como conseguiria convencer o pai dela?

"Lorde Maycott, é verdade que já levei um grande número de mulheres para a cama, mas nenhuma delas era virgem e nenhuma estava morando com o marido quando me esgueirei para debaixo dos lençóis. Tudo muito correto, não concorda? E, sim, meu título foi restaurado por um regime que

poderia com a mesma facilidade rescindi-lo amanhã. Mas não deixa de ser um título, certo? E, não, eu não tenho qualquer riqueza de que possa me gabar, mas felizmente herdarei esse esplêndido castelo, e também tenho alguns poucos hectares rochosos em Bordeaux que em, bem, mais ou menos uma década poderão gerar lucro o bastante para que eu compre um pequeno cabriolé. Nesse meio-tempo, no entanto, ouso dizer que conseguiremos viver com o dote da sua filha – não que eu me importe com a herança dela. Como o senhor poderia desconfiar do contrário?"

Robin tinha vontade de rir só de pensar. Porque era risível... mas ele não zombaria da situação nem que sua vida dependesse disso.

– Robin?

Cecily não tinha ideia do que estava pedindo. Ele afastou os cabelos da testa e fixou os olhos em qualquer lugar, menos nela.

– Estou errada, Robin, em pensar que simpatizamos um com o outro? Que mesmo em tão pouco tempo ficamos amigos?

Ele não conseguiu resistir ao apelo na voz dela. Voltou-se para Cecily e, na mesma hora, se viu capturado pelas profundezas de seus olhos, por sua expressão desejosa.

– Se eu estiver errada, por favor, me corrija agora. Não vou ficar ofendida – continuou Cecily. – Apenas seja honesto comigo – acrescentou ela, estendendo a mão.

Como ele poderia recusar aquele pedido? Robin segurou a mão dela.

– Você pediu meu conselho. Pois aqui está – disse ele. – Escolha o cavalheiro que seu pai mais aprovar, um homem que consiga conquistar o respeito dele, e a quem seu pai fique feliz em confiar o seu futuro.

A luz da lareira se refletia nos cabelos dela, deixando-o do tom do mogno polido.

– Meu pai deseja minha felicidade. Ele aprovaria qualquer um que eu escolhesse.

Robin deixou escapar uma risadinha sem humor.

– Eu não apostaria um centavo sequer nessa suposição.

Enquanto falava, Robin puxava Cecily para mais perto, gentil mas consistentemente, como se corpo e mente tivessem intenções distintas. Cecily, por sua vez, não demonstrou resistência. Mas a verdade era que, como a própria Cecily dissera, ele era bom naquilo.

Como se tivessem vontade própria, os dedos dele percorreram a pele de Cecily, partindo do vale delicado da base da coluna até o pescoço, passando por baixo do coque pesado e soltando os grampos que o mantinham no lugar. As mechas então cascatearam pelas costas dela, por cima das mãos dele, frias, sedosas, deliciosas. Uma fragrância de lavanda e sabonete, comum e ao mesmo tempo incrivelmente erótica, se desprendeu. Sem pensar, Robin chegou mais perto para sorvê-la.

Cecily o encarava muito séria, o tecido delicado da blusa tremulando a cada inspiração. Ela umedeceu os lábios com a ponta da língua e o olhar de Robin pousou bem ali, como um ladrão diante de uma joia. Em sua mente, ele já estava provando novamente a doçura escondida nas profundezas da boca de Cecily.

– Ele aceitaria a minha decisão – sussurrou ela.

Os lábios de Robin se curvaram em um leve sorriso, totalmente distraído pela beleza dela.

– Só se for a decisão certa. Veja alguém como eu como exemplo.

– O que tem você? – perguntou Cecily, ainda imóvel.

– E se alguém do meu tipo se aproximasse do seu pai e pedisse a sua mão em casamento?

O olhar dela buscou o dele, mas Robin mal percebeu, pois estava concentrado, acariciando muito delicadamente a curva do maxilar dela com as costas dos dedos. Sem conseguir se deter, ele prosseguiu com a carícia, agora seguindo o contorno do lábio de Cecily com o polegar. Ela estremeceu. Ele chegou mais perto.

– Suponhamos que você seja dominada por uma febre e acabe persuadida, por capricho ou por loucura, de que está apaixonada por alguém da minha espécie.

– Suponhamos... – repetiu Cecily, em uma voz estranha.

– Como o seu pai reagiria?

Ele ficou totalmente imóvel, esperando a resposta dela como se sua vida dependesse disso, embora já soubesse o que iria escutar.

Cecily deu um meio sorriso, e soltou o ar num misto de soluço com risadinha trêmula.

– Mas a questão é inteiramente irrelevante – disse ela, os olhos cintilando de... alegria? – Eu nunca pediria ao meu pai...

– Aí está você!

Robin abaixou as mãos e recuou um passo, sentindo como se tivesse levado um golpe de aríete bem no meio do peito. Idiota. *Idiota*!

– Procurei você por toda parte!

Sem qualquer interesse ou urgência, ele olhou ao redor. Marilla entrou na biblioteca deslizando como um veleiro. Robin recebeu a interrupção com um vago alívio. Ao menos o poupara de ouvir o final da frase: *Eu nunca pediria ao meu pai para aceitar um homem como você.*

– Juro que, para um castelo tão pequeno, as pessoas fazem um excelente trabalho de se perder nele – tagarelou Marilla. – Mas não importa, porque encontrei você. Vamos fazer uma nova brincadeira e precisamos de você para... Santo Deus! – Ela parou de repente, os olhos arregalados. – É lady Cecily que está atrás de você? Seja o que for... Ah! – Marilla cobriu a boca com a mão. – O que é *isso* que está usando, lady Cecily?

Cecily encarou Marilla com irritação.

– Agora você já sabe quem comentaria a respeito do seu figurino – falou Robin baixinho, antes de se voltar para Marilla. – Lady Cecily está se preparando para encenar um trecho de *Romeu e Julieta* quando nos reunirmos depois do jantar. Ela fará o papel de Mercúcio.

– Ah – disse Marilla, desconfiada.

– Não foi esperto da parte dela se vestir como um cavalheiro, para dar veracidade ao papel? – perguntou ele, o buraco que parecia ter se aberto em seu peito ficando mais largo a cada segundo.

– Imagino que sim – concordou Marilla, de má vontade. – Mas não vamos fazer apresentações teatrais. Tenho outra brincadeira e você *precisa* participar – insistiu ela. – E me recuso a sair daqui a menos que você venha comigo. – A jovem desviou os olhos rapidamente na direção de Cecily. – Pode vir também.

– Obrigada – retrucou Cecily, mas seu olhar não se afastou do rosto de Robin. E ela franziu a testa ao ver a expressão dele.

Será que a mágoa que ele sentia era tão evidente? Pobre moça. Provavelmente havia pensando que os dois ririam juntos da ideia de ele pedi-la em casamento, e agora ele se denunciara... E como Cecily era uma jovem dama de coração gentil, ficaria preocupada com a possibilidade de tê-lo magoado sem querer.

Se ficasse ali, naquela biblioteca, com ela, se recusasse o convite para se juntar ao restante do grupo, sem dúvida Cecily o abordaria para pedir desculpas, ou pior, para consolá-lo.

– Precisamos nos apressar. Os outros estão esperando e você não tem ideia de como demorei a encontrar e reunir todos – falou Marilla. – Dois casais de pombinhos se exibindo, arrulhando entre si como se fossem as únicas pessoas no mundo, como se ninguém mais importasse ou precisasse ser entretido. – Ela fungou e continuou: – Imagino que já estejam sabendo que lorde Oakley pediu minha meia-irmã em casamento, certo? Ao que parece, ele sente algum tipo de fascínio por mulheres de óculos. Bastante peculiar, se querem saber a minha opinião, mas acho que não há explicação para as singularidades de um cavalheiro.

Marilla balançou a cabeça e, sem dizer nem mais uma palavra, deu o braço a Robin e começou a puxá-lo na direção da porta.

E ele foi.

CAPÍTULO 26

– A brincadeira se chama prenda – anunciou Marilla para o grupo. – E é a última moda no continente.

Cecily, que estava sentada em uma poltrona grande perto da lareira, não estava com humor para mais uma brincadeira de Marilla, mas ninguém parecia tão relutante quanto ela. Na verdade, todos pareciam assustadoramente felizes e animados.

Oakley estava sentado em um sofá, com o braço esticado em cima do encosto, e Fiona colada a ele. Toda hora ele roçava o rosto dela com a lateral do polegar, como se não se cansasse nunca de tocá-la. Na outra ponta do sofá, Catriona Burns estava em uma posição semelhante perto de Bretton, e, embora o duque conseguisse manter as mãos afastadas, o olhar que lhe dirigia era tão explícito e ardente quanto um toque.

Até mesmo Taran estava em ótima forma. Ao menos uma vez ele trocara o velho kilt em péssimo estado por outro surpreendentemente limpo, embaixo do qual se viam pernas muito bem protegidas por meias com ligas. Para completar o traje, usava um paletó de veludo que, embora estivesse algumas décadas fora de moda, ao menos era bem-cortado, e, com um jabô de renda muito branco no pescoço, parecia quase elegante.

Apenas uma pessoa no salão parecia tão melancólica quanto Cecily. Robin estava ao lado da lareira, um braço descansando sobre o console alto, enquanto encarava o fogo. Ele nem levantara os olhos quando ela entrara no salão – Cecily chegou tarde porque decidira ouvir o conselho dele e trocar de roupa, deixando o traje masculino de lado. Fizera o possível para tornar o vestido de baile azul apresentável, mas, por necessidade, havia passado o "xale" de veludo mais uma vez ao redor dos ombros.

– E como é essa brincadeira, menina? Há beijos envolvidos? – perguntou Taran, esperançoso.

– Não é obrigatório – respondeu Marilla com uma risadinha, lançando um olhar comprido para Robin. – Mas não ficaria surpresa se algumas almas alegres tirassem vantagem de certo elemento da brincadeira para roubar um beijo.

Pelo menos Robin prestara ainda menos atenção a Marilla do que prestara a ela, reparou Cecily.

– Gostei dessa brincadeira – declarou Oakley. – Como faremos?

– Um cavalheiro é escolhido para deixar o salão. Todo o restante escolhe algum pertence que tenha em mãos e coloca sobre a mesa. Quando o cavalheiro retornar à sala, ele faz um leilão dos itens e nós damos lances. A única regra é que não se pode usar dinheiro. É preciso oferecer em troca algum objeto, ou uma travessura, uma canção, algo assim. A pessoa também pode dar um lance para pegar o próprio item de volta.

– E onde entra o beijo? – quis saber Taran.

Marilla fingiu estar lindamente corada de vergonha.

– Ora, suponho que se uma pessoa quiser alguma coisa com muita urgência, talvez se sinta inspirada a oferecer um beijo para conseguir.

– Parece terrivelmente desinteressante – declarou Robin, sem rodeios.

– Rob – disse Oakley, parecendo surpreso.

– Parece mesmo. Bobagem de crianças. Somos oito. Vamos organizar duas mesas de uíste, em vez disso.

– Não jogo uíste – disse Marilla, indo a passinhos miúdos para o lado de Robin e fazendo um biquinho encantador. – Eu quero muito, muito jogar esse jogo. E ficaria muito, muito desapontada se você não se juntasse à brincadeira... Robin.

– Santo Deus, qual é o seu problema, Rob? – perguntou Taran, irritado. – Nunca vi você agindo de um jeito tão arrogante. É só uma brincadeira, e as damas estão entediadas.

– Não estou entediada – declarou Fiona Chisholm.

– Eu estou – retrucou Marilla, olhando irritada para a meia-irmã.

– Muito bem – aceitou Robin. – Vou participar.

Marilla bateu palmas.

– Ah, ótimo! Vamos tirar no palitinho para ver quem vai ser o leiloeiro.

Ela rapidamente quebrou pedaços de um graveto e ofereceu-os a cada cavalheiro. Robin tirou o mais curto. Sem dizer uma palavra, ele saiu da sala para que os outros escolhessem o que queriam leiloar.

Oakley pegou um livrinho no bolso do colete e colocou-o sobre a mesa. Fiona deixou escapar uma expressão de surpresa e, embora Oakley permanecesse sério como sempre, pegou a mão dela e beijou-a. Quando o conde soltou, Fiona tirou os óculos e colocou em cima do livro.

– Não tenho nada – comentou Catriona Burns, ruborizando um pouco.

Cecily percebeu então, com uma onda de compaixão, que Catriona não usava qualquer enfeite além do pedaço de cetim que amarrara no pescoço e cuja ponta desaparecia no decote modesto.

– É claro que tem – falou Marilla, parecendo um pouco irritada. – O que é isso em seu pescoço?

Com relutância, Catriona tirou a fita de dentro do decote. Pendurado ali estava um pesado anel de sinete de ouro, com uma safira grande em que se via entalhado um lindo retrato. Mas antes que Catriona terminasse de desamarrar a fita, a mão de Bretton cobriu a dela, impedindo-a de continuar. Ele se inclinou e sussurrou alguma coisa no ouvido de Catriona, então enfiou a mão no bolso do casaco e tirou dali um relógio de ouro e a corrente. O duque colocou ambos sobre a mesa.

– Isso será suficiente para a Srta. Burns e para mim.

– Mas são um conjunto – protestou Marilla. – Não pode leiloá-los separadamente.

– Exatamente – concordou Bretton, e acompanhou Catriona de volta para o assento.

– Certas pessoas parecem ter prazer em estragar tudo... – resmungou Marilla.

Mas logo foi distraída por Taran, que foi até o lado dela, curvou-se e, com um floreio, puxou uma faca de lâmina curta do alto de sua meia de seda que, com uma reverência exagerada, colocou sobre a mesa.

– Pronto, menina – disse ele a Marilla –, esta é a única coisa que vale a pena em toda essa mesa.

Marilla pegou a faquinha com cabo de madrepérola.

– Cuidado – alertou Taran. – Brinque com a arma de um homem e você pode acabar picada. – Os olhos dele dançavam com um brilho lascivo.

Ao ouvir isso, Oakley, que estivera conversando com Fiona, virou-se rapidamente.

– Pelo amor de Deus, tio. Peça desculpas agora mesmo.

Mas Marilla provou estar à altura de Taran no que se referia a malícia. Ela ergueu a lâmina e, lenta e dramaticamente, cortou um cacho de cabelos. Então colocou a lâmina de volta na mesa e comentou, em um tom distraído:

– Essa coisa velha está cega e precisando de uma boa afiada.

Taran caiu na gargalhada. Catriona mordeu o lábio, Bretton pareceu perplexo, Oakley tossiu para disfarçar uma risada e Fiona desviou os olhos, mas não a tempo de esconder o sorriso. Cecily observava a todos, sentindo-se invadida por uma onda de inveja que não lhe era nada familiar.

Estavam todos tão felizes, até Marilla, que ainda não havia percebido que o cavalheiro seguinte em sua lista não atendia a suas ambições matrimoniais mais do que os outros.

– Qual é a sua prenda, Marilla? – perguntou Taran, quando conseguiu respirar de novo.

– Ora, esse cacho dos meus cabelos – disse ela, exibindo-o. – Acho que qualquer um reconheceria como sendo meu. – Marilla se referia a Robin, é claro.

Ela ergueu a cabeça.

– Estão todos aqui? Podemos chamar Robin e... Ah. Lady Cecily. Esqueci de você – falou. – Qual será a sua prenda?

– Acho que isso – disse, tirando o xale de cortinado dos ombros e deixando-o cair sobre a mesa.

– Isso? Ninguém dará qualquer lance por isso.

– Eu posso dar – manifestou-se Catriona. – Afinal, de que servem joias se o corpo estiver congelado?

– Como quiser.

Marilla deu de ombros, então praticamente tropeçou nos próprios pés em sua pressa de correr para a porta para chamar Robin de volta.

Quando ele reapareceu, suas críticas anteriores à brincadeira pareciam ter desaparecido, a julgar pela expressão agradável. *Determinadamente* agradável, pensou Cecily.

– Lembre-se – avisou Marilla, fingindo seriedade. – Você deve nos fazer pagar preços muito, muito altos pelas coisas que desejarmos garantir, está bem?

– Eu entendi – disse ele. – Vamos começar.

Robin foi até a mesa e pegou os óculos de Fiona.

– Aqui temos nada menos do que um artefato mágico. Óculos do século XIX, creio eu, que supostamente permitem que seu usuário detecte o que é quase imperceptível.

– Como assim? – perguntou Bretton, parecendo estar se divertindo muito.

– Ora – continuou Robin –, diz a lenda que sua atual proprietária foi capaz até de discernir o bater de um coração sob a efígie de madeira de um certo conde.

Diante disso, Bretton caiu na gargalhada, e Oakley se juntou a ele.

– Bem, se são mágicos, como eu poderia resistir? – falou Oakley. – Ofereço as minhas botas por eles.

– Botas? – zombou Robin. – A magia exige um preço muito mais alto do que um par de botas, senhor. Quem mais dá um lance?

– Como atual proprietária dos óculos, devo insistir para que me sejam devolvidos, já que ainda não terminei a investigação cuidadosa da efígie que é o mencionado conde. Estou convencida de que ainda há muito mais a descobrir, e estou totalmente comprometida com essa missão.

– Aplaudo seu empenho, Srta. Chisholm, mas que prenda oferece?

– Um beijo! – gritou Taran.

Robin deu um sorriso malicioso para Fiona, que desviou os olhos, ruborizada.

– Sim – disse ele. – Um beijo pode comprar esses óculos. Mas quem ela deve beijar? Eu sugeriria a mim mesmo, é claro, mas odiaria ser acusado de me aproveitar da minha situação.

– Desde quando? – perguntou Oakley.

– A moça pode me beijar! – sugeriu Taran em um tom magnânimo.

– A Srta. Marilla disse que o preço deve ser alto, não extorsivo – falou Robin, provocando mais risadas. – Não, não há mais nada a fazer, ela deve beijar Oakley para recuperar os óculos.

Oakley não perdeu tempo em garantir que os óculos de Fiona fossem devolvidos. Ele ficou de pé, pegou-a pela mão e puxou-a para um abraço apertado. Cecily desviou os olhos, já que a paixão no beijo fez seu coração doer.

Quando Oakley finalmente a soltou, Robin balançou a cabeça.

– Primo, você realmente precisa aprender a prestar mais atenção. *Ela* deveria beijar você. Não o contrário.

Na mesma hora, Fiona ficou na ponta dos pés, segurou o rosto de Oakley entre as mãos, puxou a cabeça dele para baixo e plantou um beijo ardente em sua boca.

– Satisfeito? – perguntou ela, com um inesperado toque de malícia na voz.

– Minha cara, infelizmente não estou em posição de responder – retrucou Robin em tom sedutor. – Essa é uma pergunta para Oakley.

Cecily sentia o coração afundar dentro do peito. Queria uma vida inteira cheia dos sorrisos sedutores e do humor malicioso de Robin, da risada calorosa e provocante dele.

Na sequência, ele pegou o relógio e a corrente.

– O que devo fazer com isso? É uma peça ou são duas?

– São duas peças que devem obrigatoriamente ser compradas juntas – explicou Marilla.

Robin deu uma risadinha debochada.

– Não é preciso pensar muito para adivinhar de quem foi essa ideia, não é mesmo? Você sempre me pareceu do tipo possessivo, Bret.

– Sempre – concordou o duque, em um tom camarada.

– E desconfio que qualquer tentativa de cobrir seu lance seria desperdiçada...

– Totalmente – concordou ele. – Peça à Srta. Burns que ofereça um beijo por ele.

– Não. Acho que minha sensibilidade não toleraria outra exibição desse tipo – declarou Robin.

– Eu ofereço como lance uma dança. Com o conde Rocheforte – falou Marilla. E se levantou, como se a concordância de Robin fosse um fato consumado.

O grupo inteiro aplaudiu, aprovando a ideia.

Cecily achou que não suportaria ver Marilla nos braços de Robin.

– Também dou uma dança como lance – disse ela. – Com o senhor de Finovair.

E a ideia foi recebida com aprovação ainda maior. Logo todos estavam fazendo lances uns contra os outros, as propostas cada vez mais brincalhonas. Em um determinado momento, Taran chegou mesmo a valsar com Hamish, o que elevou as gargalhadas a outro nível. Bretton finalmente anunciou que se sacrificaria no altar da ignomínia a fim de poupar as damas de espetáculo tão assombroso, e recitaria o poema mais recente de lorde Byron para recuperar a prenda.

Robin considerou a compra fechada, e Bretton se colocou de pé e começou a recitar... alguma coisa. Os versos declamados seriam para sempre tema de muito debate, mas, fosse o que fosse, com toda certeza *não* tinham sido escritos por Byron. Havia náiades no poema, e alguns faunos, um personagem chamado Despot e um bando de cisnes falantes. E tinha como cenário algum lugar no campo.

O restante do leilão transcorreu mais ou menos da mesma forma, e todos pareciam estar se divertindo muito. Como era de esperar, Marilla continuou a oferecer como lance seus lábios e sua companhia, sempre para Robin, pelos mais variados itens. Cecily continuou a cobrir os lances e, a partir daí, os outros inevitavelmente se juntavam com todo tipo de oferta brincalhona. Fiona equilibrou uma colher no nariz, Taran cantou "The Bonnie Lass of Fyvie" em uma voz de barítono bastante aceitável e Cecily fez malabarismo com três pinhas.

Quando, já perto do fim, Marilla deu como lance um beijo para recuperar seu cacho de cabelos e Taran foi o único a aceitar, ela teve espírito esportivo o bastante para não recusar e dar o melhor de si. Cecily ficou impressionada com a dedicação de Marilla ao beijo.

Por fim, restava apenas o xale de Cecily sobre a mesa.

– Diga-nos que coisa maravilhosa tem em suas mãos, conde – encorajou-o a Srta. Burns.

– Isso? – disse Robin, baixinho. Por um momento, ele apenas passou o dedo pelo tecido, a expressão muito branda. Então, ergueu a peça, girando-a lentamente no ar. – É o item mais precioso. Uma relíquia, na verdade.

– Mas o que é? – perguntou Fiona, sorrindo.

– Acredito que isso já cobriu o corpo de uma criatura raríssima nestas partes escocesas.

O coração de Cecily acelerou. A voz dele era cálida e triste, irônica e amarga.

– Que criatura seria essa? – perguntou Marilla.

– Ora, a *Angliae optimatium heres.*

– O que é isso? – quis saber Taran.

– A herdeira inglesa – traduziu Fiona, com uma gargalhada.

Cecily sentiu o rosto quente e desviou os olhos.

– Rob! – disse Oakley em voz baixa. – Você constrangeu lady Cecily com sua referência à riqueza dela.

O sorriso congelou no rosto belo e sombrio de Robin.

– Esse nunca foi o meu objetivo – disse ele. Seu olhar encontrou o de Cecily e ele inclinou a cabeça. – Perdoe-me, lady Cecily, mas com certeza a senhorita sabe que seu valor excede qualquer coisa que possa ser contada em moedas.

– Ótimo – interrompeu Marilla abruptamente –, Robin fez um belo pedido de desculpas. Agora quem vai dar um lance nisso?

– Eu beijarei a Srta. Marilla Chisholm por isso – ofereceu Taran.

Marilla deu uma risadinha.

Catriona ergueu a voz e perguntou:

– E quanto a você, Rocheforte? Não ouvi qualquer regra proibindo o leiloeiro de dar lances, e você ainda não deu nenhum... Com certeza deve querer possuir uma relíquia tão rara, não?

Os olhos de Catriona, cintilando com um brilho travesso, encontraram os de Cecily.

O coração de Cecily deu uma cambalhota, e ela se viu prendendo a respiração, aguardando a resposta de Robin.

Ele estava absolutamente imóvel, e fitava o pedaço de tecido horroroso como se fosse diáfano a ponto de desaparecer diante dos olhos. Com muito cuidado, quase com reverência, Robin devolveu o tecido à mesa, alisando uma prega. E levantou os olhos.

– Temo não ter nada de valor pelo que trocar, Srta. Burns. Nem bens, nem talentos.

O coração de Cecily voltou a afundar no peito, e ela sentiu a garganta apertada com lágrimas que se recusava a derramar.

Catriona franziu a testa, parecendo insegura.

– Certamente há algo...

Robin balançou a cabeça.

– Nada. Além do mais, a questão é irrelevante. Eu jamais aspiraria a algo tão acima do meu alcance.

Então era isso. Ele não poderia ter sido mais claro: ela não receberia nenhum pedido de casamento de Robin.

Cecily nem reparou que se levantara até o livro que ganhara no leilão cair do colo. Correu para a porta enquanto Catriona chamava por ela.

Catriona.

Não Robin.

CAPÍTULO 27

Cecily evitou as escadas, não podia ir para o quarto. Catriona Burns, tão bem-intencionada, certamente procuraria por ela, e Cecily achava que não conseguiria suportar a pena da outra moça. Era melhor evitá-la até conseguir disfarçar seu coração partido.

Assim, foi para a pequena capela da família, perto do grande salão, um dos outros poucos cômodos abertos a todos que ainda estava em uso naquela parte do castelo, embora "uso" fosse uma palavra relativa tendo em vista a poeira nas almofadas dos bancos. Como muitas capelas de castelo, aquela se erguia à altura de dois andares, dividida horizontalmente por um pequeno balcão no segundo andar, com vista para o altar, de modo que o senhor e a senhora do castelo pudessem comparecer aos serviços religiosos diários saindo diretamente de seus aposentos. Uma escada de madeira levava ao balcão, e Cecily subiu os degraus, pois não queria ser vista por ninguém que passasse pela porta aberta que dava para o corredor.

A camada de poeira no andar de cima era ainda mais grossa, cobrindo um par de poltronas colocadas a uma boa distância da balaustrada de madeira, e um banco que poderia ser usado pelos filhos do castelão, agora caído de lado. Cecily buscou refúgio em uma das enormes poltronas, escondeu os pés embaixo do corpo e deixou-se afundar no assento.

O que faria? Como voltaria para sua antiga vida e seguiria com a missão de escolher um marido, quando o único marido que queria não estava disposto a cortejá-la? Já fizera tudo o que podia para encantar, seduzir, para ficar amiga de Robin. Não restava nada em seu arsenal de armas femininas.

Desde que nascera, Cecily fora ensinada que não importava o que uma dama quisesse, ela deveria esperar até que lhe fosse dado – fosse um pônei, um vestido, uma festa, um marido...

Não que a dama precisasse ficar completamente passiva. Mas Cecily *não* ficara. Ela seguira Robin, beijara-o, usara roupas de menino, tentara despertar o ciúme dele. O que mais poderia fazer?

E *por que* ele não a pedia em casamento? Porque ela era rica demais, inglesa demais? Porque ele era pobre demais, seu título francês demais? Porque ela era virgem, ou porque ele tão obviamente não era... Só que nada disso importava. Ela só aceitaria essa recusa veemente por um motivo: se ele não a amasse. Mas ele a amava! Cecily sabia disso. Seu coração não podia ser tão cego, sua alma tão surda. Ao ver Robin encará-la minutos antes, do outro lado da sala, com o xale horroroso nas mãos, ela tivera tanta certeza dos sentimentos dele quanto tinha dos próprios...

– Não! Eu não vou ficar quieto!

Cecily ergueu a cabeça. A voz que ouviu logo abaixo era de Taran.

– Então pelo menos me faça a gentileza de entrar aqui, de não ficar gritando para que todos escutem.

Cecily ficou paralisada. *Robin.*

– Por que se importa? – perguntou Taran, a voz ficando mais alta quando ele entrou na capela. – O mundo já sabe que você é um desgraçado sem coração. Nada que eu possa dizer vai surpreender a nenhum deles.

A resposta de Robin foi curta e ininteligível.

– Sei que você e Byron acham que não passo de um quase selvagem – continuou Taran –, mas ao menos não faço as moças chorarem.

– Você por acaso acha que gostei daquilo? – falou Robin, irritado.

– Com você, como se pode saber? Sempre com um gracejo e uma risada prontos, mesmo com a moça nitidamente pálida como a sobrevivente de um massacre.

– O senhor está exagerando. – O tom de Robin era carregado de emoção.

– O diabo que estou! – gritou Taran. – Que ela tem sentimentos por você é claro como sangue fresco na neve recente... – Ele se interrompeu, e quando voltou a falar, seu tom mudara de enfático para sinceramente chocado. – Santo Deus, rapaz, você não seduziu *realmente* a pobre criatura, não é? Sei que o encorajei a fazer isso, mas só se suas intenções fossem honradas. Se não planeja se casar com a moça, então você não passa de um maldito patife que eu...

– Pare, Taran! Eu não fiz isso! – bradou Robin. – Pelo amor de tudo o que é mais sagrado, pelo que me toma?

– Por quem você é – devolveu Taran, irritado. – Pelo que você é.

Por um momento, Robin ficou no mais absoluto silêncio. Cecily virou o corpo na poltrona com todo o cuidado e se esticou na direção da balaustrada para ouvir melhor.

– Meu passado não tem nada a ver com Cecily e comigo – declarou Robin. – Eu jamais faria mal algum a ela. *Jamais.*

O coração de Cecily começou a bater mais rápido. Ela ficou de quatro e foi até a balaustrada para olhar para baixo. E viu Taran parado no meio da nave curta que levava ao altar. Diante dele, com seus cachos negros cintilando sob a luz da tarde que entrava pela janela alta da capela, Robin andava de um lado para o outro como um animal enjaulado.

– Cecily, é? – perguntou Taran, pensativo. – Bem, parece que, com todas as suas boas intenções, você fez uma grande bobagem, rapaz, porque a dama está com o coração partido, isso é certo.

– Não – disse Robin enfaticamente. – Ela não está.

O que ele queria dizer com aquilo? Como poderia presumir aquilo?

– Você está errado – disse Taran sem rodeios. – Eu a vi olhando para você essa tarde. A moça mal conseguia tirar os olhos de você.

– Não. – Robin parou de andar de um lado para o outro e colocou os cabelos para trás. A postura de seus ombros sugeria resignação e cansaço. – Essa tarde eu pedi a Cecily para fingir que amava um homem como eu, e para me dizer como o pai dela reagiria se esse homem pedisse a mão dela em casamento.

– E? – quis saber Taran.

– Ela disse que a pergunta não cabia, porque ela jamais pediria ao pai para aprovar alguém como eu.

O quê? Não! *Não*. Ela não dissera aquilo. Cecily franziu a testa, tentando lembrar quais tinham sido suas palavras exatas antes de Marilla, com seu senso de oportunidade impecável, interrompê-los. Robin havia acabado de dizer "Suponhamos que você esteja apaixonada por alguém do meu tipo", e ela concordara, então ele perguntara como o pai dela reagiria e...

Cecily arregalou os olhos. Ela dissera que a pergunta não cabia, e estava prestes a dizer que não pediria permissão ao pai porque a única coisa que importava era se o homem em questão a amava. Mas não fora com essas palavras que a imaginação de Robin completara a frase. Ele ouvira o que achava que merecia ouvir.

– Não sei por que ela diria uma coisa dessas quando obviamente é uma mentira. Talvez ela tenha medo dos pais, Robin. Mas se você fosse homem o bastante, teria encontrado um modo de persuadi-la a ignorar o que eles pensam e a fugir para se casar com você.

– Santo Deus, Taran, você não ouviu uma única palavra do que eu disse? *Eu amo a moça*, e malditos sejam você, seus planos e suas maquinações! Eu amo Cecily. Nunca ficaria entre ela e a família dela. Nunca pediria a ela que fugisse para se casar comigo. Na verdade, eu nunca... nunca deveria...

O coração de Cecily começou a bater freneticamente, e ela sentiu um calor delicioso percorrer todo o seu corpo, preenchê-la. Era como se o próprio sangue em suas veias carregasse alegria em si, espalhando felicidade por cada fibra do seu ser.

Robin tinha os punhos cerrados.

– Se ela fosse minha filha e um homem como eu a cortejasse, eu o chibataria até a beira da morte. E então venderia o que sobrasse dele para recrutadores clandestinos de soldados e torceria para que morresse em solo estrangeiro em alguma guerra inútil. – Ele deu uma risada amarga. – Mas, como foi dito, a pergunta não cabe.

– O que não cabe é você não fazer nada a esse respeito, rapaz.

– Já basta – disse Robin, a voz cansada. – Seu homem retornou há algumas horas e disse que a estrada estará transitável ao raiar do dia. Vou ficar apenas para que ninguém sugira alguma razão escusa para minha partida, e depois disso irei embora.

Sem dizer mais nem uma palavra, Robin passou por Taran e sumiu, com o tio em seu encalço.

No balcão acima, Cecily se deixou cair sentada com um baque. Suas mãos escorregaram da balaustrada para o colo, os olhos fixos no pequeno altar de mármore abaixo, mas sem vê-lo.

Robin a amava. Ela sentiu o coração inflar mais uma vez ao pensar nisso, sentiu que se tornava completa, que tinha um potencial ilimitado. O futuro subitamente parecia convidá-la para uma gloriosa aventura, o resto de sua vida era uma história de amor à espera para ser contada. Fossem quais fossem as objeções que o pai dela pudesse fazer, por mais carinhosas e racionais que fossem, ela e Robin encontrariam uma forma de vencê-las.

A única questão agora era como ela encontraria um modo de vencer as objeções do próprio Robin.

Cecily desviou os olhos para a janela da capela, as vinhas nuas cobrindo-a como uma treliça, e de repente soube: iria escalar a hera.

CAPÍTULO 28

Mais tarde naquela noite

Depois de perturbar Hamish até convencê-lo a lhe levar água quente, Cecily lavou toda a poeira da capela e ofereceu seus brincos de pérola à Sra. McVittie para que lhe dissesse onde ficavam os aposentos de Robin. A velha escocesa magérrima e recurvada deu uma risadinha de bruxa e perguntou o que iria fazer com brincos de pérola, mas, com um sorriso desdentado, mostrou onde ficava o quarto de Robin.

Porém, enquanto subia os degraus frios de pedra, carregando uma vela, ocorreu a Cecily que a mulher talvez tivesse lhe pregado uma peça; afinal, o que faria Robin se alojar na parte abandonada do castelo?

O quarto dele ficava bem no canto, acima da torre da muralha, dissera a governanta. Sendo assim, lá estava Cecily, e lá estava a porta que levava ao quarto indicado, por onde uma fina faixa de luz surgia pela fresta na parte de baixo. Cecily apertou com mais força a manta que passara ao redor dos ombros, respirou fundo e abriu a porta.

Mais adiante havia um cômodo pequeno, iluminado pelo brilho das brasas na minúscula lareira na parede oposta. Era um ambiente monástico, com poucas peças de mobília. Havia uma cadeira grande de frente para a lareira, de costas para onde estava Cecily, e uma cama estreita junto à parede.

Ela não viu Robin a princípio, e, por um momento de horror, imaginou que ele tinha decidido partir apesar do que dissera. Mas então viu a mão de um homem aparecer por cima do braço da cadeira, os dedos longos envolvendo a extremidade entalhada do móvel.

– Se veio me passar mais um sermão, Taran, pode ir embora – falou Robin com a voz cansada. – Se for você, Hamish, deixe a garrafa na mesa e leve meus agradecimentos. E se for Marilla, sinto muito, meu bem, mas não estou recebendo ninguém esta noite. Nem em qualquer noite. Nem dia, por sinal.

Cecily respirou fundo.

– E se for Cecily? Como ela deve agir?

Em um reflexo, os dedos de Robin apertaram com mais força o braço da cadeira. Por um momento, ele não respondeu, então disse em um tom cuidadoso:

– Com sensatez. Indo embora. Imediatamente.

Ela sorriu ao ouvir isso.

– Mas a questão é que não sou sensata. Nem dócil. Nem circunspecta. Nem qualquer uma dessas coisas pelas quais tenho sido admirada. Sendo assim, acho que vou ficar.

Ela deixou a manta deslizar por seus ombros e cair no chão.

Robin se levantou lentamente, e não se virou de imediato, como se carregasse um grande fardo. Então, endireitou os ombros. Vestia apenas uma camisa branca engomada, as mangas dobradas deixando à mostra os braços musculosos e uma calça de camurça justa, que valorizava imensamente seu corpo atlético. Cecily sentiu um arrepio percorrer seu corpo diante da silhueta alta e de ombros largos iluminada pelo fogo da lareira.

Então, Robin se virou e a viu. A expressão séria desapareceu na mesma hora, porque Cecily usava apenas uma antiga camisola, feita do linho mais simples e macio, o decote profundo e redondo enfeitado com renda, as mangas caindo até os punhos. Os olhos dele cintilaram no rosto pálido, e um músculo pulsou no maxilar rígido.

– Cecily. Você precisa ir embora – falou Robin. – Por favor.

Mas em sua expressão Cecily leu tudo de que precisava para buscar em si a coragem para ficar.

– Não – disse ela.

Então, foi até ele e ergueu a cabeça para encará-lo. Robin devolveu o olhar em silêncio.

– Estou com frio, Robin.

Ainda calado, ele pegou o paletó que jogara nas costas da cadeira e passou ao redor dos ombros dela. Cecily balançou a cabeça, sem nunca desviar os olhos dos dele.

– Ainda estou com frio – insistiu.

Ela se adiantou mais, passou os braços ao redor do corpo dele e pressionou com força. Os músculos daquele torso másculo saltaram, ainda mais rígidos pela tensão. Cecily pousou a cabeça em seu ombro, e a certeza de que aquilo era o certo foi impactante. Cada gota de tensão e de dúvida se dissolveu no calor e na força do corpo de Robin. Cecily suspirou, a alma encontrando seu porto, uma volta para casa e um despertar ao mesmo tempo.

– Pelo amor de Deus, Cecily – falou Robin finalmente, a voz rouca –, por favor. O que é isso?

O coração dele estava disparado sob o ouvido dela.

– Eu amo você – disse ela. – Amo você e quero que se case comigo.

Cecily nunca teria se imaginado dizendo algo tão ousado. Uma mulher supostamente deveria fazer seus planos e então esperar que um cavalheiro os colocasse em prática. A mulher não... escalava a hera. Ainda assim, o que estava fazendo parecia certo, perfeito. Na verdade, era a única coisa que poderia dizer.

Um tremor percorreu o corpo robusto de Robin. Cecily roçou o rosto no dele e fechou os olhos para aproveitar a sensação de estar tão próxima, tão ligada ao homem que amava.

– Como pode fazer um pedido desses? O que aconteceu para fazer você esquecer sua situação, sua família, seu nome?

– Aconteceu você – respondeu ela com simplicidade.

Robin pousou as mãos de leve nos ombros dela.

– Você é a dama mais direta que eu já conheci.

– Não para todos. Mas sempre para você. Amar você me faz agir assim.

– Tenho tantos pecados pairando sobre a minha cabeça – murmurou Robin, a respiração tocando os cabelos no alto da cabeça dela.

– Eu jamais me reconheceria na mulher que está passando os braços ao seu redor, sem se preocupar com nada além do fato de que seus braços não estão ao meu redor. Por que não está me abraçando, Robin?

– Porque se eu abraçá-la, acho que não terei forças para soltá-la.

– Então, por favor.

As mãos dele a puxaram para junto do corpo, e ele e abraçou com força.

Cecily deixou escapar uma risada trêmula.

– Está vendo? Eu avisei. Não tenho vergonha, sou capaz de qualquer coisa no que lhe diz respeito. E você, do que é capaz?

– De coisas demais, temo.

– Não sei se isso é verdade – falou Cecily, e levantou a cabeça para fitá-lo, os cabelos soltos esparramando-se sobre os braços dele. – É capaz de viver da minha riqueza? Ou de suportar a desconfiança do meu pai, as suspeitas da minha mãe e as piores especulações da sociedade? É forte o bastante para aguentar os cochichos que devem nos seguir por anos antes de cessarem, se é que cessarão um dia? Porque é isso o que vai significar se casar comigo.

Robin soltou-a, mas não se afastou. Em vez disso, segurou a nuca de Cecily com uma das mãos, e o queixo com a outra.

– Nunca foi a mim que eu quis poupar.

– Eu sei – disse ela baixinho. – Não vou mentir, Robin. Eu preferiria mil vezes que nada disso acontecesse e que todos que amamos abençoassem nossa união e acreditassem que teremos um futuro feliz juntos. Mas a alternativa é viver sem você, e isso eu não consigo fazer.

Em resposta, Robin se inclinou e ergueu-a nos braços, a boca buscando a dela com voracidade. Cecily envolveu o pescoço dele, tentando chegar mais perto. Com a boca ainda colada à dela, ele foi até a cadeira e se deixou afundar, com Cecily no colo.

– Passei a vida me treinando para não desejar coisas que não poderia ter – disse ele, e abaixou a cabeça para distribuir beijinhos no lábio inferior de Cecily.

Ela arqueou o corpo nos braços dele, e Robin sustentou-a com a mão em suas costas.

– Mas então você chegou – continuou ele –, e acabou com toda a minha força de vontade. Cada barreira, cada defesa, cada gota de bom senso e cada lição que aprendi a duras penas foram devastadas por esse sorriso, destruídas por esse olhar.

Ela sorriu, a alegria brotando lentamente em seu coração.

– Então vai se casar comigo?

Em resposta, ele mergulhou novamente na boca de Cecily em um beijo tão intenso que ele sentiu a jovem ficar trêmula em seus braços.

– Ah, sim. Não há como evitar agora, meu bem. Vou pedir sua mão em casamento ao seu pai, e então vamos torcer para que ele seja tolo o bastante para concordar, já que não vai fazer a menor diferença caso se oponha.

E continuou:

– Ele pode mandá-la para longe, casá-la com outro homem, enfiar você em um convento na França. Não importa quanto tempo demore, não importa o que eu precise fazer, vou encontrá-la. Porque, entenda, a única coisa que me deteve antes foi a ideia de que você seria mais feliz sem mim. Mas agora sei que me ama, e nada poderá me impedir até que você seja minha, seja por meios formais ou não.

– Não acho que seja necessário fugirmos para casar, ao menos ainda não – brincou Cecily com a voz trêmula, porque se não brincasse era capaz de começar a chorar, e havia coisas melhores a fazer naquela noite.

– A menos que não haja outra forma, não vamos fugir de jeito nenhum – disse Robin em tom muito sério. – Pretendo me colocar diante da sua família, mesmo que para todos os propósitos eu venha a parecer o caçador de fortunas mais descarado que Londres já viu, e vou jurar diante de Deus e de quem mais quiser ouvir meu amor eterno por você, minha devoção, minha atenção. Não dou a mínima para quem vai acreditar ou não em mim. A não ser você, Cecily. Você, eu reconheço, preciso que acredite em mim.

– Eu acredito em você – disse ela.

– Ótimo – disse ele, parecendo ao mesmo tempo espantado e encantado, como um homem que houvesse acabado de ter sua sentença de morte transformada em uma recompensa extravagante. Ele balançou ligeiramente a cabeça, segurou Cecily com carinho pelos ombros e levantou-a do colo. – E agora, minha amada, é melhor você ir.

Ela encarou-o, boquiaberta.

– *O quê?*

– Você precisa ir – insistiu ele. – Porque não quero ninguém neste castelo dizendo que eu forcei você a se casar comigo porque a seduzi.

– *Você* me seduziu? – repetiu ela, enfatizando as palavras. Cecily virou o corpo, ainda dentro do abraço, até estar montada no colo dele, as mãos apoiadas em seu peito. – Ninguém que tenha assistido ao enorme esforço que você fez em me evitar nesses últimos quatro dias sequer consideraria essa possibilidade.

Robin a encarou e, ao que parecia, estava tendo dificuldades em encontrar uma resposta para o argumento. Cecily sentiu a rígida evidência da excitação dele, um calor automaticamente subindo por seu peito e pelo pescoço até chegar ao rosto. Era excitante demais. Ela umedeceu os lábios com a ponta da língua e Robin estreitou os olhos, o olhar predador encontrando a boca úmida.

– Não mesmo – disse ela, ofegante e exultante. – Porque fui *eu* que o seduzi, e todos aqui sabem disso. Além do mais – continuou –, descobri que não me importo com o que os outros pensam.

Robin gemeu, fechou os olhos e disse com a voz rouca:

– E eu descobri que me importo. Ao menos no que diz respeito a você.

Cecily franziu a testa, inclinou o corpo para a frente, e deu um beijo suave e demorado nos lábios de Robin, que estremeceu.

– O que importa? – murmurou ela. – Vamos nos casar de qualquer modo, não vamos?

Robin passou os braços ao redor dela, e puxou-a com força junto ao corpo.

– Sim. Sim. E sim – confirmou, cedendo à irresistível tentação que era a boca de Cecily, antes de se afastar. – Mas... e não posso acreditar que estou prestes a dizer isto... acho que se Byron tivesse morrido eu poderia jurar que fui possuído pelo espírito conservador dele... *mas* quero que você diga seus votos diante do altar sabendo que está fazendo isso só por amor, e não por ter sido compelida ao casamento por uma decisão apressada, tomada em um rompante de paixão, ou por medo de estar grávida.

– Eu realmente gostaria muito de experimentar o seu excesso de paixão. – Cecily suspirou e se inclinou para a frente para mais um beijo.

Robin puxou-a para mais perto, inclinou-a sobre seu braço e demorou-se explorando a boca macia dela, por longos e eróticos momentos, antes de erguer a cabeça com um gemido.

– Acho que você não tem noção do que está fazendo comigo, ou do esforço que essa situação está exigindo de mim. Mas juro que logo, logo vai entender.

Ele fez uma pausa, e pouco depois voltou a falar.

– Teremos lugar e hora mais apropriados para tudo isso, meu amor. – Os olhos escuros dele se estreitaram, mas não conseguiram esconder o enorme desejo que ardia ali. – Noites longas e apaixonadas, seguidas por dias lânguidos em que não seremos perturbados, trocando ensinamentos sobre desejo e prazer. – Robin baixou a cabeça e saboreou mais uma vez os lábios dela, antes de jogar a cabeça para trás, respirando com dificuldade. – Quero explorar com você cada nuance do que é fazer amor. Quero saborear você inteira.

Robin mordiscou a base do pescoço macio de Cecily e deixou a língua correr até abaixo do queixo, e então até o canto da boca. Ela voltou a arquear o corpo, os olhos fechados, entregando-se ao prazer.

Com uma risadinha baixa e contida, ele levantou-a e segurou o rosto dela entre as mãos, encarando-a com intensidade.

– E saiba que não vou ter um segundo de pressa nessa exploração inaugural, meu amor. Porque, entenda, eu nunca me apaixonei antes. Quando fizermos amor, minha querida, minha maravilhosa Cecily, não quero que nada interfira.

Ela enfiou as mãos por baixo da camisa dele, espantada e excitada com a textura acetinada da pele do peitoral musculoso.

– Que interferência poderia haver? – perguntou Cecily, respirando com dificuldade, fascinada com a ideia de conhecer por inteiro aquele homem que amava de todas as maneiras.

– Bem... – Ele sibilou de prazer quando ela deixou o dente correr de leve pela linha de seu maxilar.

– Bem? – repetiu Cecily.

Robin tinha gosto de sabonete e de fumaça.

– Taran – falou ele com dificuldade. – Ele pode aparecer para um último drinque. Então terei que matá-lo.

Ela ficou paralisada.

– Santo Deus, que horror! – exclamou ela, o ardor momentaneamente extinto. – Achei que você era um grande sedutor, mas agora vejo que é capaz de acabar com um momento apaixonado com a mesma facilidade que o provoca.

Mas então os braços de Robin a envolveram mais uma vez, puxando-a para mais um abraço, e o ardor retornou com força renovada. Cecily sussurrou em seu ouvido:

– Mas por enquanto ainda podemos praticar um pouco, não é?

– Ah, sim – concordou Robin, rindo, mas com a boca já de volta à dela. – Ah, sim...

EPÍLOGO

Em meio a gritos de ameaça, imprecações e juras de que transformariam em eunuco qualquer homem que encontrassem perto de suas filhas, os pais das moças, que finalmente haviam chegado para resgatá-las, desceram de seus cavalos e invadiram Finovair, sem atentar para o fato de que não havia o que invadir, já que ninguém barrava o caminho deles e, na verdade, Hamish inclusive segurava aberta a antiga e enorme porta do castelo para que entrassem.

Finnian Burns liderava o grupo, já que, por ter uma única filha, fora o que ficara mais apavorado e ofendido. Jamie Chisholm estava logo atrás dele, bradando por sua Marilla, enquanto a seu lado seguia o conde de Maycott, com a expressão implacável que todos já esperavam, sendo notória sua dedicação à filha mais velha, Cecily. Mais atrás se aglomerava metade dos homens de Kilkarnity, supostamente para ver a justiça finalmente sendo feita em relação àquele velho bandido, Taran Ferguson, mas na verdade porque nada nem de longe tão empolgante acontecera por ali nos últimos trinta anos. Absolutamente todo mundo queria assistir ao espetáculo de camarote.

A pequena multidão entrou pelo saguão alto e vazio de Finovair e começou a abrir as portas de cada canto escondido, cada armário, cada cômodo, um depois do outro, atrás de sua presa sem escrúpulos. Finalmente pararam diante da última porta do corredor, a que levava à dilapidada capela da família.

– Não haverá refúgio para você aí dentro, Taran Ferguson! – gritou Chisholm, e chutou a porta pesada com toda a força.

Infelizmente para Chisholm, a porta não estava trancada e a violência do chute fez com que entrasse voando na capela e aterrissasse de cara no chão. Burns e Maycott, que haviam suportado por quatro dias a arrogância e os brados de Chisholm, e que haviam chegado juntos à conclusão de que aqueles momentos aparentemente intermináveis poderiam muito bem ocupar o primeiro lugar da lista de queixas contra Taran, passaram por cima de Chisholm e entraram na capela, seguidos pelos homens de Kilkarnity.

Até que todos pararam de súbito.

De costas para eles, e de frente para o altar, estavam oito pessoas – quatro homens altos e quatro damas em roupas de festa. Diante dos oito estava o padre Munro, ainda usando o casaco que Hamish jogara sobre seus velhos ombros pouco antes de o dia nascer, quando raptara o homem de sua cama aconchegante, colocara-o diante de si na sela do cavalo e galopara com ele de Kilkarnity até Finovair.

De imediato, os oito se voltaram para os recém-chegados, exibindo expressões de bom humor, prazer e uma determinação ferrenha, ainda que, estranhamente, em cada rosto se visse também uma felicidade inquestionável. O mais feliz de todos parecia ser o velho descarado, Taran, que poderia muito bem estar esfregando as mãos, tamanho o brilho de prazer em seu rosto.

– Que diabo está acontecendo aqui? – bradou Chisholm, que se levantara do chão.

Com uma altivez intimidante, o duque de Bretton ergueu uma sobrancelha e respondeu:

– Está acontecendo um casamento, senhor.

Ao que o demônio belo e de cabelos negros parado ao lado de lady Cecily acrescentou:

– Melhor dizendo, *estava* acontecendo um casamento, senhor.

– Casamento de quem? – exigiu saber Finnian Burns.

– Meu – voltou a falar o duque de Bretton. – Com Catriona. – Ele abriu um sorriso largo. – Sogro.

Burns recuou diante da declaração, como se tivesse levado um coice no peito, e caiu nos braços dos homens de Kilkarnity, que já esperavam atrás dele. Alguns deles tiveram o bom senso de sussurrar para o camarada caído:

– O homem é duque, Fin. Um duque podre de rico!

– E o meu casamento também – disse o belo homem moreno, depois que Burns se recuperou –, com lady Cecily. – As palavras fizeram o conde de Maycott se adiantar alarmado, pois então reconheceu o homem que segurava a mão da filha e se lembrou da reputação que carregava. Maycott, no entanto, se deteve ao ver a expressão beatífica no rosto da filha.

Ele abriu a boca para falar, mas fosse qual fosse a objeção ou comentário que pudesse ter feito, se perdeu quando o belo e frio conde de Oakley falou.

– E o meu – anunciou, o olhar sempre fixo no rosto da perdida mais famosa de Kilkarnity, Fiona Chisholm. – Com a condessa de Oakley, minha Fiona.

– Fiona? – gritou o pai dela, com uma voz aguda, parecendo não entender nada. – Não Marilla? Está louco?

– Fique quieto, Jamie – sussurrou um dos homens de Kilkarnity. – Você está prestes a ter um genro conde.

Enquanto isso, um Finnian Burns já recuperado sorria com orgulho paternal para o recém-descoberto genro, o duque, até Maycott se virar para ele e dizer em um tom carregado de ironia:

– Não pense que isso significa que você se livrou dos custos de um casamento inglês adequado, Burns. Isso será cobrado mais tarde.

Ao que Burns, que era amplamente conhecido por ter bolsos fundos e braços curtos, um verdadeiro sovina, retorquiu em tom presunçoso:

– A menos que nasça uma criança primeiro.

Enquanto isso, Chisholm, ignorando o conselho que ouvira, bradou:

– Mas e Marilla?

Naquele momento, Taran, o provocador e autor de todo aquele fascinante drama, se adiantou – embora relatos posteriores alegassem que o velho astuto, sabiamente, mantivera os sobrinhos musculosos, lorde Oakley e Rocheforte, entre ele e Chisholm – e disse:

– Bem, Jamie, já que você quer tanto saber, fico feliz em informar que...

Mas Marilla, que não tinha paciência para, bem, para nada, falou logo, com imensa alegria:

– Também estou casada, pai! Não precisarei deixar a Escócia, e vou ter meu próprio castelo! – Ela agarrou o braço de Taran. – Venha logo aqui beijar seu novo filho – gritou.

Os olhos de Chisholm pareciam prestes a sair das órbitas, de tão arregalados, e a capela sucumbiu a um silêncio mortal. Então, com um brado como não se ouvia desde os tempos do Coração Valente, Chisholm se lançou em cima de Taran, passando direto pelos sobrinhos do castelão – bem, não exatamente direto, já que ambos se afastaram para lhe dar espaço –, mirando no pescoço de Taran, e...

A confusão estava formada.

Testemunhas reunidas no pub naquela noite concordaram que Taran fez uma bela figura e se portou muito bem para um homem da sua idade. O castelão não queria briga, já que estava levando para o leito nupcial a moça mais bela do condado, enquanto o pai dela, sentado diante de um copo de uísque, balançava a cabeça.

Aqueles que acreditavam em contos de fada e coisas assim – e, como os escoceses não são tolos, sabem muito bem que a magia existe –, bem, esses mais tarde diriam que uma estranha lua brilhou sobre o castelo Finovair naquele mês de dezembro, uma lua dos amantes, uma lua azul, uma lua de mel. Outros diziam que uma legião de fadas benevolentes cavalgara sobre aquela tempestade de inverno, seus corcéis brancos como a própria neve, suas risadas caindo como bênçãos pelas antigas torres e chaminés de Finovair.

Fosse qual fosse o feitiço caído sobre o castelo Finovair naquele final de 1819, os quatro casais que se apaixonaram ali nunca mais se lembraram daquela tempestade sem sentir no coração um acalento.

E para coroar o evento – e como a mais clara evidência possível da existência da tal magia –, cerca de nove meses depois, cinco bebês chegavam ao mundo. Um para cada casal de nobres, e gêmeos vigorosos e de rosto avermelhado para o castelão.

Eram bebês lindos. Fortes. E – ao menos segundo os pais – muito espertos. E – ao menos segundo Taran Ferguson, que afirmava orgulhosamente – tinham bons pulmões.

Mas, acima de tudo, eram crianças abençoadas... como são todas as que nascem de casais que se amam com o tipo de paixão que com o tempo se torna mais profunda. Nem o castelão nem seus convidados homens eram do tipo de ficar balbuciando poemas, mas não havia um entre eles que de vez em quando deixasse de dar um beijo na boca de sua doce esposa e fizesse uma promessa:

– *E ainda te amarei, meu amor, até que os mares sequem.*

Até que os mares sequem, meu amor.
E as pedras se fundam ao sol;
E ainda te amarei, meu amor,
Enquanto as areias da vida correrem.

CONHEÇA OUTROS TÍTULOS DAS AUTORAS

Um cavalheiro a bordo

Julia Quinn

Ela estava no lugar errado...

Durante um passeio pela costa, a independente e aventureira Poppy Bridgerton fica agradavelmente surpresa ao descobrir um esconderijo de contrabandistas dentro de uma caverna.

Mas seu deleite se transforma em desespero quando dois piratas a sequestram e a levam a bordo de seu navio, deixando-a amarrada e amordaçada na cama do capitão.

Ele a encontrou na hora errada...

Conhecido entre a alta sociedade como um cafajeste e um corsário inconsequente, o capitão Andrew James Rokesby na verdade transporta bens e documentos para o governo britânico.

No meio de uma viagem, ele fica assombrado ao encontrar uma mulher na sua cabine. Sem dúvida sua imaginação está lhe pregando peças. Mas, não, ela é bastante real – e sua missão para com a Coroa o deixa preso a ela.

Será que dois erros podem acabar no acerto mais maravilhoso de todos?

Quando Andrew descobre que Poppy é uma Bridgerton, entende que provavelmente terá que se casar com ela para evitar um escândalo.

Em alto-mar, as disputas verbais entre os dois logo dão lugar a uma inebriante paixão. Mas depois que o segredo de Andrew for revelado, será que ele conseguirá conquistar o coração dela?

Esse duque é meu
Eloisa James

Era uma vez, numa época não muito distante...

Para Olivia Lytton, seu noivado com o duque de Canterwick é mais uma maldição do que uma promessa de ser feliz para sempre. Pelo menos o título de nobreza dele ajudará sua irmã, Georgiana, a garantir o próprio noivado com o carrancudo - e lindo - Quin, o duque de Sconce, um par perfeito para ela em todos os sentidos.

Quer dizer, menos em um, porque Quin está apaixonado por Olivia. A curvilínea, teimosa e inconformista irmã gêmea de sua noiva desperta um desejo desconhecido nele. Mas Quin nunca coloca a paixão à frente da razão, e a razão lhe diz que Georgiana é a noiva perfeita.

Quando eles não conseguem resistir à paixão, correm o risco de colocar tudo a perder - o noivado de Olivia, a amizade dela com a irmã e o próprio amor dos dois.

Agora só há uma coisa capaz de salvá-los, e ela espera no quarto, onde um magnífico colchão guarda respostas transformadoras ao enigma mais romântico de todos.

No quinto livro da coleção Contos de Fadas, Eloisa James traz de volta à baila uma pergunta antiga: será que a perfeição tem alguma coisa a ver com o amor?

CONHEÇA OUTROS LIVROS DE JULIA QUINN

Os Bridgertons

O duque e eu
O visconde que me amava
Um perfeito cavalheiro
Os segredos de Colin Bridgerton
Para sir Phillip, com amor
O conde enfeitiçado
Um beijo inesquecível
A caminho do altar
E viveram felizes para sempre

Os Rokesbys

Uma dama fora dos padrões
Um marido de faz de conta
Um cavalheiro a bordo

CONHEÇA OUTROS LIVROS DE ELOISA JAMES

Quando a Bela domou a Fera
Um beijo à meia-noite
A duquesa feia
A torre do amor
Esse duque é meu